パトリック
第二王子。
華やかな風貌の持ち主。
我儘な言動が目立つ。
アンドリュー
現宰相の令息。
パトリックの側近候補で
お目付け役。
エヴァ
稀少な光魔法の素質を
見込まれて学院に
編入してきた平民の少女。
アヤメ
ミカエラの同級生。
ミカエラの兄の婚約者として
勉強にきた隣国の皇女。
ルシアナ
ミカエラの同級生。
つんつんした態度をとることが
多いが根は優しい。
登場人物紹介

目次

私の平穏な日々 7
書き下ろし番外編
傲慢《ごうまん》にはなれなくて 343

私の平穏な日々

序

思えば忙《せわ》しなく慌ただしい人生だった。

生まれ持った能力は多分他の人間より高かったのだろう。そのためろくに休みも取れず日々忙しく働き続け……積もり積もった疲労により過労死した、と思われる。

いくつもの案件を放り出す形になってしまったが、最低限の情報共有はしている。自分がこのまま死んでも、誰かが続けてくれるはずだ。

だから、未練はそれほどない。

ただ、本当はもうちょっとのんびり生きたかった。家族や友達と美味《おい》しいものを食べ、平和な日々を楽しみたかった。

それだけが未練かもしれない。

第1章　乳幼児期

いつ目覚めたのかわからない。

気がついたらぼんやり明るい空間を見上げていた。

……確か就業時間が四十時間に近くなってやっと帰宅して。ようやく三時間は寝られる、と思ってたら頭が割れるように痛くなったとこまで覚えてる。

死んだ、と思ったけど違う？　病院？　……霊安室とかじゃないよね、明るすぎる。

誰かいませんかー、起きましたよー？

「あぶー」

あれ？

「うぶ？」

……何今の、甘ったれた猫の子のような声音は。

体が起こせないのはまだ具合が悪いせいかもしれないけど……なんとか持ち上げた手が視界に入る。

もちもちと柔らかそうな肌、むっちりした腕。ちっちゃな指先には爪が揃《そろ》って……えぇぇー!?

「ふ……ふにゃあぁー!?」

張り上げた悲鳴も、発情期の猫のように甲高《かんだか》い。

「あらあらお嬢様、お目覚めですね」

パニックを起こしてわめいていたら、声に気づいたようで、誰かが寄ってきた。

乳母とか子守とか？　抱っこが安定してるから、やっぱ乳母かも。

抱き上げられて、ゆらゆら……なんとか落ち着く。

「どうしたの？　……あら」

「奥様、お嬢様がお目覚めですよ」

声をかけてきたのはもっと若い女性だった。

おぉ、すごい美女。切れ長の目元が色っぽくて、ちょっと眉を顰《ひそ》めたとこなんか、見てて飽きない。

ただしその瞳の色は不思議なブルーグリーン、まるでビー玉みたい。髪も、結ってまとめてあるけど、それにしても目につく鮮やかなシルバーパープル。

染めてるにしても強烈な色。でも綺麗。

「あー」

触ってみたくて手を伸ばしたら、乳母（仮）がにっこり笑って、抱いていた私を彼女に差し出した。

「せっかくですもの、奥様。お嬢様を抱っこしてあげてくださいませ」

「え、ええ」

気が向かない様子ですね、お母様（予想）。抱っこもなんだか危なっかしいというかちょっと不安定。子どもも産んだんだから慣れてよお母様。

でも乳母がついてるってことは、それなりのおうちなんだろう。お母様の服とか、つけてる装飾の類《たぐ》いも、かなり豪華な気がする。

「あぷー」

きりっとしたつり目が顔全体の印象を引き締め、ぱっと目を惹《ひ》く美女だ。

だからこの、派手な色彩が残念……なんだろ、お母様芸能人とか？　でも全体的な雰囲気は外見を売りにする人に見えないな。むしろ人の上で指揮する感じ。

なんにせよ、この人の子どもなら、見た目は良さそうだな。

「おかあさま？」

間近でお母様を観察していると、下から幼い声が聞こえた。

「う？」

「あらフェリクス」

やっと椅子に座って落ち着いたお母様の腕の中、低くなった視界に入ってきたのは天使。

お母様と同じシルバーパープルのふんわりした髪、ぱっちりお目々は透明感のあるグリーン、メロンソーダの色！　それにミルクのように白く滑《なめ》らかな肌、薔薇《ばら》色頬っぺに珊瑚《さんご》の唇。

マジで天使ですよこの造形。いやほんと、生き物なの？　作り物じゃないよね？

「おかあさま、この子が、ぼくの妹ですか？」

「そうよ。あなたの妹、ミカエラよ。……可愛がってね、フェリクス」

「はい、おかあさま。……よろしくね、ミカエラ」

「あぶー？」

この天使が『お兄様』ですとー？

なんか知らんりど、赤ん坊になってました。これはあれか、噂の（？）転生ってやつか。

しかもお約束通り、ここは異世界らしいです。

だって自分も、髪が青いんだもん。ブルネットとか緑の黒髪とか、そういう比喩表現じゃなく。青としか言いようがない、色見本のような鮮やかな色合い。ほんで、お目々は蒼《あお》っていうかちょっと紫色が入った、お父様とおんなじ色です。

お兄様の姿から想像はついてたが、お父様も美形。ただ、お母様ほどきりっとした感じじゃなくて、もうちょい甘い顔立ち。そんでもって、かーなーり背が高い。抱っこしてもらったらなかなかいい筋肉でした。いやムキムキではない、細く見えるけど、触って初めてわかる筋肉。細マッチョ。

なかなか華やかな色合いの一家です。お父様の髪も蒼《あお》っぽい金髪だし。私もその一員に加わりました。

使用人の皆さんの髪や瞳の色はおとなしい色彩、茶とか黒・灰色が多くを占めるところから見ると、鮮やかな色彩ってなんらかの意味があるのかも。

使用人が結構いるからそれなりの家柄とは思ってたのですが、公爵家だそう。今いるここは領地のお屋敷。

お父様はまだ公爵ではなくて、お祖父様が公爵だそう。使用人の噂によると、お父様はかなり有能で、すでにお祖父様の片腕としてばりばりやってらっしゃるらしい。

私が見ているお父様は、嫁大好き子ども可愛いのマイホームパパですが。お母様より私を抱っこしたがるし、なんなら気持ち悪くなるほど高い高いしてくる。乳母に叱られてました、お父様。なんでもお兄様のときもやらかしたとか。反省しようよお父様……

「こんな可愛い我が子を可愛がらずにいられようか！」

それはたいそうありがたいんですけどね、ものには限度というものがありましてね、その辺わかってる？　お父様。

「まああなた、ミカエラがすっかり疲れていてよ」

はしゃぎ疲れてお父様のお膝でぐでーとのびてたら、お母様が抱き上げてくれた。あ、おっぱいおっぱい。

乳母はいるけど、どっちかというと子守が仕事。あとはオムツ替え。もちろん母乳が足りない場合もあるから、そういうときはお乳もくれるらしい。幸い、今のところそちらは足りてる。

実は、お兄様を産んだときはあんまりお乳が出なくて、人を呼んだらしい。それで今回も備えてあったと。

まあこういうのは体調とかその時々の環境にもよるし。それもあってお母様、最初は私の扱いに戸惑ってたみたい。んでも一生懸命おっぱいに吸いつく赤ん坊を毎日抱っこしてりゃ慣れますわな。すっかり抱っこも安定してお腹もいっぱいです。ごちー。

さて月日の経つのは早いもの。よちよち歩きにつたないお喋《しゃべ》りもマスターしてきました。おっぱい以外にも食べるようになったよ、果物すっぱー。

あっちへよろよろ、こっちへよたよた。乳母は今の方が忙しそうだ。でもこれくらいからきちんと動いておかないとね。将来的によく動く体を作るには、よく食べよく動きよく眠るのが一番大事。

本当はこの世界の知識にも興味津々だけど、まだお勉強するには早いらしい。文字も教えてもらってない。

「ミカエラ」

「あー、にぃに」

お兄様だー。あ、何それその厚い本。お勉強？

よたよたっと突っ込んで、しがみつくついでに覗《のぞ》いてみる。

ちょっとよろけたお兄様、確かまだ四歳か五歳。いくらこっちがちびでも、勢いついてたら支えきれないよね、ごめん。

「ダメだよ、ミカエラ。これはぼくの勉強用だから」

「あうー」

でもちょっと見たい。その気持ちを込めてお兄様を見上げたら、小首を傾《かし》げられた。うむ天使。

「フェリクスぼっちゃま、よろしければミカエラお嬢様と一緒におやつになさいませんか」

「うん、そうだね」

乳母の勧めで、子ども部屋で一緒におやつ。私は果汁と柔らかい果物だけど、お兄様はビスケットっぽい焼き菓子とミルクかな？

甘いものはあんまり出ない。全然ではないけど、子どものいる公爵家でこの状態、ってことは甘味はそれなりに貴重なんだろう。砂糖がないわけじゃないみたいだけど、普通に使ってるのは蜂蜜かな。あとはメープルとか、その辺のシロップっぽいものだと思う。

「あーぅ」

おやつごちそうさまー。甘みは薄いけど果物美味《おい》しいよ？　酸っぱいけど瑞々《みずみず》しくて。

綺麗に食べた皿を、乳母が微笑みながら片づけてくれる。

自分で片づけようとしたこともあるけど、他のメイドさん達も飛んできて止められた。

そんなに危なっかしかった？

「あー、にぃに、ごほんー」

そうなると気になるのは、お兄様のその分厚い本ですよ。何それ？　おやつの間汚れないよう離して置いてたけど、それでもずっと気にしてたよね？

「あらお嬢様、いけません」

伸ばした手を乳母が遮《さえぎ》る。濡れ布巾で手を拭いて……ってべたべただった。この手で触ったらそらあかん。綺麗にしてもらったら見てもいい？

「ダメだってば、ミカエラ。これはぼくの、魔法の勉強に使うんだから」

……なんですとー⁉

異世界で魔法があるなんて、ド定番だけどワクワクするね！　早く勉強したーい。あ、待てよ、魔法があるってことは、ひょっとして、前世の化学とか物理とかは通用しないのかな？

わーん早く文字覚えたい！　本読みたい、お父様の書斎に詰め込んである、山のような蔵書！

「にぃに、ごほんにぃにの？」

お父様の蔵書は多いけど、お母様はそれほど持ってる様子はない。書斎はあくまでお父様の私室って感じ。

女は本読むな、みたいな世界だったら暴れるぞ。

「これはぼくの初めての本だよ。ミカエラももうちょっと大きくなったらもらえるから、待ってて」

良かったー。

大事そうに本を抱えたお兄様の説明によると、この世界では、子どもに魔法を教える際、最初に一冊の本を持たせる習慣がある。

その本に、子どもが習得した魔法が蓄積されていくのだとか。大人になったときには、自分だけの魔法書が出来上がっているということらしい。

うわぉロマン！

ただし魔法は、全ての人が使えるわけではない。血統的に貴族は概《おおむ》ね使えるけれど、生まれ持った魔力の多寡《たか》はあるし使いこなすにも技量が必要。そして、魔法の種類には向き不向きもあるとか。

そのため、お父様がお兄様に教師をつけて魔法を教え始めたらしい。本人が期待に胸を膨らませているのが伝わってくる。

うんうん、新しいこと学ぶのって胸が躍るよね。いいなあ、早く私もやりたいー。

「フェリクス、ミカエラ」

「お母さま」

「かーさま」

姿を見せたお母様は、お兄様の大事そうに抱えた本に気づいて微笑んだ。

「フェリクスも、魔法の勉強を始めたのね」

「はい、頑張ります」

優しくお兄様の髪を撫でるお母様。お兄様も嬉しそうに笑って、それから尋ねた。

「お母さまの『本』はどちらにあるのですか？　お父さまが、お母さまに聞いてみなさいって言ってました」

「あら、あの人ったら。……私の『本』はここよ」

そう言ったお母様が何やらよくわからない仕種《しぐさ》をすると同時に、その手に一冊の本が現れた。お兄様のものより少し大判の、いくらか年季の入った本。金の箔押しがされたかなり立派な上製本だ。

「……これが、王宮魔法師の『本』ですか……！」

何それめっちゃ強そう！　お母様カッコいい!!

目をきらきらさせているお兄様と私に、お母様が困ったように微笑む。

お母様は元々家柄は高くない。だけど魔法の才能があり、国内最高峰の王宮魔法師にまで上り詰めた。そして王宮で働いていたお父様と出会い、公爵家に嫁いできた、ということらしい。その間には紆余曲折あった模様……ていうか、やっかまれたり嫉《そね》まれたりしたんだろうなー。

王宮魔法師を辞めるときにも一悶着あって、それでお母様は過去と訣別したそうな。これまで王国のために魔法を使ってきた、今後は公爵家の家族と領民のためにのみ使用する、と誓いを立ててようやく王宮を離れる許可をもらったらしい。

職業選択の自由がないのはキツいな。確かに、能力の高い人が、他の人にできない仕事をするのは理に適《かな》ってはいるけど。

……この封建的な社会ではしょうがないのかな？　まだはっきりわからないけど、公爵家だの王国だの言ってる時点で身分制度のある封建社会なのは間違いなかろう。となれば、人生に選択の余地は少ない。お母様が王宮魔法師になれたのは、それだけの能力があって環境にも恵まれた故だろう。もちろん本人も努力したに違いないけど。

そうなると私も、将来は政略結婚とかそういう可能性があるわけかー。

……いやいやいや、ナシでしょ。そういう望ましくない方向は避けたい。

お母様が実力で出世したってことは、まだ絶対的な封建制度じゃない可能性もある。我が家の使用人を見ても、能力があって真面目に働く者にはそれなりの処遇をしてる。それって能力主義ってことでしょ？

ならば私は。

単なる駒《こま》として生きたくない。政略結婚させられるくらいなら、この家を出て自分一人で生きていけるくらいの能力を身につけよう！　とりあえずそれが、当面の目標！


お兄様の魔法の先生は、お父様より年上のおじさん。土の魔法を得意とするとか。ワカメっぽい深緑の髪がすっごく似合わないし、人相もあんまり良くない。

だけど教師としては優れてるって。頑張ってねお兄様。

お兄様の魔法は、水に特化している。お母様の能力を受け継いだことはそれでもわかるって……

その一方で、自分にもお母様の能力が遺伝してたらいいなあと期待してたりするんですが。

魔法は本当に、生まれ持った才能が大きく影響するから難しい。

お父様お母様にお願いして、お兄様の魔法の勉強、見学させてもらおう。字が読めなくても、話を聞けるだけでもありがたい。

「おとーたま、おかーたま。ミカエラも、おにーたまとまほーのおべんきょ、したいでつ」

だいぶお喋《しゃべ》りできるようになりました！　まだちょっと滑舌悪いけど。なんだ『したいでつ』って。

まあ『可愛いおねだり』のおかげで、お兄様の勉強に同席する許可はもらいました。もっとも、お母様には、無邪気なおねだりというより「良い心掛けです。知識は、きっとあなたの助けになるでしょう」と励まされました。……お母様の苦労が偲《しの》ばれるな！

勉強に同席というより、正確には、お兄様と一緒に私も勉強を始めることになりましたよ。お兄様は魔法以外もいろいろ学び始めてるけど、魔法の時間だけ同じ部屋で私もお勉強、って感じ。

他の勉強は、お兄様とは別でやります。

「それでは、ミカエラ様。本日よりお勉強をお教えいたしますナリアと申します、よろしくお願いいたします」

「あい。よーちく、おねまいしましゅ」

頭を下げる女性にぺこりとお辞儀。ものを教わる立場として、礼儀は忘れないようにしたい。

ナリアは二十代初めくらい？　なんでも、貴族令嬢の家庭教師としての教育を受けた才女だとか。教わるのは読み書き計算と礼儀作法や一般教養が主。

話し言葉はともかく、文字の読み書きは順調。基本の文字や簡単な文法を覚えたらなんとかなる。計算は前世で学んだ基礎があるし、表記は違っても加減乗除のやり方は変わらないからありがたい。とりあえず今は一桁の足し算引き算をのんびり解いてる。最初からあんまり飛ばしても不審だし。

歴史や地理は当たり前に全然違う。なので、子ども向けの絵本『せかいのなりたち』を読んでもらいました。

この世界は神様が作り、人間に与えた。神様は全知全能だが、人間の都合は知らない。だから人間は、神様がなぜか作っちゃった魔物を倒したり、魔物の元になる良くない気を祓《はら》ったりしなきゃいけない。

そのために神様から魔法をもらったそうな。魔物は人間を食べたりするから、神様にお願いして魔法が使える人間を増やしてもらった。

最初の人が王族の先祖で、その後は貴族。稀《まれ》に平民でも魔法を使えるのは、昔貴族だった頃の先祖返りと思われる。まあそういう力のある人は大体貴族の養子にされるそうだけど。魔法使える平民が市井《しせい》にいたら悪目立ちするよね。

魔力の有無は、髪や目の色彩に現れるんだって。さらに色合いと魔力の属性は関連していて、お兄様の先生のあのワカメ髪も土の魔力を示してるとか。

そして我が家族も。お父様は風の魔力を、お母様は水だけでなく氷の魔力も宿しており、その間に生まれた私とお兄様は、両方を持つ可能性がある。

隣でお兄様の魔法講義を一生懸命聞いてると、なんとなくわかってくる。

魔法って、究極には想像力なんじゃないかな。できる限り精緻《せいち》な想像と、それに実体を与えるに足る魔力。それらが合わさって『魔法』という現象を起こす。

こっそり裏庭で、立ったまま瞑目《めいもく》する。お兄様がやってたように、じっと目を閉じ、自分の中に宿る力を見つめる。

先生に頼み込んで見てもらったら、私の持ってる魔力は風属性だって言われた。

……うん、なんだか……このじっとしてない、うずうずと落ち着きない感じ、これかぁ……！

「……目に見えないもの、我らの息吹……」

そっと囁《ささや》く。自分のうちに宿る力に語りかけるように。従わせるのではなく、力を貸してほしいと。共に為《な》そう、と。

胸の前でお椀のようにしていた掌《てのひら》の中。ふわり、と空気が揺れた。ゆるゆると巡る、弱い風。

どんなに弱くとも、私の起こした風だ……！

「ふわぁ……っ」

掌《てのひら》をほどくと同時にふっと風が広がるのを、肌だけでなく直感的に感じる。これが、私の『力』だ。

その後調子に乗ってそのまま風で遊んでたら魔力切れで倒れ、お母様に笑顔でお説教されました……

さらにあとから気づいたんだけど。風とは別の魔力もあるんだよ、私の中。イメージとしては吸い込むように静かな深い力。

悩んだ挙げ句に、やっぱり裏庭で（ここが一番安全。人こないし壊れて困るものもないし）伸びっぱなしの叢《くさむら》に向かってその力を向けてみたら。

脳裏に、「ハコべ種の混植《こんしょく》。自生種。無害。鳥類や昆虫の食用」と説明文が浮かび上がった……慌ててお母様に相談したら、『鑑定』魔法であろうと言われましたよ。稀《まれ》に発現する、そこそこ有用な魔法らしい。

知識が広がれば、鑑定で得られる情報も詳しくなるっていうから、勉強にも身が入るよ！　そしてこれも熱中しすぎてまた倒れました……。もちろんお説教付き。

これがあれば、今栽培してる以外に役に立つ作物とか見つけられるんじゃないかな。できれば栽培に手間がかからなくて、かつ売値の高いものがいい。

……いや虫のいい願いだとは思ったよ、自分でも。だけどそれに合致しそうなもの見つけたら、そりゃ行動せざるを得ないでしょ⁉

それに考えてみれば、いや、考えるまでもなく、公爵家に生まれたからこそ、衣食住に不自由なく育ててもらってきた。そうして育って大きくなったのに、責任とかめんどくさいから嫌です、ってのはあまりに酷《ひど》いし無責任だ。

だからといって、貴族令嬢としての責務、つまり政略結婚して子孫残す、っていうのも……とてもできそうにない。権力や立場的に『適切な』相手と結婚して子ども作る、なんて自分の性格的に無理。

だったら。養われているうちは、極力公爵家と領地のためになることをして、私がいなくても領内の誰かが継続できるようにしておこう。その上で、お父様にきちんと話して、家を出ることを認めてもらおう。……お兄様に話した方がいいのかな、私の政略結婚を必要とするのは次の世代だろうし。

いやまあ、いずれにしてもいっぺん要相談だ。

「お嬢様、こないだ言ってたみたいに、こっちにまとめてみたけど」

「何にするんだ、この草」

領地にある孤児院の庭はかなり広い。畑も作ってるけど、ほんの一部。あとは洗濯物干したり小さい子の遊び場だったり。その一角に、鑑定で見つけた植物を植えてもらった。

「こんなの、その辺にいくらでも生えてるじゃん。牛や馬の好きなやつだよな」

「なんで牛や馬が好きなのか知ってる？」

問いかけながら手近な一本を折り取る。

くんくん、嗅いでみると確かに甘い匂いする……！　えい、確認！

「わあぁ、お嬢様！　いきなり齧《かじ》らないで！」

「あんた自分まで牛になりたいのか!?」

などと周りの子ども達は騒いでますが、こっちはそれどころじゃないよ。

「……甘ーい！」

鑑定さん嘘吐かなかった、これサトウキビだ！

正確には近似種なんだろう、我が公爵領は本当ならサトウキビが育つ亜熱帯気候じゃない。

とりあえずこれで一つ、資金調達の目処《めど》は立つね。精製はまだこれからとはいえ、高価な嗜好品《しこうひん》である砂糖が生産できれば、十分だ。

「みんなも味見してみて！」

百聞は一見に如《し》かず、というか一度味わえばこの有用性はわかるだろう。砂糖が高価ということは、甘味も、孤児院の子どもには手の出ない高級品だ。

代わる代わるサトウキビを齧《かじ》った彼らも、納得してくれた。これなら頑張って育ててくれるだろう。とりあえずある程度の量を栽培しないと、精製まで試せないからね。

さらに、サトウキビをお父様のところに持ち込んで、事業を始める許可をとった。最初は私の個人資産で孤児達を雇って、領地全体に広げて公爵家としての事業にできる。

「ミカエラは、どうやってこんなの見つけたの？」

話を聞いたお兄様、笑顔だけど若干呆れてます？

「鑑定してみたんです。そしたら砂糖の原料になるって出たから」

「……鑑定って普通、知ってるもの、それに近いものにしか効かないらしいよ？」

……ああ、そうか。前世の知識も、鑑定の土台にあるのか。……でもそうなると、説明が難しいな!?

「……え、えぇっと」

言い澱《よど》む私にお兄様は溜息を吐いた。ぽんぽん、と宥《なだ》めるように頭を叩かれる。

「まあ、鑑定は使えば使うほど精度も上がるそうだから……ミカエラは、いろいろ試してごらん。何かに使えそうなものがあれば、ぼくやお父様でなんとか形にしてみるよ」

「……！　ありがとう、おにいさま！　えっと、これ、きっとおにいさまの役にも立つから！」

第2章　少女期（入学前）

お誕生日おめでとう、お兄様。

今日をもってお兄様ことフェリクス・フォル・オブライエン、十歳になりました。前《プレ》デビューと呼ばれる、お披露目《ひろめ》の誕生会が王都の我が家で開催されます。

お父様が宰相補佐官とかいう、忙しそうな職に抜擢《ばってき》されちゃったのです。現在の宰相はお祖父様の友人で、お父様を貸してくれってお祖父様に交渉したんだって。お父様本人はそんな忙しい仕事嫌だってごねてたらしいんですが、無事（？）就任しました。

改めて自己紹介します。ミカエラ・フォル・オブライエン、オブライエン公爵家長女でございます。

当年とって八歳。鮮やかなブルーの巻き髪、わずかに紫がかった蒼《あお》の瞳、真っ白な肌と、我ながらお人形のような美少女です。お母様に似て若干きつめの顔立ちだが。

対照的に、お兄様は相も変わらず地上の天使の如《ごと》く。お母様譲りの銀紫の髪、明るく澄んだ翠《みどり》の瞳。すっきり通った鼻筋に、笑みをたたえた唇、薔薇《ばら》色の頬……甘い微笑みの天使様です。前世なら聖歌隊に入ってそう。

貴族の子どもはこの前《プレ》デビューを済ませるまであまり表に出ません。裕福な貴族の子でも、幼いうちに儚くなることも少なくない……まだこの世界、衛生とか病気の予防とか、進んでいるとは言えないです。治癒魔法といわれるものもあるんだけど、怪我はともかく病気には効かないことも珍しくはないそうな。そもそもめっちゃ稀少《きしょう》。

そんな事情で、子どもが幼いうちは、あまり表に出さないのが普通。今日招待されたのは、お兄様より先に前《プレ》デビューを済ませた子ばかり。

……女子率高いな。着飾った女の子達（とはいえ私より年上）はお兄様を見てぽーっとしてます。結構人数いるけど、全員反応おんなじー。お兄様モテモテね。

まああれだけ美形で家柄も良ければ当たり前か。封建的な階級社会ってことは、よほどのことをしでかさない限り身分は安泰《あんたい》だし。まして我がオブライエン公爵家、ここのところ領地も好景気に沸いてますし。

はい、ちょっとやらかしました。孤児院で育てたサトウキビから、砂糖の生産が始まってます。元々は牛馬の餌だったけど、生産量自体が跳ね上がったから、搾《しぼ》り滓《かす》を餌に回すだけでも量は十分。飼料は減ってないよ。むしろ家畜も増えてる。それに加えて、小麦と豆の二毛作も始めた。

そんなこんなで、領地はずいぶん栄《さか》えてます。お兄様も私も、十五歳で王立学院入るまでは王都と領地を行ったり来たりになるはずなので、王都では砂糖はじめ領地の特産物を宣伝する予定。私じゃなくて、お父様とお母様が。だったらお父様達だけでも良さそうなのに、一緒がいいとお父様が駄々をこねた。

実のところ、お母様は貴族社会ではあまり立場が良くないらしい。成り上がりとかシンデレラストーリーとか、あれって言い上がる側からは美談扱いでも、上からの視線は厳しいよね。もっともお母様、地道に交流を続け、人脈を広げていたそうです。最後は結局人間力。

うちの領地からよそに、いろいろな特産物のやり取りを重ね、国内貿易を確立して。今や、我がオブライエン公爵家は流通の要ともいえるのですよ。

他人任せで領地経営する気のない連中とは違って、お父様もその辺真面目に取り組んでます。身内びいきかもしれないけど、いい領主だと思う。お父様もお祖父様も。

麦の裏作で導入した豆や芋も、砂糖の増産に合わせて加工してます。甘味だよー、自分の楽しみが一番の理由だったんだけど周りの評判も良く、おかげで高値がついてる！

鶏卵・牛乳は他の領地からの輸入が増えましたが、領地での生産もそれ以上に増大しました。

せっかくなのでお兄様のお披露目《ひろめ》に合わせてその甘味もご披露《ひろう》をと、料理人達と協力して頑張ったー。あちこちのテーブルがざわついてるのはそのせいかな？

十歳の子どもが主役だから、前《プレ》デビューは夜会ではありません。お茶とお菓子が主。軽食くらいは出しますが、それもオブライエン公爵家ではＢＬＴ《ベーコンレタストマト》サンドや甘さ控えめエッグタルト。

財力を誇示するために甘味を置くことはあっても、普通は堅くて甘みも薄い焼き菓子がせいぜいなのよ。ここまで洗練された美味《おい》しいものを用意できるのは我が家だけ、という自負があります。

それに。おわかりかな、ベーコンがあるんですよ。塩漬けにしてから薫製《くんせい》にした、日持ちする豚バラ肉は、領地の騎士達も泣いて喜ぶ魅惑《みわく》の味です。

パンも、他では食べられない柔らかいもの。堅めのものも用意はあるけど、ここでしか味わえないものの方がお客は喜ぶよね。

もちろん私はまだもてなしには出られません。前《プレ》デビューのさらに前ですから。屋敷の二階から、お披露目《ひろめ》会場の様子を窺《うかが》ってる。成功のようで何よりだー。

お兄様はお父様と一緒に、お客様に囲まれてにこにこしている。だけどいい加減、お疲れ気味ね。

そりゃそうか、開始して小一時間ほどずっとあの調子だもの。これだけお菓子や軽食があっても、飲み物くらいしか口にできてないんじゃないかな。

終わったらつまめるような軽食を用意するよう、料理長に頼んでおこう。もちろんお父様お母様の分もね。

「お兄様、昨日はお疲れ様でした」

無事お兄様の前《プレ》デビューは成功しました。むしろ大成功？　何しろ大盛況で、お客が全然帰らないの。後片づけが今朝までずれ込む騒ぎになりましたよ。疲労困憊《こんぱい》の料理長達が可哀想だったので、今日の朝食は私が作りました。家族四人分くらいなら、なんとかできます。自分用のフライパンや包丁は作ってもらったし、説明するより実演する方が早いんだもん。

今朝のメニューは野菜スープとベーコンエッグ、サラダにパン。簡単だけど我ながら美味《おい》しいし、お兄様も好きなものばかり。

お兄様、外見は天使だけど、厚切りベーコンとかハンバーグとか、がっつりお肉好きだよね。さすが男の子。お父様もだし、お母様も体が資本だからか、結構しっかり食べます。いいことだ。

昨日が大変だったからね、今日は朝ごはん食べてゆっくり休みましょう。どうせお兄様もこれから忙しくなるだろうし。

「ミカエラ、昨日はありがとう。きみがいろいろ頑張ってくれたから、上手くいったよ」

「あら、お兄様だって頑張っていらしたでしょう？　私はお手伝いしただけですよ」

お兄様本人が頑張ったからこその成功ですよ。あとどうせなら、頑張ってくれた料理長達も褒めて、ついでにボーナスでも出してあげて。

お父様にお客様が訪ねてきたのは、その日の午後だった。普段なら自宅ではなく王宮に出仕《しゅっし》しているお父様も、今日はさすがにお休みをとってうちにいた。それを承知で王宮でなくうちへきたならなかなか侮《あなど》れない情報収集力だし、そうでないならかなりの強運だ。

「旦那様、お客様が」

私達と一緒に寛《くつろ》いでいたお父様に、執事が声をかける。

この人はお祖父様の盟友《めいゆう》であり、お父様にとっても頼れる人物。お母様も気を許している様子。なのでお兄様や私も可愛がってもらってます。まあ時々やらかしては叱られ諭《さと》され、甘やかしがちなお父様のバランスをとってくれる良い大人です。

そのよく弁《わきま》えてる執事が、家族の団欒《だんらん》を承知で邪魔しにくるとは。何か火急の用件か、よほどのっぴきならない話なのでは。

お母様お兄様と顔を見合わせていると、お父様が立ち上がった。

「客、とは誰だ、クランツ？」

「セラフィアーノ伯爵が、ご子息と一緒にいらっしゃいました」

その返答にお父様の表情が変わった。めんどくさそうだった顔が、一瞬で引き締まる。

「わかった、会おう」

——そういうわけでお父様のお客様がきたのは知ってたけど。

「お嬢様。旦那様がお呼びでいらっしゃいます」

「はい？」

執事が今度はなぜか私を呼びにきた。お父様のお客様じゃなかったの？　あ、子どもがいたんだっけ。大人の邪魔にならないよう遊んでろとか、そういうこと？　でも男の子じゃなかったかな、お兄様の方が良くない？

悩みながらも、案内されるまま応接室に。

「お父様、お呼びとお伺いしました」

ご挨拶して、淑女の礼《カーテシー》。これは家庭教師のナリア先生にもお母様にもしごかれましたからね！

「やあミカエラ。お父様の友達に、もう一度ご挨拶してくれるかな？」

えっ何お父様、まさか子どもを見せびらかしたいだけなの？

言われて向き直った相手は、お父様とはタイプの異なる美形。むしろお母様に雰囲気が近い、きりっとした美貌《びぼう》だ。これだけ美丈夫で女性的な印象にならないのがまたすごい。

「はじめまして。伯爵のセドリック・フォル・セラフィアータです」

「ご丁寧にありがとうございます、フェルナンド・フォル・オブライエンが長女、ミカエラ・フォル・オブライエンでございます」

お父様と同じくらい背が高くてしかも穏やかな笑顔。これは見惚《みと》れるよねー。美形すぎて目が潰れそうなので、鑑賞用で十分ですが。

「私の息子を紹介しましょう。おいで、セフィロス」

呼ばれて伯爵の隣に並んだのは、伯爵そっくりの少年だった。……うわあ何この親子、美しすぎる……！

「……はじめまして、セフィロス・フォル・セラフィアータ、です」

「……ミカエラ・フォル・オブライエンでございます」

『セフィロス』ってこの世界の創世神話に出てくる『建国王の剣』と呼ばれた剣士の名

前。……ということはこの美少年、剣士というか騎士の家系なのかな。

「あのねミカエラ」

淑女の嗜《たしな》みも忘れぽかーんと口を開けて彼に見惚《みと》れてたら、お父様が笑いを含んだ声をかけてきた。

「はい、なんでしょうお父様」

「フェリクスが天使なら、この子のことはなんて言うの？」

うひゃああ～、お父様勘弁してぇ～！

お兄様はだって、天使じゃない？　きらきらで笑顔が華やかで。お側でお喋《しゃべ》りしててもお茶してても、目の保養というか。

彼、セフィロスはお兄様以上の美形だけど（お兄様より綺麗な少年がいるなんて、異世界の美形レベルはどーなってんだ!?）、天使という感じじゃない。緊張してるのか強張った無表情で、ますます硬質な美しさが映《は》える。天使じゃないけど宗教画かぁ!?（逆ギレ）

「……か」

「『か』？」

「かみさま、みたい……」

「……ぶふっ」

一瞬の間をおいてお父様が噴き出した。

それで我に返ったけど、酷《ひど》くない!?　娘にめっちゃ恥ずかしい発言強《し》いといて噴き出すなんて!?

じとっと睨み上げたら、くすくす笑いながら頭を撫でられた。そのまま、ソファセットに誘導される。伯爵家の父子も向かいに腰を下ろすけど、……うぅ、恥ずかしくて顔が上げられない……

有能な執事がお茶を淹《い》れてくれて、その温もりにすがる。

あー、お茶いい香り、温かいし。

「ほらミカエラ、お食べ」

まだ笑っているお父様を横目で睨めば、ジャムを載せたクッキーを差し出された。

甘いジャムをたっぷり使ったお菓子は、砂糖生産の副産物だ。

「……ありがとうございます、お父様。伯爵閣下もセフィロス様も、お口に合うかわかりませんが、お召し上がりくださいませ」

さあどうぞ召し上がれ！

そうしないともてなす側が食べられませんからね！

「ありがたくいただきましょう」

伯爵は、意外に表情が優しいな。決して表情が豊かでも愛想がいいわけでもないんだけど。わずかに浮かぶ表情が穏やかだ。

「……いただきます」

対して息子の方は、本当に表情筋が動かないね。元が綺麗なだけにちょっと迫力があるよ。

が、お菓子を口にした彼が確かに表情を動かしたのを、見た。淡い紫の、宝石みたいな目が一瞬見開かれる。確かめるように口許がゆっくり動いて、仄《ほの》かに綻《ほころ》ぶ。

「……美味《おい》しい」

「そうでしょー？」

これは領内の子ども達も手伝ってくれた、我が国最先端のお菓子ですよ。まだ量産は難しいけど、みんな頑張ってる。

いずれの日かあの子達、そして他の領民の生活を支える一助になれたらいい。

国内では、オブライエン公爵領は優良な土地だ。主食の麦はかなり収量があるし、芋や豆もさらに収穫を増やした。余ればおのおの備蓄するも良し、請《こ》われれば買い取りもする。

サトウキビ栽培も砂糖の生産も順調で、いつか領内でお菓子パーティーをするのが、今の夢。

気がついたらその辺について熱く語ってしまっていた。伯爵は困ったように微笑んでいるしお父様は笑いを堪《こら》えている。そしてセフィロス少年はといえば。

「……ミカエラ様は、なんのためにそんなに一生懸命なのですか？」

すっごく恐る恐る聞かれた。

えっなんか怯《おび》えてる？　私怖いことでも言った？

「なんのため、と言われると難しいのですが……大雑把《おおざっぱ》に言うなら、みんなで幸せになるためです」

うん、究極にはそういうこと。まだまだこの世界、人が生きていくのは大変で、公爵領でも生まれた子どもの半数は大人になれないという。病気や事故、辺境だと魔物に襲われたりもする。あと多いのが飢え。

食べるものさえあれば救える命がある。病気だって、しっかり食べて体力があれば持ち堪《こた》えられるし、生きていれば選べる道もある。全員救えないことはわかってるんだけど、それを気にして進めないのはもっと嫌だ。我儘《わがまま》と承知で、行けるところまで行くよ！

あとは私個人の打算もある。将来的に政略結婚とかそういう方向で公爵家の役に立てる気がしないんで、こういうところで頑張っとこうと。あと領民に顔を売っとけば、将来公爵家から出ることになっても、居場所が作れるかなとね。

それなりに考えてはいるんですよ、全部お話しすることでもないけど。

もちろん後半は内緒。今はまだお父様やお母様を嘆かせたくないし、お兄様に迷惑かけたくないからね。

「素晴らしい心構えですね、ミカエラ様」

おおう伯爵に褒められちゃったぜ。目がきらきらしてらっしゃる……わー美形からの賞賛の眼差しって気恥ずかしい。

「……恐れ入ります。子どもの戯《ざ》れ言《ごと》ですわ」

顔火照《ほて》るわ、はつかしー。下向いちゃえ。

「うん、うちのミカエラは自慢の娘だよ」

俯《うつむ》いた頭にお父様の掌《てのひら》が置かれる。ぽんぽん、てされると嬉しくなっちゃう。

「で、ミカエラ。セフィロスと婚約することになったから、今後よろしくね」

「……はい？」

うっとりしてたらお父様から爆弾発言キター!?

がばっと顔を上げたら、真正面からセフィロス少年もこちらを見ていた。視線が合う、と同時にその白い頬にじんわり血の色が広がっていく。

いや他人事じゃないよ、多分私も同様ですよ。どゆことお父様⁉　そんな楽しそうに頭撫でないでー、全然考えまとまらないよー！


お父様から聞かされたセフィロス少年の置かれた状況は、過酷だった。

元々の後継者であった兄君が出奔《しゅっぽん》されたそうで、前伯爵は弟であるセドリック様を妻子と別れさせて、呼び戻したという。さらには、兄の妻であった夫人と再婚させ、伯爵位を継がせたのだとか。その息子のセフィロス少年もよそへ売り飛ばしかねないだの、大丈夫なんですかそんな状況のセラフィアータ伯爵家？

お父様が言うには、さすがに捨て置けないから国から査察を入れる予定なんだって。

この王国内は言ってしまえば全てが王家のもの、各貴族家はそれを預かり管理しているに過ぎない。にもかかわらず、己《おの》れの利のみ求めて領民を疲弊《ひへい》させる者の多いことを、国としても憂慮《ゆうりょ》している、とか。

「もっと早く連絡をくれれば、もう少し穏便な手段も選べたんだけどね」

お父様はにこやかにおっしゃり、伯爵は申し訳なさそうに肩を落としてらっしゃる。

まあ建前上、各貴族家の問題については本来その家で解決することになってるし。いくら親しくても他の貴族におうちの醜聞《しゅうぶん》なんか相談しにくいよね。

で、そういう事情でセフィロスくんをしばらく預かる理由として、私との婚約を結んでおく、ということらしい。

それならいいかな？　確かに目立つ美形だもの、今回みたく悪い大人に目をつけられると……伯爵は悪い人ではなさそうだけど、対人折衝《せっしょう》とかはダメっぽいよね。

「彼にはミカエラの護衛についてもらおうと思うんだよ」

お父様はあくまでにこやかだ。その笑顔で王宮では辣腕《らつわん》を振るっているという噂が、領地の屋敷内まで聞こえてくるけど。

「私、護衛が必要なんですか？」

孤児院へ行ったり屋敷を出るときは、領内でも護衛の皆さんに囲まれてたけど。みんな図体《ずうたい》でっかいから視界が狭いのが困る。安全上しょうがないことはわかってるんだけど。でも王都のお屋敷ではほとんど出歩いてないな。出入りの商人呼んで買い物、とかはしたけど。

「王都だと、あまり大人数の護衛はつけられないからね。セフィロスは歳の割に剣の腕が立つそうだし、……ミカエラにも婚約者がいれば、『虫』も寄りつかないだろうから」

ぞわっ。

総毛立ったのは私だけじゃなかったみたい。セフィロスくんも背筋を伸ばして硬直し、伯爵まで一瞬固まった。それでも一つ深呼吸して、お父様に声をかける辺りが大人の余裕かな？

「ミカエラ様なら、他からも婚約の話があったのでは？」

「望みもしないところからね」

冷ややかに笑ってお父様はおっしゃいました。

「第二王子がミカエラと同じ年なんだ。それでいろいろうるさい話も湧いていてね」

うひゃあ、それは回避一択の案件ですね！

王宮に行ったことがなくても噂はそこそこ聞く。前《プレ》デビューを済ませていない私は基本的に屋敷からは出ないけど、厨房や洗濯場に潜《もぐ》り込むことはよくある。下働き達の愚《ぐ》痴《ち》や噂を聞くのは情報収集の基礎だからね！　そうした噂から判断するに、王様の評判は悪くない。

王様個人、というより王宮の政治だね。これは宰相やその補佐たるお父様の手腕もあるだろう。

今現在、王宮には三人の王子と二人の姫がいるそうな。第一王子は確かフェリクスお兄様と同学年くらい、王妃様の産んだ二人目の子ども。第一子は姫ですでに学院入学済のはず。

問題の第二王子は唯一側室の子どもだ。お父様はこの側室が好きではないらしく、たまに話題に上ると真っ黒な笑みを浮かべている。お母様もこの人とは反《そ》りが合わないらしい。

だったらほっといてくれればいいものを、側室の方がお茶会とかにお母様を呼び出すの。それも、お父様を怒らせてるみたい。

まあ公爵家だから、王家とはそれなりに付き合いがあるんだよね。私は会ったことないけど、お兄様も第一王子との面識はあるみたい。お父様に至っては、職場が王宮だし元々王様自身とも個人的な親交があるそう。同じ年頃だと学院に同時期に在籍してたり、親しくなくても顔くらいは見知っているらしい。

そのお父様も、王様個人はともかく、王族に必要以上に関わる気はないってことかな？

だったらありがたいんだけどー。

「……セフィロス様」

「はい、なんでしょうかミカエラ様」

きりっと姿勢を正したセフィロスくんはやっぱり美形だ。同い年だったら八歳だよね、これで可愛いというよりか美しいのってどうなんだ？

確かにこれだけ美人さんだったら、トラブルは多そうだなー……私で虫除けになるかな？　まあ仮にも公爵令嬢（笑）だし。

「ご迷惑をおかけするかもしれませんが、婚約をお願いしてもよろしいでしょうか」

「は、はい。……ご迷惑をおかけするのは、私の方だと思いますが……」

その辺はお互い様。だけどそのこともきちんと理解してるようで安心しました。

「では今後とも、よろしくお願いいたします」

座ったままでも礼をとると、彼も居住まいを正して礼を返してくれる。

多分すごく真面目なのねー。まだ緊張もしてるっぽいけど、元からの性格とみた。

「それでは、セフィロス様。今後のことを考えて、いくつかご相談したいのですが」

「……なんでしょうか」

「まず婚約者ということになりますと、この先前《プレ》デビューの際などもエスコートをお願いすることになります。私もそれに相応《ふさわ》しくあるよう努力いたしますので、セフィロス様もご協力ください」

「はい、もちろんです」

「それから、先々のことになりますが。……万が一、他に大切な方ができたらおっしゃってください。無理強《じ》いして関係を歪《ゆが》めることは本意ではありません」

大事なことだよ。言わば政略的な婚約だし、人間の感情は理屈ではどうしようもないからね。他に好きな相手ができたら、そっちを選んだ方がいい。

「……それは、ミカエラ様もではありませんか？　他に想う相手がおられるのなら……」

あ、そうくるか？　真面目な上に律儀《りちぎ》なのね……

「『今は』いませんよ」

にっこり。

つまり『将来《さき》のことはわからないよね、お互いに』ということです。わかってくれたようで何より。


お父様は公職に就《つ》いたので、なかなか王都を離れられない。だけど家族は別だ。

私達家族はしばらく王都と領地を半年ごとに行き来することになった。……参勤交代のようだ。社交と領地運営を両立させようと思うとこうなるらしい。領地にはお祖父様もいらっしゃるんだけどね。

そしてもちろん、護衛兼婚約者のセフィロス様――改めセフィロスも一緒。

「セフィロス、オブライエン領は初めてでしょ」

「はい」

「うちはちょっと他とは違うから。きみは他の領地もあまり知らないと思うけど、うちを基準にしない方がいいよ」

私の問いかけに頷いたセフィロスに、お兄様が真顔で付け加える。

まあうちはちょっと特殊だね。まだ道半《なか》ばながら、無償で子どもに読み書きを教え、大人には低利で資金の貸付けをしたり、生産量が増えた農産物の加工産業を興《おこ》したりと、働き口を増やしている。もちろん農業畜産をはじめとする第一次産業従事者も増えた。

そして領地の一番奥、最大の危険地帯である『深魔《しんま》の森』では、お母様が統率する警備隊が魔物の間引きに当たり、近在集落の人間もそれに加わるための訓練を始めている。報酬《ほうしゅう》も出すけど、一番の目的は、彼らが少しでも自分の力で自分達の家族や土地を守れるようになることだ。

この世界には魔物という危険な生物がいる。大概は巨大な野生動物といった見た目だけど、狂暴で人喰いも珍しくない。体内に魔石という魔力の結晶を宿すものもいて、この魔石が、魔道具の動力源になる。ちなみに私もお母様と一緒に魔物討伐に加わってます。

あとね、魔物の肉や皮って、素材としてとても有用。

肉は食べると魔力が増える気がするし、何より美味《おい》しい。毛皮や牙・爪なんかも武具や防具に加工するといい品ができる。蜘蛛《くも》や、繭《まゆ》を作る類《たぐ》いの虫系魔物の糸を織ったら、すごく綺麗かつ防刃《ぼうじん》性の高い布ができました。刃物を通さないのに着心地がいい、不思議な衣服一式を作ったり。

あ、セフィロスの分も作ってもらえないかお母様に相談してみよう。私の護衛なんだから、防御は必要だよね。

「うーん、深魔の森への同行はしばらく落ち着いてからでもいいんじゃない？　とりあえず領地で慣れてから」

つい先走ってしまう私をお兄様が笑顔で窘《たしな》める。

「えっと、一度お母様とお話しした方がいいかしら」

「そうだね。……セフィロスは、お母様とは話した？」

「公爵夫人には、ご挨拶はさせていただきました」

お兄様の問いにセフィロスは固い表情で頷いた。

……口数が少ないんだよね、多分元から。話しかけられれば答えるけど、自分からは口を開かない。その応答も、必要最小限というところだ。

お兄様とも、同じ男の子だし歳も近いし、もうちょっと仲良くなるかなーと思ってたんだけど。まだ微妙に距離がある感じ。

まあいきなり連れてこられたセフィロスにしても迎えた側のお兄様にしても、その距離を測りかねてるのかな。

　こういう問題は昔から得意じゃない。自覚もあるので、お母様に相談してみました。

「……二人がどう、というよりは、まだセフィロスが環境の変化に慣れていないのかもしれなくてよ？」

「……『環境の変化』……なるほどー」

　さすがお母様。すごく納得いく答えだ。

「それよりも、あの子はどれくらい使えるのか、確認しておきたいわ」

　ん？

「なんと言っても、セドリック殿の息子ですから。彼が自分の子を鍛《きた》えていないとは思えないですし」

　……お母様、にこやかにおっしゃってますが、なんというか……わくわくしてる？　楽しみ？

「どれだけの腕を見せてくれるか、本当に楽しみ」

　……ヤバいスイッチ入った気がする……ごめん、セフィロス……

　そういう次第で、お母様とセフィロスと三人で、深魔の森にて討伐を行うことになりました。私自身はお母様と一緒、もしくは深魔の森に常駐する部隊も交えての実践はこなしていたけれど。

「セフィロス、危険地帯ではあるけど大丈夫よ。とりあえずの慣らしだし、あなたは私が守るから」

「え……」

笑いかけたらすごく微妙な顔された。そして彼が何か言うより早く、お母様から突っ込みが入る。

「ミカエラ、安易に『守る』などと言ってはいけません」

「お母様……でも」

「あなたとセフィロスが危機に陥《おちい》ったら、私はあなたを守らなくてはならないわ。そのとき、あなたが無理にセフィロスを守ろうとするなら、どちらも守り切れなくなるかもしれない。……そして、万が一にでもセフィロスを守ったあなたが怪我したりしたら、それはどういうことになるかわかりますか？」

……とてもマズいことになるのはわかります。私一人で責任取り切れない、ということよね……

「……わかりました、お母様。ごめんね、セフィロス」

「いえ、謝らないでください、ミカエラ。私はミカエラの護衛になるんだから、その相手に守られては、護衛として失格だと思います」

セフィロスは口数が多くない。だけど、言うべきことはきちんと言おうとしてくれる。……本人は話すことは苦手だと言うけど、それこそ話さなきゃ上達しない。いくらでも話して、と頼んでいる。それでも普段はまだ遠慮があるんだけど、こんな風に、きちんと言おうとしてくれるその心意気が嬉しい。

「良い子ね。……ですがセフィロス、あなたもまだ不慣れ。とりあえず今回は、森の雰囲気に慣れることを心がけなさい」

「はい、ありがとうございます」

ところでお母様、私のときは初回から魔物の弱点だの攻撃の回避手段だの、お教えいただいた気がするんですが。え、自分一人で小さい魔物狩りしてた人が何言ってんだって話？

さて、深魔の森は、オブライエン公爵領のみならず、王国内でも有数の危険地帯だ。濃い魔力によって魔物が多く生息するこの地は、過去にはあふれる魔物で公爵領を壊滅させかけた歴史がある。

何度か討伐隊が組織され、今のところは落ち着いている。その安寧《あんねい》には、お母様の力が寄与《きよ》していた。

なんと言っても王宮魔法師だったのだ。その能力は高い。もちろんそんな母を親に持つ私も、年齢の割には使えるつもりだよ。でなきゃ、お母様が同行させるはずがないでしょう。

バキバキと樹木をへし折りながら暴れているのは、巨大な蛇だ。毒はなくただ狂暴で力が強いだけ……とは言うが、それだけでもただ者ではない。

「ちょ、ミカエラ！　危ない!!」

「行って、セフィロス！　弱点は喉元！」

さすがに魔物討伐が初体験のセフィロスは慌てて声をかけてくるけど、逆に私から大声で指示を出してやる。

セフィロスは、伯爵に郷里の騎士団に放り込まれて鍛練《たんれん》してきたという。大人とも渡り合える剣の腕だが、基本的に対人想定の戦い方しか学んでないようだ。魔物に対するのが初めてということもあって、戸惑いが大きいみたい。

だったら大事なのは慣れと経験だよ！　というわけで魔物を誘《おび》き寄せては魔法で迎撃し、セフィロスにも攻撃させる。もっとも、最初セフィロスはまったく動けなかった。

「セフィロス、一旦退《ひ》いて動きをよく見なさい」

お母様もついてるから、大丈夫だよ。

「大丈夫、セフィロスならできるよ！　目がいいし、体も動いてるから！」

動けない人は本当に動けないの、たとえ歴戦の騎士でも魔物討伐に向かない人はいる。

冒険者ならまた別の話だけど。彼らは、魔物を討伐してその報奨金《ほうしょうきん》をもらったり素材を売りさばいたりするのが仕事の人達だ。場合によっては貴族とか商人の護衛をして盗賊退治とかもするそうな。

しばらくそうして経験を積んで、深魔の森やそこに棲《す》みつく魔物に慣れる。回数をこなせば、確実に経験値が上がる。

ゲームのようにレベルが目に見えるわけではないけれど、それでも数をこなすことが上達の近道なのはこの世界でも同じだ。特に魔物討伐では、同じ魔物を続けて討《う》ってると、同種あるいは近似種を倒しやすくなる気がする。

セフィロスは最初から腰が引けることがなかった。驚いてはいたけどびびってはいない。ぎこちなくても必死でついてきてくれて、すごく上達が早い。……まあそれだけ引っ張り回してるからなあ。

おかげでセフィロスの戦闘力もどんどん上がり、二人だけでの深魔の森への討伐が認められるほどになった。

間章　少年騎士の憂鬱《ゆううつ》

セフィロス・フォル・セラフィアータにとって、ミカエラ・フォル・オブライエンは言わば彼の人生を照らす光だ。

行くべき途《みち》を見出せず、このまま流されていてはダメだとわかっているのにそれに抗する術《すべ》もなかった。新たに父の妻となった女性は、彼を裕福な家に売り飛ばすつもりで、それを隠しもしない。父や領地の騎士達はなんとかしようとしていたがなかなか上手くいかず。

焦りと諦念《ていねん》に閉ざされていた彼の世界に差した光、その未来を照らし出すもの。

もちろん父達大人の判断だったこともわかっている。それでも、彼女が自分を受け入れてくれたからこそ、選べた途《みち》であるのも確かなのだ。

「セフィロス、孤児院行くから一緒に行こう」

セフィロスは、ミカエラの護衛として彼女の行くところにはどこへでもついていっている。王都の屋敷から公爵家の領地に帰ってもそれは変わらない。

彼女の家族は一癖も二癖もある人達だ。

父親のフェルナンドはいつも笑顔ながらなかなか容赦《ようしゃ》ない人物で、父とは互いに認め合う友人だとか。母親のガブリエラ夫人は、セフィロスの身の上を同情するより励ましてくれる、逞《たくま》しく苛烈《かれつ》な女性である。

そしてもう一人の家族も、一筋縄ではいかない。

「ミカエラ、ぼくも一緒に行くよ」

「お兄様が一緒だと、みんな驚きますね」

声をかけてきたフェリクスは、父親と同じようにいつも笑顔だ。だがまだセフィロスのことを警戒している。大事な妹を預けるに足るかを見極めているのだろう。

ミカエラが領地の孤児院に行くのは、慰問《いもん》としてというより遊びのようだ。孤児達も、ミカエラを領主のお嬢様ではなく、毛色の違う友達として受け入れている。

「あ、ミカエラ様だー」

「ミカエラ様こんにちはー」

「フェリクス様もいるー」

「……あれ、そっちの子は？」

ミカエラを見つけて子ども達が群がってきた。その子達が、見知らぬセフィロスに気づいて首を傾《かし》げている。そこへフェリクスが微笑みながら告げた。

「彼はセフィロス、ミカエラの護衛だよ」

その言葉に顔を見合わせた子ども達が声を揃《そろ》えて言う。

「ミカエラ様に護衛なんか要るの⁉」

「⁉」

一応公爵令嬢のミカエラには、常時大人の護衛がついている。にもかかわらずこう言われる辺りが、ミカエラらしさだった。そのことを否応なしにセフィロスも思い知る。

魔物討伐が許可される頃になると、フェリクスや領地の子ども達も、セフィロスを認めて受け入れてくれた。

「正確に言えば、きみならミカエラのお守《も》りを任せて大丈夫かなって」

「……フェリクス様」

複雑な顔をするセフィロスに、フェリクスが微笑む。いつもの張りついたような笑顔ではなく、共犯者に対して向けるものだ。

「ミカエラは、武力じゃ国内でも随一だよ。だけど戦い方は魔法に大幅に偏《かたよ》ってるから。セフィロスは剣を、あの子に捧げてくれる？」

「言われるまでもありません。……ただミカエラ自身は、そういうことを望まないのでは？」

「まあね。ただいろいろな意味で、あの子には重石《おもし》が必要だ」

ミカエラの有するものが物理的な力なら、フェリクスは政治力を父から受け継いだ。妹より一足早く王立学院に入学した彼は、あちこちに知己《ちき》を得て、人脈を広げてますますその力をつけているらしい。

他の子ども達も、彼女に対する信頼は篤《あつ》く、その分案じてもいる。その無茶に巻き込まれがちなセフィロスには同情的かつ信を置く者も増え、おかげで同年代の友達ができた。

ミカエラは前向きな努力家で、弱者に対しては優しい。だが彼女にとって領地の子ども達は弱者でなく、共に成長すべき存在のようだ。

読み書き計算に始まり剣の使い方や針仕事に料理と、将来役に立ちそうな諸々を、自身と一緒にやらせたがる。やる前から逃げることだけは許さない。なかなか厳しいところもあり、いかにもあの母の娘だと感じたのだった。

第3章　学院生活のその前に

ミカエラ・フォルス・オブライエン、十五歳になりました。もうすぐ学院に入ります。王国の基礎教育機関としては最大規模、レベルも最高峰といわれる『王立リビンガート学院』です。

座学のみならず教養（芸術および文化的流行その他）を高め、他国の言語や慣習を学ぶことも可能。貴族子女が多いですが、裕福な市民階級の子どもや、才能を見出された奨学生もいます。

そしてこの世界だからこその、特筆すべき点は魔法教育ですね！　庶民の奨学生は、魔法が使える子がほとんど。騎士になる教育を受ける子もいるけど。

私も小さい頃から魔法に一番力を入れてきたからね！　専門家であるお兄様の魔法の先生に何度となく特攻をかまし、魔法オタクの彼にドン引きされたのも今となってはいい思い出です。

領地でサトウキビはじめいろいろ栽培したり加工したりしてたら、飢える子どもが減ったのは良かったけど、逆に人口が増えた。余力があるうちにと、お父様お祖父様達も巻き込んで領地の生産力の底上げを図りました。

最低限の教育は生きていく力になると、まず孤児院の子ども達に文字を学ばせ計算を教え、ってやってたら、生活が安定したおかげか食べ物が良かったのか、その中に魔法を使える子が出てきた。しまいには魔物討伐の助けになる子まで。あれこれ試行錯誤の果てに、専門家も巻き込んで一般庶民の子ども達にも初級の魔法教育を施し始めてます。

できるだけ多くの子が魔物を倒せるように、頑張ってみんなを鍛《きた》えました。私やお兄様も、そしてもちろんセフィロスも、魔物討伐はずいぶん数をこなした。……その肉を孤児院や貧困家庭への援助として食用に回してたら、余計に魔法使える子が増えたんだよね。

セフィロスは魔法は使えないけど、剣がすごい。領地の護衛騎士と渡り合う腕前。伊達《だて》に小さいうちから騎士団で鍛《きた》えてきたわけじゃない。セラフィアータ伯爵家にはあれきり戻らず、ずっと我が家やオブライエン公爵領で過ごしている。

セラフィアータ伯爵家は王宮から監査が入って大変だったらしい。お父様経由の伝聞なんで詳しくは知らないけど、伯爵夫人……というかその実家が、セラフィアータ伯爵家を食い物にしようとしてたよう。

夫人は離縁、実家に賠償金《ばいしょうきん》請求だの前伯爵（セドリックおじ様のお兄さんね）も出奔《しゅっぽん》ではなく、そちらの関係者に害された疑いがある、だの。

すでに一族郎党犯罪者として裁かれる予定。

うわー貴族社会って怖い！


学院入学のちょっと前に顔合わせとして、よその令息令嬢と一緒に、側妃様のお茶会にご招待されました。お母様が付き添い。

それまであまりよそのおうちについては知らなかったので、良い経験にはなりました。前《プレ》デビューはしたものの、子ども同士の社交は極力避けてたんで。

どうも、同世代の子どもがあまりにも子どもっぽくて付き合うのに疲れてしまってたの。前世の記憶なんかあるせいで、妙に子どもらしくない自分が異端だという自覚もあるけど。さすがに、学院に入る年になれば全員でなくてもそこそこしっかりしてくるだろうし、入学してしまえば接触は避けられない。慣れるにはいい機会だと思ってね。

女の子は、数は少ないけどそれぞれ小さな淑女というか、きちんとした振る舞いのできる子ばかり。対して、男の子は……ちゃんとした礼儀を弁《わきま》えてる子ももちろんいたけど、一番態度が悪くて不躾《ぶしつけ》な子が一番身分が高い、というのは救えないなーと思った。

側妃様の一人息子で第二王子のパトリックは、態度でかいわ意味もなく偉そうだわ、ついでに他の子に我儘《わがまま》を押しつけて威張っている、かなりの悪ガキだった。

……本来なら、この国で学院に入ろうという年の貴族子女に許される態度じゃない。王族だから腫《は》れ物に触るような扱いをされてるし、近寄らない方がいい、というか近寄りたくないと思っていたんだけど。

「おまえがオブテイエン公爵の娘か！　まあ見られんことはないな、どうしてもと言うなら妾《めかけ》にしてやらんこともないぞ！」

などといきなり言われてドン引きしかできなかったよ。呆れ返った私より早く、青筋立てたお母様が「この子にはすでに婚約者がおりますので」と割って入ってくれた。いやここでお母様入らなかったら絶対自分で罵倒《ばとう》してた自信がある。

しまいには同じくお茶会に出席していたロシナンス公爵夫人が、「うちのアンジェリカではご不満でして？」と参戦し、慌てて側妃様のご実家がとりなしに入ったり。

私もあとで、ロシナンス家のご令嬢、第二王子の婚約者であるアンジェリカに声をかけてみた。

「ご迷惑になったようで申し訳ございませんでした」

にこやかに応じてくれたアンジェリカ曰《いわ》く、殿下は自分の相手は自分で決めたいそう。

要は政略に基づいて決められた婚約に納得がいかず、それ以外ならなんでもいい状態らしい。

「あれで、王族としての矜持《きょうじ》はお持ちですのよ。……ただ、心意気の高さにまだ実体が追いつかないご様子です」

こっそり囁《ささや》くアンジェリカは、明るいペパーミントグリーンの髪とそれよりは少し濃い碧《みどり》の瞳のおとなしそうな美少女だ。私が政略結婚だの責務からとっとと逃げちゃったおかげで負担をかけて申し訳ないと思ったが、当人は納得しているらしい。

「私は公爵令嬢として、政略結婚に嫌悪感はありませんの。他にやりたいこともございませんし……あの方も、これから教育を受けてしっかりなさるのではないかしら」

この子おっとりしてはいるけど、あの利《き》かん気そうなお子ちゃまは上手く手綱握られて尻に敷かれるんじゃないか、と思ったのは内緒だ。だって最終的に結婚したら、所謂《いわゆる》臣籍降下、ロシナンス領の一部と隣接する王家直轄《ちょっかつ》領を分割した土地を治める予定だそうで……それって実質婿入りだよね。

「ねえミカエラ様、今日はあなたのお兄様はいらっしゃらないの？」

声をかけてきたのはルシアナ・ディグリー。ディグリー侯爵家の令嬢で、鮮やかな真紅の髪とちょっとつり目がちの橙《だいだい》の瞳を持つ、私同様きつい感じの美少女だ。そしてどうやら、お兄様のファンらしい。

「兄はすでに学院入学済みですもの、今日は参りませんわ。兄がどうかしましたか？」

「……在学中でいらっしゃるなら、詳しいお話を伺えないかと思いましたの」

きつめの美少女がつん、と答えるのなんて、その手の趣味の人には堪《たま》らない絵だと思う。よく知らんけど。

「簡単な話は聞いていますが、実際に自分で体験するのが一番だとかおっしゃって、あんまり教えてくださらないのよ」

お兄様のケチ。というか、まあ本気でそう思ってる気配はあるな。自分は入学前、お父様やその側仕えやらからいろいろ情報収集してたくせにね。それはつまり、前情報と実情とで意外にずれがあったということなのかもしれない。

そのあとはお兄様の話で盛り上がっちゃって、放置されたパトリック殿下とオルレアン侯爵家のアンドリューくんとやらが拗《す》ねていたらしい。

現宰相の次男坊であるアンドリューも、今度学院に入学する同期生。遠目でちらっと見たところ、青緑の髪に、この世界では極めて高価な眼鏡をかけた少年だった。お祖父様と宰相のオルレアン侯爵が仲がいいそうだけど、付き添いのアンドリューの母親に対するお母様の様子から、それほど気にしなくてもいいかな、と思いました。

あとで聞いたら「ご挨拶はしてもいいけど親しくする必要はありません」とのこと。何やらこっちも確執があるのかな。アンドリュー本人はパトリック殿下とは違い、真面目で礼儀作法もきちんとした子ではありましたが。ちょっと彼もプライドは高そうだった。

第4章　学院生活

「お嬢様、そろそろお休みになりませんと」

「あらリーア、もうそんな時間？」

リーアは私の専属侍女です。私より五歳ばかり年上で焦げ茶色の髪と鳶《とび》色の瞳の、可愛らしい子です。しかしなんにでも首を突っ込むお嬢様のお守《も》りで、大概のことには動じない落ち着きを手に入れてしまった……いろいろすまない。

「明日を楽しみになさっているのはわかりますが、今夜はもうお休みください」

明日、学院の寮に入ります。入学式はそのあと。

読み書き計算を教える学校は領地にも作ったけど、王立学院は正直格が違う。貴族子女は基本的なことは各家庭で身につけさせられているので、学院で学ぶのは貴族社会での振る舞い方や人脈作り。

もっとも私は魔法科だからね！　バリバリいくぜ！

「楽しみで、眠くならないのよ」

「それでも休んでいただきませんと……」

お母様から学んだ魔法は基礎を押さえた程度、だそうだ。学院の魔法科に入ればさらに深く研究できるっていうから、楽しみにしてたんだー。

お父様は微妙な顔してたけど、お母様とお兄様が味方してくれた。

ありがとうお母様、お兄様。ミカエラはあなた方のお気持ちを受け、精進《しょうじん》を重ねる所存にございます。

私の場合、学院で普通科の授業は、ぶっちゃけあんまり受ける意義がないのは確かだ。普通科で学べる淑女教育はもう終わってるし、最近ではロシナンス公爵家のアンジェリカをはじめ交流を持ち始めたし。今更人脈を築く必要もないでしょうというのが、加勢してくれた二人との共通認識。

単なる文官なら出来のいい平民を取り立ててもいい、学院には官吏科もある。まだ一般の識字率は高くないけど、領地でも教育を受けた子どもは増えている。

まあ公爵領《うち》の子達の活躍を見て、よそでも初等教育の必要性に気づいてきたよね。今まで教育の機会がなかった子ども達が文字や計算を学べば、高度な教育を受けた貴族子女は単なる事務職ではなくもっと発展的な仕事ができると。というわけで他でも領民教育が始まっています。

「お嬢様はいつも頑張ってらっしゃいますが、無茶をなさることも多いので、リーアは心配です」

「まあ。ごめんなさい、心配かけて」

てへぺろ。

まあ学院ではおとなしくしてるつもりです。とりあえず学院の様子見てから考えるよ。

学院は全寮制だ。これもランク付けがあって、王族と公爵、一部の侯爵家子女は白金宮《プラチナパレス》。普通の貴族は黄金邸《ゴールドレジデンス》で、それ以外……平民かあるいはゆとりのない貴族子女が入るのが寮《ドミトリー》。……最後だけ明らかに違う。

もちろん設備等にも格差がある。白金宮《プラチナパレス》は侍女や侍従を五人まで連れていけるし、彼らの部屋もある。極めてゆとりある造りだそうだ。お兄様と私はここ。

セフィロスももちろん一緒に入学します。本人は寮《ドミトリー》のつもりだったらしいけど、お兄様が強引に黄金邸《ゴールーレジデンス》に押し込みました。もちろん寮費は我が家持ち。

黄金邸《ゴールドレジデンス》までは部屋も個室（寮《ドミトリー》は二人部屋）で、掃除や洗濯は職員がやってくれる。

ただし黄金邸《ゴールドレジデンス》では身の回りのことは自分でしなきゃならない。よその令嬢達、一人では着替えもできないよね、きっと。さぞ大変だろう……

大概の貴族子女は王都に屋敷がある。人によっては休日の度に帰ったりしてるらしい。

余裕のない寮《ドミトリー》の子達は王都に帰る家がないと、気を抜く暇もないとか。

それはいろいろ大変だろうとは思うけど、私にも不安はある。リーアや護衛がいても、今生では初めての一人暮らしだ。

セフィロスは私の護衛でもあるけど、それより彼にも、学生生活を精一杯楽しんでほしい。ただ、彼には一つ、乗り越えなければならない問題がある……

就寝も間近な頃に、部屋のドアが叩かれた。応対に出たリーアが、微妙な顔で戻ってくる。

「お嬢様、旦那様がお呼びだそうです」

「あらお父様、お帰りになったの」

お父様は仕事できちゃうから、忙しくなってるよねえ……人に回すことも考えた方がいいよ、抱え込んだ挙げ句過労死した私が言えた義理じゃないけど。

執事の案内でお父様の部屋へ向かう。書斎じゃない分まだマシか。

書斎は自宅とはいえ仕事部屋。その点私室なら完全にプライベート。私的な相談事ってことだよね。

「お父様、お呼びと伺いましたが」

執事のノックの後《のち》、入室しながら尋ねる。

お父様の部屋には、お母様もいらっしゃった。華奢《きゃしゃ》なティーテーブルで、手ずからお茶を淹《い》れてくれる。

「もう寝る前だから、一杯だけですよ」

「はぁい、お母様」

お父様もお茶をいただいて、まず一息。……この沈黙が、言いにくい内容であることをにおわせる。

「時間も遅いから、簡単に。……ミカエラ、セフィロスのことだが」

「……はい」

セフィロスの学院入学にあたって、問題になってくるのは彼自身。その美貌《びぼう》が悪目立ちすることが懸念《けねん》されてる。まして彼は伯爵家の庶子でしかなく、立場が弱い。それを補うために私の婚約者にしたわけだけど、それも公爵家に取り入った、という誹謗《ひぼう》中傷の原因になるわけだ。

何か手段はないか当たってみるとは言ってたけど、どうなったのか。

香りのいいお茶で唇を湿らせ、おとなしくお父様の言葉を待っていると、深々と溜息を吐かれた。

え、やっぱダメだった？

「ミカエラ、フェリクスに相談に行ったのかね？」

「お兄様？　……相談というか、懸案《けんあん》事項として報告しました」

お兄様、今学院の寮にいますから、情報共有を。セフィロスとも仲がいいし、何か情報ないかなーと思ったのも否定しない。それにあとから言ったらお兄様からお叱り受けそうだったんだもの。

「……フェリクスも、セフィロスのことは心配していましたから……」

お母様がお父様を宥《なだ》める。それからなんとも微妙な表情をこちらに向けた。

「あの子も自分で調べてくれたの。……そうしたら、研究中の魔道具に、外見や印象を誤魔化《ごまか》すものがあるのですって」

おお、それはすごい。

私が目を輝かせたのに気づいて、お父様とお母様が苦笑する。

「見た目の印象を錯覚させて顔を覚えにくくさせる道具だそうだ。ただ、かなり魔力を使う」

あー……セフィロス、魔力はそんなにないもんね。だったら。

「私が魔力を供給しますわ。使用者と魔力の供給者が一致する必要はありませんでしょう?」

これにて解決！　お父様やお母様は苦笑してたけどね。

王立リビンガート学院は、名門とはいえ所詮は貴族子女の遊び場といわれることがある。確かに学生のうちなら許されるからと、質《たち》の悪い遊びに興じたり平民の学生を殊更《ことさら》嘲《あざけ》ったり、身分の低い相手を貶《おとし》めたりする者もいる。

けれどそうした腐った連中はほんの一部。大概の学生は知識を吸収するか、人脈を構築するかに熱心で、未来へなんらかの結果を出すことが求められている。それを忘れる者は学生の中でも疎《うと》まれがちだし、先行きもまともなことにならないだろう。

……この辺りは、お兄様の受け売りだけど。穿《うが》った見方をすれば、高位貴族のお兄様がそう主張するのもまた理由があるのかもしれない。高位貴族だからこそ、学院の存在意義を明確にし、良からぬ噂を払拭するのも義務の内。王立学院としての在り方を肯定し、良き学舎を維持するのが、貴族の忠心の表れらしい。

お兄様にも侍従や護衛はついてるけど、どんな学生生活なのか、躾《しつけ》が行き届いてるからみんな全然教えてくれない。お兄様自身は「ごく普通だよ」と笑ってるけど、正直めっちゃあやしい。

それでも懸案《けんあん》事項だったセフィロスの件も、ぎりぎりで目処《めど》が立って良かった。巻き添えで変なやっかみ受けるくらいなら、と周囲に距離を置かれそうだもの。

まあ学院では、授業は別になるけど。私は魔法科で魔法の研究および実践を、セフィロスは騎士科で剣術体術に戦略的なことも学ぶ予定だ。魔物討伐はどちらの課程にも組み込まれているから、その際は同行できるかな。

セフィロスの魔道具を作ったのはお兄様の友人、魔法科のレイノルド・ディーラだそうだ。話を聞いておくといいよ、とお父様お兄様に推薦された。ちなみにルシアナの婚約者だとか。

ルシアナやアンジェリカとはあまり交流がなかったが、いつぞやのお茶会以降そこそこ親しくしている。お母様達のお茶会で顔を合わせる程度ではあるけど。高位貴族令嬢で年齢も同じなら、今後も付き合いは続くだろうから親交は保っておこう、という家の判断だけど、私個人は友達だと思ってもいる。

ちなみに隣国の皇女様も一緒に入学する。……お兄様の婚約者で、深魔の森の向こうに位置するキッショウ国のアヤメ姫だ。漆黒の長い髪と紫がかった紅い瞳の、エキゾチックな美少女。

さて、そんな学院での生活がいよいよ始まります。

女子の制服は白のワンピースにボレロジャケット。可愛いけど割と体型を選ぶ。実は入学時点でコルセットつけてる子もいる……

子どものうちから締めつけは良くないと思うし、我が家はお母様もお祖母様もそもそもスタイルがいいせいか、あんまきついコルセットは好まない。

とはいえ学院を卒業したら社交デビューですから、それに向けて下準備を始める場合もある。

「まあミカエラ、コルセットもつけてらっしゃらないの？　お子様ですのね」

入学式の朝、白金宮《プラチナパレス》で顔を合わせた途端物理的に見下してくれるルシアナは、明らかにコルセット着用。この子も細いから、締めないと本当にすとーんとした体形なんだよね。

「ルシアナ、そんな言い方は……」

「構いません、本当のことだし。アンジェリカも気にしないで」

アンジェリカはあんまり補整してないな。

彼女が私達三人の中では一番背も高く体も女性的に成長し始めてる。お互い十五歳だもの、個人差はあるにせよ第二次性徴も始まってる。

私はなぜか他の女子生徒に比べると背が低めです。ご飯もしっかり食べて運動だってよくしてるのにね。これでもこの二、三年でかなり伸びたんだけど。

「おはようございます、ミカエラ。これでよろしくて？」

声をかけてきたのは、昨日ようやく入寮したアヤメ。ほっそりと華奢《きゃしゃ》な彼女が着ると、制服のワンピースもどこか神秘的な印象だ。

アンジェリカは理知的なお姉さんぽく、ルシアナはツンデレ小悪魔的、となかなか個性が表れる服である。

「んー、ボレロは前を留めない方がいいかな」

中のリボンタイが見えなくなる。これが学年を示すからね。

「こうかしら。……それにしても……」

前を開けたアヤメが言葉を切ってまじまじとこっちを凝視する。

ん、何かやらかした？　制服どっか変？

「ミカエラ、制服がとても可愛らしくてよ。あとで髪を編んでも良くて？」

「はい？」

「あらアヤメ姫、私も一緒にやらせてくださいまし。ミカエラに似合いそうなリボンもありますわ」

いきなり頭撫でられてぽかんとしてたら、アンジェリカまで加わってくる。

「まあ素敵。何色のリボンですの？」

「ミカエラの髪はとても鮮やかですもの、同じくらいはっきりした翠《みどり》とか紫かしら。赤や黄色は目立ち過ぎかと」

「確かに。でも淡い水色とか、桃色なら似合うのではなくて？」

学院は、髪形にはさほどうるさくない、よほど華美にしてなきゃ大丈夫。貴族の、特に未婚女性の髪の美しさは、美貌《びぼう》の一つに挙げられる要素だからね。

アヤメは癖のない黒髪をまっすぐ下ろしている。アンジェリカは所謂《いわゆる》ハーフアップ、明るい碧《みどり》の髪を半分ほどまとめて結っている。ルシアナは真っ赤な髪を左右に分けたツインテール、ちょっと幼い感じが却《かえ》ってきつめの顔立ちによく似合う。

対して私のくっきりした青い髪は癖も強くてどうしても悪目立ちする。無難に一つにまとめているだけなのは侍女の怠慢じゃなくて私がめんどくさがったからなんだよね。

「お二人ともわかってらっしゃらないわ」

黙っていたルシアナがいきなりきつい口調で割り込んできた。

「この子なら真っ白なリボンでしょう！」

そういうこと断言しなくていいから！

「おはようございます、ミカエラ」

「セフィロス、おはよう」

「……ずいぶんと可愛らしいですね」

ううぅー。……三人とも、なぜこういうときだけ結託するのか……

「アヤメ達に遊ばれちゃったの。やりすぎよね」

「いえ、似合います」

真顔で言うなし。真面目っ子だから文句も言えぬ。

三人がかり、つーか彼女達の侍女にうちのリーアまで寄って集《たか》って遊ばれた結果が、白いレースのリボンでサイドアップ。横の髪は下ろすと自動的にくるんと巻くので、整えてもらいました。可愛いけど、気恥ずかしい……

これで入学式かー……リーアが「お嬢様を着飾りたかったのに今まで付き合っていただけなくて……！」とか咽《むせ》び泣いてて無下にもできん。

確かに、今生は令嬢として丁重に世話されているからか、お肌は滑《なめ》らかだしこの髪も絹糸のようにつやつやさらさらでいじりたい気持ちもわかるよ。もちろん他のお嬢様達も、その辺りは同レベルではある。

寮の前まで迎えにきてたセフィロスも制服で、男子は白いジャケットとグレーのズボン。襟元《えり》に学院の徽章《きしょう》と胸にエンブレムが刺繍《ししゅう》されただけのシンプルな代物《しろもの》だが、実はこれもなかなか体型がはっきり出る。寮から入学式式場を目指していくと、他の新入生達もそこここにいるので、つい比べてしまう。

セフィロスは今はそこまで背が高くない。けど姿勢が良くて、身のこなしは鍛《きた》えてる人のもの。そういうの、同じ服着てる他の子と比べるとよくわかる。

「ミカエラ、そらがあなたの護衛なの？」

「ルシアナ。はい、そうです」

アヤメは面識あるし、アンジェリカもうちのお茶会にきたことあるけど、ルシアナにはそういえば紹介はしてなかったかな。まあいちいち人の護衛は気にしないもんだ。

護衛とか侍女とかはいるのが当たり前で普段は意識しない、意識せずいられるのが高貴な身分てことかね。私はどうも庶民根性が抜けない。

護衛なら学内でも同行可。だけど侍女や侍従は不可。その辺の規則もめんどくさいー。侯爵令嬢のルンアナにはいないけど、公爵家のアンジェリカと他国の王族であるアヤメには女性騎士付き（ただし学生ではなく年上）。

学生かつ護衛なのは、ざっと見たところセフィロスと、王子の護衛だという騎士だけかな。確かいつかのお茶会にもきてた。真面目そうだったし、体格もセフィロスより良かったけど、実戦経験はなさそう。

そう、経験がないからこそ、同じ学生が護衛になることはあんまりない。その点、セフィロスは一緒に実戦もこなしてきてて、連携もできてる。もっとも、私に護衛が必要か、というのはまた別問題だ。

学院ではおとなしくしてるつもり。だからこそ、セフィロスを護衛にしてもらったんだから。


入学式は恙《つつが》なく行われました。初めて第一王子見たよ。男前《イケメン》だけど、第二王子とはそんなに似てない。兄弟と言っても異母だし、弟ほど派手な美形ではなかった。

ただし在校生代表としての挨拶は滑舌良く内容も平易で、新入生への気遣いを感じさせるものだった。外見がどうというより頭のいい人、という印象が強い。

学院長とか教師も大勢紹介されたけど、自分の科以外の先生とはほとんど関わることもないだろう。おいおい覚えていけばいいや。

入学式のあと、新入生は試験を受けてから説明会がある。

全員が同じ試験を受けるのは今回だけだそうだ。各人の知識や学力の確認のため、だそう。ちなみに内容は、読み書き計算と地理歴史。

特に国内の地理や風土については、かなり幅広く出題された。領地持ちの貴族だと、自分の領地と王都のことはわかってても、他は弱い場合もある。

一通り解答欄は埋めたけど、国外の問題はあんまり自信ないな。

「出来はいかがでした？」

「なかなか難しかったですわ」

「国内の問題は手強《てごわ》いものが多くて」

眉を顰《ひそ》めてるけど、アヤメはしょうがないでしょう。まだこの国にきたばかりなんだから。

「その辺りをこれから学ぶためにいらしてるのですもの。私など、逆に国外の問題に自信がありませんわ」

社交を学ぶ普通科の令嬢は、意外とそれなりに勉強が必要。ある程度知識の下支えがないと、付き合いにも差し支えるからね。

その意味で、アンジェリカはかなり高水準の教育を受けてるはず。おそらくロシナンス公爵家は、婿にとるパトリック殿下に期待してないんだろう……

逆にアヤメは、そのアンジェリカが言うように、この国について学ぶために留学してきた。お兄様と結婚するということは、この国の貴族、オブライエン公爵家に嫁ぐんだから、そのための素地作り。アヤメも、必要な勉学を怠《おこた》らない人間だ。

加えて、あそこで「私は王族だぞ！　なぜ他の連中と一緒に扱われねばならない！」とか怒ってる人の相手とか、めっちゃめんどくさい。影響力の強い貴族子女が一気に同時期に入学しちゃって、学院側も大変だと思うよ。

隣に控えたアンドリューが何か耳打ちしてるけど、さすがに何言ってるかはわからないな。

「……あの方が、第二王子殿下、ですよね？」

隣に座ったアヤメがこそっと囁《ささや》いてくる。

「ええ。……第二王子のパトリック殿下です」

「そう……なかなか、難しい方のようですわね」

呟いて反対側に視線を向ける。その視線の先ではアンジェリカが困ったように微笑んでいる。

実のところ、アンジェリカが彼の婚約者に据えられたのは、結婚後に適当な爵位と領地を与えて中央に出てこないようにするため、らしい。元々彼の母親である側妃殿下は、ロシナンス公爵家に近い伯爵家の出身。誰も望んでなかったのに勝手に王宮入りした彼女の責任を、寄親である公爵家でとることになっているそうだ。完全なる政略結婚。

アヤメにもあとでその辺は軽く説明しとかなきゃね。

「ミカエラが魔法科なんてつまらないわね」

ちょっとふてくされて呟くルシアナ、可愛いこと言ってくれますね。

つり目がちのきつい美少女顔のルシアナは、その見た目通り気も強い。だけど結構可愛いところもあるんだよ、今の台詞《せりふ》みたいに。

「私、自分の能力を試してみたいの。学生のうちでなければできない我儘《わがまま》よ」

「仕方がなくてよ、ルシアナ。ミカエラは、礼儀作法より魔法の方を、……楽しんでらっしゃるもの」

言葉を選んでくれてありがとう、アンジェリカ。

アンジェリカはルシアナとは対照的に、柔らかなペパーミントグリーンの長いまっすぐな髪。顔立ちも優しげで、実際言葉も穏やかだ。ルシアナが怒ってるのをおっとり宥《なだ》めていることが多い。もちろんそれだけの存在ではない。少なくともロシナンス公爵家では、彼女ならあの我儘《わがまま》王子様の手綱を取れると判断したんだろうから。

立ち居振る舞いはいかにもお嬢様だし言葉も穏やかなんだけど、しっかり状況判断をしているし、芯は強い。表裏もあるけど、それは貴族令嬢としては当たり前だよね。ルシアナにしたって、感情のままに振る舞っているように見えて実はそうでもない。

「まあ、ミカエラの魔法、いつか見てみたいわ。落ち着いたら見学に伺ってもよろしくて？」

もっとも、微笑むアヤメの方が、仮にも一国の皇女として、社交界の歩き方は心得ているんだろう。

漆黒の、こちらもストレートヘア、前世で言うところの姫カット。すらりと細身の割に不思議と神秘的な色気が漂《ただよ》う。

……お兄様と並んでると、なんかこう、十代のカップルに見えない。趣《おもむ》きの違う美貌《びぼう》はともかく、醸《かも》し出す空気がね。お似合いではあるけど、……ある意味お似合い過ぎる。

今この説明会の会場でもちらちら視線が向けられているけど、その気持ちはわかる。

何しろここにいるのは他国の皇女様と公爵令嬢、ルシアナだって侯爵令嬢。この場ではトップクラスが固まってるから。

もちろん、向こうの席で大声をあげて威張っているパトリック殿下にも、同様の視線は向けられているんだろう。

赤髪の殿下の側には、青緑の髪に眼鏡をかけたアンドリューがいて何やら話している様子だ。反対側には明るい橙《だいだい》の髪の、ちょっとチャラい感じの男子学生。こちらは周囲に愛嬌《あいきょう》を振りまいてる。そして殿下の座った椅子の後ろに控えているのは、護衛のトーラスとか言ったかな。

説明会は学生としての心得といった、基本的な話がほとんどだろう。あとは寮やそれぞれの科、または共有施設について。

大まかな学院生活については前もって聞いてたけど、詳しいことはわからないし、自分の身に置き換えて考えるのも難しい。

一口に新入生とは言っても、所属科によって教室も違えば準備するものも違う。一部には共通科目や科に関係なく選択可能な講義もあるが、少数だ。

特に私は魔法科ですから。魔法耐性のローブとか魔道具の教材とか、揃《そろ》えなくちゃいけないものもあるし他の注意事項も多い。

教材類は申請すれば支給されるけど一応公爵家としては自分のものは誂《あつら》えるべき、というのがお父様の判断。苦笑するお母様は、本来私に支給されるはずの分は他の学生に回したと考えればいい、と言ってた。

学院も予算には限りがあるんだから、一人分でも余裕はあった方がいい。元々魔法科で教材提供をしているのは、平民の子が多いため。才能はあっても余裕がない子達を育てるのが、魔法科の意義でもあるらしい。

セフィロスは騎士科。将来は王宮の騎士団を志す学生が多いが、中には故郷の騎士団に入ると決めてる人もいるとか。セフィロス自身は、郷里じゃなくてオブライエン領に行きたいと言ってるけど、まだ今決めなくてもいいんじゃないかな。

後継以外の男子生徒はこの二つ、魔法科か騎士科、もしくは官吏科に入ることが多い。いずれも、身を立てるための技術を身につけ、人脈を広げる……実用的な科だ。

対して継ぐ家や領地のある男子学生が入るのは領主科。領地運営や交易など、継ぐ領地を発展させる術《すべ》を学ぶ。

基本的にこの国では男性しか家を継げない。正確には、爵位を継ぐのは男性と定められている。娘しかいなければ、婿をとってあとを継がせるのが主だ。

……封建社会だしねえ……民主主義とか人権とか、まだ縁遠い世界。なかなかこういう社会の根幹は、個人ではどうしようもない。

で、魔法科や官吏科に行かない女生徒はどうするかといえば。概《おおむ》ね普通科。

魔法科は持って生まれた魔力が必要なので他と比べるとハードルが高い。もちろん女性官吏も少ないながらいるし、女性騎士は高位の女性を守るためで、必要数が少ない。

普通科は一番基本的な学問を学びながら、実地で社交を学び卒業後の人脈を形成する……ある意味最も実用的。ついでに、やる気のある人とそうでない人の差がすごいとか。卒業は一番簡単だが（必須科目が少ない）、自主学習は人によって差が大きい。立場を理解して行動できれば良し、易きに流れればいくらでも堕落《だらく》する。

気心の知れた令嬢達と固まってのんびり雑談を交わしていると。

「こんにちは、皇女殿下！」

不意に、思いかけないほど近くから呼びかけられて硬直する。

説明会の会場はさほど広くない。視線は集めてたけど、近づいてくる者はない。通りすがりに偶然を装いこちらの様子を窺《うかが》っていく、というのがせいぜい。まだこの場での振る舞いや規範か読めないうちから下手を打つのはみんな避けたかったのだろう。

その辺りの遠慮を（悪い意味で）吹っ飛ばした勇者は、小柄な銀髪の男子だった。あ、控えてたアヤメとアンジェリカの護衛が、踏み出しかけてる。うちのセフィロスも、緊張を隠さない。

「はじめまして、ストレイパリー商会のリグルス・ストレイパリーです！　今後とも、よろしくお願いします！」

輝くような笑顔で差し伸べられたその手を、誰もとろうとはしなかった。

一応、学院は生徒の平等を掲げている。同じ屋根の下、共に学び高め合う同士というわけだ……けど。

なかなか実際はねー。裕福とはいえ平民のリグルスが、身分の高くしかも異性の私達に、誰の紹介もなくこちらの許可も得ずに、声をかけてくるのはお行儀のいい話とは言えない。彼の自己紹介も気安すぎるし。

「リグルス！　何を失礼なことを！」

代わりに後ろから飛び出してきた一人の女子生徒が、気の毒なくらい慌てふためいて彼に飛びつき、強引に頭を下げさせる。

「いきなりそんな失礼な真似をしない！　申し訳ありませんでした、アンジェリカ様、ミカエラ様、アヤメ様、ルシアナ様！」

「……あなたは？」

問いかけると彼女は一瞬棒立ちになった。周囲の注目を浴びていることに気づいて立ち竦《すく》むが、一つ深呼吸して礼をとる。

「フランチェスカ・フォル・スノーヴァです。よろしくお願いいたします」

うむ、なかなか立ち直りが早くて度胸も据わってる、立派なお嬢さんだ。亜麻色の癖っ毛を綺麗にまとめて杏色の瞳を半分泣きそうに潤ませているが、きっちり姿勢を正している辺り、好印象。

察するところリグルス・ストレイパリーとは馴染《なじ》みのようだし……ストレイパリー商会の本拠地は、スノーヴァ子爵領だと聞いたことがある。スノーヴァ子爵領自体はごく小さな、特色もない土地だけども。商会の本拠地があれば、それなりの収入にはなってるだろう。

「そう。大変そうですが、お互いにがんばりましょうね」

にっこり微笑みかけると、ちょっと困ったように、けれど可愛い笑顔で笑ってくれた。彼女、リグルスの婚約者だそうだ。

説明会自体は、新入生に実際的な話をするものだった。科別の教室配置、特別教室の位置や騎士科の鍛練《たんれん》場、図書館、それらを使用する際の注意。寮や食堂・売店といった施設の使用方法等。

当たり前のことがほとんどだけど、何しろ新入生はほぼ貴族子女。自分で買い物どころか一人で着替えたこともない人間も少なくない。

……ぶっちゃけ先生とか大変なのでは……人の話聞かない子も多そうだ。

「ミカエラが魔法科ですと、寂しくなるわ」

「あら、寮は同じですもの。講義は別でも、休日にお茶でもしましょう」

「それはいいわね」

溜息を吐くアヤメに笑いかけると、笑みを返してくれる。傍《かたわ》らでルシアナも頷いた。

「そうよね、別に私的な付き合いまで所属科を気にする必要はないんだし」

「でもミカエラ、魔法科はお忙しいのではなくて？」

「みんなとのお茶のためでしたら、頑張って終わらせます」

ところで説明会が終わってるのになんで駄弁《だべ》ってるかというと、学院側に待たされてるからです。

「いつまで待たせるつもりだ！」

あー、殿下うるさい。いつまで、とは言うけどまだ説明会終わってそんなに時間経ってるわけじゃないよ。

ただ、なんのために待たせてるか、その説明はしといてほしかった。入学式後に試験と説明会、あとなんだろう。科別の顔合わせは明日だし、寮も入居済み。全員に伝える話、まだあるのかな？

「落ち着いてください、殿下。……おそらく今現在、試験の採点中かと」

王子を宥《なだ》めているのはアンドリューだ。眼鏡がいやに似合う彼は宰相の息子。理知的な様子が、短気らしい王子様のお守《も》りには適任そう。

「試験というと、先ほどのか」

「はい。同じ学年の全員が受ける試験は今回のみなので、その日のうちに結果を公表するのですよ」

なるほど、試験のあとに説明会って、その間に採点するためか。よく知ってるね、調査済み？　あの自信たっぷりの顔だと、彼自身は手応えあったよう。対照的にパトリック王子は渋い顔だ。

「しかし、たかが一度の試験だぞ」

「殿下は些末《さまつ》なことを気になさる必要はありません。上に立つ方は、役立つ者を働かせればよいのですから」

つまり自分は役に立つから引き立ててくれ、ということかな。まあ実際、有能な参謀《さんぼう》がついていれば、考えの浅い短気な殿下もそこまでやらかしはしないでしょう。

どうも他の取り巻き連中も、今一つあてにならなそうだし。

トーラスは護衛の割に、完全に気を抜いてるらしくて時々ばか笑いが聞こえてくる。藁《わら》色の短髪にがっしりした体躯、袖をまくって鍛《きた》えた太い前腕をむき出しにしているが。現状、令嬢達にはあまり評判は良くない。どうも貴族らしい品位に欠けるという評だ。

そして彼と話しているのが、さっきのリグルス。あの集団に交ざっているということは、どうやら王子には、取り入ることに成功したらしい。小柄で銀の髪、表情豊かな小動物っぽいタイプは、警戒心を抱かせない。

一緒に盛り上がってるのは、……一言で言ってチャラい男子だ。制服はすでに着崩して、明るい橙《だいだい》の髪を掻《か》き上げる仕種《しぐさ》も芝居がかってる……ケヴィン・ロス侯爵令息という、人脈豊富なロス家の、期待の次男坊だとか。トーラスとは対照的に、女性人気が高いらしい。

取り巻きを、それぞれ違う方向から集めるのは上手いやり方だ。政治的なところはアンドリューが、武力はトーラスが、人脈をケヴィンがフォローして、リグルスは経済的バックアップ、になるのかな。

本当ならそこに魔法師の伝《つて》があればもっと良かったけど、ちょうどいい人材がなかったのかも。何事も完璧にはいかないものだ。

お喋《しゃべ》りに興じながらぼんやりそんなことを思っていると、教師達がやってきた。何やら大きな紙を空中へ投げ上げると、それが勝手に広がっていく。

おおー、風の魔法だ！　繊細だな、紙が破れないなんてすごい技術。

驚き静まり返ってその紙を注視する新入生に、教師が口を開く。

「大変お待たせしました。本日の試験結果を発表します。個人の成績は本人に直接通知しますが、上位十名のみ公表します」

言葉に合わせて紙がピシッと広がった。わあ面白い！

紙に文字が浮かんでくると、途端にざわめきが広がる。そこに、一際《ひときわ》大きな声が響いた。

「どういうことですか!!」

見れば、アンドリューが真っ赤な顔で立ち上がり、その後ろで殿下達はきょとんとしている。

「どういう、とは？」

教師は真顔で問い返す。

「ぼくが……いえ、なぜ一位が、公爵令嬢なのですか!?」

足を踏み鳴らさんばかりに激昂《げっこう》して声を荒らげている……のでよく見たら、最初に挙げられてるのは私の名前だ。

「今年度の首席はミカエラ・フォル・オブライエンです。全般的によく知識を得て、理解し、かつ自分で消化しておりましたね」

「ありがとうございます」

褒められたので礼を言っておく。下手に謙遜《けんそん》するのも却《かえ》って印象悪いと思うの。

それに一つ頷いて、教師は続けた。

「次席は、アンドリュー・オルレアン並びにアンジェリカ・ロシナンス。……アンジェリカは国外情勢において不足がありますが、他は問題ないでしょう」

「恐れ入ります」

アンジェリカも実に綺麗な淑女の礼をとる。表情が硬いのは、もう一人の次席が何かぶつぶつ言ってて気味悪いからかな。

「そしてアンドリューですが」

言葉を切った教師に、真っ赤な顔をしているアンドリューも、わめきたてるのはなんとか堪《こら》えたようだった。握った拳がぶるぶる震えてるのが、ここからでもわかる。

「知識は申し分ありません。国内外およびその歴史に至るまで、よく修めていますが」

「……だったら、なぜ……!?」

「ですが、それだけです。あなたの論は、資料の単なる写し《コピー》に過ぎませんでした」

試験は論述式。文字数制限もないから、一つの問にうっかり時間かけると配分を失敗しそうになる。答える方も大変だけど採点する側はもっと大変だろう。ただ、各個人にどれだけの知識がありどういう認識でいるのか、簡単にではあっても見てとれる。

「ミカエラは、自領のみならず他領、国外についてもよく学んでいますね」

「今後のさらなる発展のため、研鑽《けんさん》したいと思っております」

綺麗事に聞こえるかもしれないけど、本音だよ。オブライエン領はだいぶ栄《さか》えているけど、全部自給自足できるわけでもないし。他と協力し合っての共存共栄が、理想です。

「……こんな……こんな侮辱がありますか!?　公爵とはいえ令嬢が首席だなんて、どんな不正を行ったんですか!!」

アンドリューうるさい。血圧あがって倒れるぞ、若いのに。

「心外ですわ。私《わたくし》も、入学にあたってずいぶん勉強いたしました。お父様や他の方にも教えを乞い、宰相閣下にもお話を伺いました」

きみのお父さんも、いろいろと興味深い話をしてくれたよ。宰相としては取り立てて功績ないけど、情勢を読む目のある方だ。

「だ、だったら！　学院側が忖度《そんたく》して高得点をつけたのでは……！」

「……その場合、首席は殿下になるのではございませんの？」

一番身分高いの彼じゃないですか。

お兄様が入学したときは、試験の結果としては王太子殿下と同率一位だったそう。同点だったら首席は殿下だよね、とお兄様も笑ってたのでまったく忖度《そんたく》ないとは言い切れないけど。弟のパトリック殿下、掲示された十人にも入ってない始末ですよ。

というか、アンドリュー以外彼の取り巻き入ってないのよ、上位十人に。よく知らないけど、普通王子の取り巻きって優秀な人間がなるもんじゃないんですかね？

アンドリューはずいぶんしつこく教師に難癖つけてたんだけど、一方で、パトリック殿下達がヘラヘラしてるのが見苦しかった。取り乱す彼を嘲笑している感じで。彼ら、別に『友達』ではないのね。

「ミカエラ、こちらを」

未だ憤《いきどお》っているアンドリューを半《なか》ば無理矢理座らせて、私に渡されたのは学院の徽《き》章《しょう》だった。制服に付属する親指大の徽章《きしょう》。小さな魔石を中心に学院の徴《しるし》を描いたもの。普通のは地金が銀だけどこれは金色で、使っている魔石も通常よりちょっといいやつだ。

「この徽章《きしょう》は学院に所属する者としてその身分を保証すると共に、その身を守る『お守り《アミュレット》』でもあります。首席に贈られるのは、代表としてその栄誉に相応《ふさわ》しくあるよう望むためです。これに恥じない精進《しょうじん》を期待します」

「ありがとうございます。ご期待に沿えるよう、努力いたします」


「大変申し訳ございません」

テーブルにつくほど深々と頭を下げるのは、グラディス・フォルター。

入学式の翌日、科別の顔合わせのあとで、アンジェリカが白金宮《プラチナパレス》のサロンで紹介してくれた。グラディス本人から頼み込まれたそうだ。

彼女はアンドリューの従姉妹《いとこ》で、彼の婚約者でもある。胡桃《くるみ》色の髪をきっちり編み、切れ長の瞳は青みの強い緑。可愛いというよりは綺麗系の、そして真面目な印象が強い少女だ。一言で言えば委員長系。

「顔を上げてください。あなたのせいではありませんもの」

「ですが、一応は婚約者ですので……」

一応って言ったよ、この子。……まあ正直、婚約者というより保護者として詫《わ》びにきたみたいな状況だ。

「グラディスが悪いとは思いませんけど、あの方どういうおつもりなのかしら？」

ルシアナの言う『あの方』とはアンドリューだろう。不本意な試験結果だったとしてもいきなりキレて、おまけに不正を疑ってくるとは、浅慮《せんりょ》にもほどがある。

「……ここだけの話にしていただけますか」

グラディスの言葉に私とルシアナ、アンジェリカとアヤメは顔を見合わせて頷き合う。

「あれでも、普段は落ち着いて理性的です。パトリック殿下は我儘《わがまま》の多い方ですが、それを窘《たしな》めて納得させる程度には」

「ええ、確かに」

王子の我儘《わがまま》に苦労してるアンジェリカが同意するということは、事実なんでしょう。

よく知らない、というかあんまり興味ないけど。

「オルレアン侯爵家でも、頭が良くしっかりしていると期待を寄せられております。……

ただその、他の方に……オブライエン公爵家の、フェリクス様と比較されて馬鹿にされた、と」

「……あぁー……」

お兄様は天が一物も三物も与え、容姿も才能も図抜けた人。歳が上とか身分が高いとか、その辺を抜きにしても敵《かな》わないレベル。ぶっちゃけ比べる方が間違ってる。

「ミカエラ様やアヤメ様の前で言うのもなんですが……フェリクス様は、比較対象としては不適切かと」

「まあ、ねえ。お兄様相手に勉学で挑むこと自体どうかと」

妹の私から見ても、弱点が見当たらない人ですよ。頭はいいしよく気が回るから、余計な揚げ足取りをされない。要領もいいし判断力もある、公正な視点と広い視野を兼ね備えた……ちょっとした超人ですね。

「それは、他の方にも同じように諭《さと》されまして。納得はしたのですが……」

グラディスは言い澱《よど》んで視線を彷徨《さまよ》わせる。

まだ何かあるのかな？

「その……フェリクス様には勝てなくとも、妹のミカエラ様にまで負けるはずがないと宣言しておりました」

「……あらまあ」

そんな宣言しといて見事に負けて、そのことが認められずに八つ当たりと。……理解はしたが納得はできかねるな！

「……馬鹿なの、あの方」

ルシアナ正直過ぎ。気持ちはわからんでもないが。

「まあ……私は魔法科ですし、官吏科のアンドリュー様とは成績で比べられることもうありませんけれど」

「だからこそ、今回の負けを根に持たれるかもしれなくてよ」

アヤメおどかさないで！　いやあり得そうで嫌なんですけど。

「たった一度の試験ですもの。結果にこだわるより、今後の努力につなげていただきたいわ」

「ええ……ミカエラ様には本当にご迷惑をおかけしました。アンジェリカ様も、ご助力ありがとうございます」

座ったままではあったけれど、きちんと姿勢を正して深々とお辞儀するグラディスの方は好印象だった。

しょぼんとしょげている彼女を励ましてお茶を勧める。

試験結果に文句つけてたけど、アンドリュー、全然証拠も理由もなかったからね。当人の思い込みだけで突撃してくるのはいかがなものか。

「……あの方、いつもあんな感じですの？」

同じテーブルでお茶をしていたルシアナが不審そうに問う。

実際、いつもあんなだったらまずいよね。それはわかってるんだろう、グラディスも微妙な顔で目線を彷徨《さまよ》わせる。

「その……ご存知ではないかもしれませんが、オルレアン侯爵家ではお兄様が家のことをなさっておいでですして」

侯爵本人は宰相の仕事で忙しいから、長男が家や領地の政務を取り仕切ってるんだろう。

以下グラディスの説明によると、アンドリューは後妻の息子。だいぶ遅くできた子で、才気煥発《さいきかんぱつ》というに相応《ふさわ》しい出来の良さで実家では褒めそやされていた。お兄さんが実直で派手なところがない分、アンドリューは自分の頭脳に自信があり、同世代では自分に敵《かな》う者はいないと思い込んでいたらしい。

「……いい迷惑ね」

井の中の蛙《かわず》そのものじゃん。

大体『同世代』って逃げ道作ってる辺りが弱い。世代が違うお兄様には敵《かな》わないことは理解してると見た。それで標的を『同世代』の私に変え、その挙げ句に婚約者に尻拭いをさせてると。その辺自覚ないのかね。

「あまり関わり合いになりたくない方ね」

「同感ですわ」

嫌悪を示すルシアナに、アヤメも頷く。だけど遺恨《いこん》を残すのもなー。

公平な目で見れば、アンドリューは同年代の標準よりずっと頭がいい。天才というより秀才、努力が実るタイプ。ただちょっと自意識強すぎる感がある。

「……グラディス、アンドリューに伝えていただけます？　今回のことはこれ以上追及はしません、今後は互いに切磋琢磨《せっさたくま》しましょう、と」

正直、彼の思い込みに付き合う義理はないんだよ。こっちに敵意バリバリの相手に丁寧な対応はできない。今後重ねて何かやらかすようなら話は別だけど、今回だけ見逃してやるというとこですかね。

うむ、我ながら悪役っぽい上から目線。

「あ、ありがとうございます！　ご厚情に感謝いたします……！」

あー、半べそかいちゃって。可愛いのに台なしよー。

「ねえグラディス。あの方とは親しくするつもりはないけれど、あなたは別よ。仲良くしていただけます？」

彼女だけでなく、アンジェリカやフランチェスカとか、婚約者がろくでもないとほんっと苦労するなー。私にできるのは、そんな彼女らを労《いたわ》ることくらいだけど。さあみんな、甘いものでも食べてね。

いろいろ不安要素はあるけど、学院生活はそれなりに順調。王子も最初心配したほど騒ぎ立てないし、そのお友達も賑《にぎ》やかではあるけど想定範囲内というか。

彼らの他の婚約者とも仲良くなったよ。

それにしてもなぜみんな、私がパトリック王子の婚約者だと思うのだ？　アンジェリカに失礼でしょ。

「そうはおっしゃっても。オブライエン公爵家のお嬢様が嫁がれるのであれば順当、と感じる者が多いのではありません？」

苦笑して意見を述べるのはグラディス。

「あら、アンジェリカにしたところで『王家に嫁ぐ』わけではないでしょう？　ねえ、アンジェリカ？」

視線を送れば当人も苦笑しきりだ。

「そうですわね……パトリック殿下が臣下に下られる際、我が家がお手伝いさせていただくために私が嫁ぐ、というところかと」

王家に入るわけじゃないんだよね、パトリック王子の場合。第一王子殿下が相手なら王家に入ることになるから、身分と教育が必要だけど。

ただしパトリック殿下に嫁ぐ際も最低限の教育は必要らしく、アンジェリカは多忙だ。普通科はまだマシとはいえ、学院生活はただでさえ予習復習とか実技の練習とか、そこそこ忙しい。さらに花嫁修業もとなれば、本当にキツかろう。無理しない程度に頑張ってね。

本日は私主催のお茶会です。参加者は、王子等の婚約者達と、ルシアナにアヤメ。外国の皇女様であるアヤメが一番身分は高いけど、それにアンジェリカと私が次ぐ。学内でもトップクラスの女子の集まりです。

お父様から「王家の縁談を断る代わりに、同年代の令嬢とはきちんとつながりを作っておくように」とお達しがありまして、定期的に開催しています。試作したお菓子の試食も兼ねてるし、私にも益はある。情報収集の意図もあるけど、どうせならみんなと仲良くなりたいじゃない？

お互いの家の立ち位置とかあるからなかなか難しいのは確かだけど、学内ならまだ気楽。学生時代くらいのびのび楽しみたいじゃないですか。

「ミカエラ様、このお菓子美味《おい》しいですわ」

「ふわっと口の中で溶けますのね……！」

「気に入っていただけたなら良かったです。さあ、このジャムをつけてごらんなさいな」

ふははは、ドーナツさすがの人気……！　ありがとうイースト菌……！

パンも改良進めてるけど、主食については割と保守的な人が多くて普及が進まないんだよね。だったら新しいものを受け入れやすいお菓子から、という判断の結果です。王都に出した直営店も結構人気よ。

入学直前に開発が成功したベーキングパウダーは良かったな。食感が今までの堅い焼き菓子とはまったく変わってすごい人気が出た。お父様お母様にも褒められる出来でした。

間章　高貴なる方々

王立リビンガート学院には、国内の貴族子女のほとんどが入学する。もちろん王族と言えど例外ではない。

今上陛下のご子息であらせられる第一王子が入学した際は、学院側のみならず在学生側にも緊張が走ったものだ。

しかし当の第一王子エリオットは極めて真面目かつ温厚にして指導力に優れ、同級生のみならず上級生や教師からも人気を博した。さすが王太子殿下、国の将来は安泰《あんたい》である、と。

彼の周囲には、それに相応《ふさわ》しい有能で家柄の良い者達が集められた。将来の側近として不足はない、そうそうたる顔触れである。近衛隊長の息子、魔法師団長の息子、外務大臣の甥《おい》、辺境伯の末弟。そして国内随一と評判高い公爵家の嫡男。

彼らのいずれも、良い家柄を持つだけでなく才能をも発揮し、教師達からの信頼も篤《あつ》い。さらに言うなら剣術・魔法・外交・国内の護りと国の重要な責務を果たす家系に加えて貴族達を取りまとめる公爵家の、それぞれ次代を担《にな》う者達だ。

その、磐石《ばんじゃく》と思われた将来図に不安が囁《ささや》かれるようになったのは、学院が新入生を迎えた頃。あとから入学してきた第二王子が、とんだ問題児だったのだ。

お喋《しゃべ》り雀達が噂して曰《いわ》く、英明高きエリオット王子、見目麗しきパトリック王子。

つまり見た目だけは、第二王子の方が上だった。


「というわけで、今年度の新入生特集を組もうと思う」

「部長、また怒られますよ」

貴族とはいえまだ学生の身、悪ふざけが好きな者もいる。中でも学内誌の発行を請け負《お》う新聞部の部長はその最右翼だ。第一王子の入学当時、自分も新入生のくせに直撃インタビューを敢行し、大顰蹙《ひんしゅく》を買った。もっとも、その行動力を買われ、王子に情報提供をすることもある。そのため第一王子の側近の一人と目されているのだが、今一つ本人に自覚が薄い。

「まあその辺は加減するさ。とりあえず新入生の情報を集めてみよう」

にやりと笑って宣《のたま》う部長に、部員達は苦笑する。

元々今の新聞部は、部長に心酔している者が多い。そうでなくとも毎年新入生の動向調査は必須だ。主に高位貴族の子女が何かやらかさないか、という様子見も含めて。

「正直言って、今年度の目玉は第二王子ではないですね」

「……公爵令嬢ミカエラ・フォル・オブライエンか」

集めた噂の中で一際燦然《ひときわさんぜん》と輝いているのが、その名前だ。美少女ながら気さくで身分の低い者にも対応が良く、人気が高い。そもそも公爵家の令嬢でありながら普通科でなく魔法科というだけでも、すでにその才能を知らしめている。

「あとはアンジェリカ・ロシナンス公爵令嬢。おとなしい美人ですが、こちらが第二王子の婚約者らしいですよ」

今年の新入生は女子の方が人気が高く、中でもミカエラが頭一つ抜けている印象だ。男子は第二王子はじめそれなりの家からそれなりの人物が送り込まれているのに、今一つ小物という感じ。

「まあ前評判が覆《くつがえ》されるのはよくある話だ。フェリクスには悪いが、入ってからどうなるかはわからないからね」

しかし鮮やかな青い髪の少女の噂は、入学後すぐ学内を駆け巡った。

曰《いわ》く、入学直後の試験で好成績を叩き出し、それを不正によるものではないかと糾弾《きゅうだん》した他の新入生を見事にやり込めたとか。

平民の少女に無理難題をふっかけていた下位貴族の少年に、同じことをやり返して「私ってなんて根性が悪くて見苦しいのかしら！」と大袈裟《おおげさ》に嘆き、友人や護衛に窘《たしな》められたとか。

入学時点では魔力の使い方もわかっていない者が多い魔法実技。その試験で強大な魔力を精密に操り、居並ぶ魔法師達を驚嘆させたとか。

「なんというか、『完璧』だな」

「フェリクス様の妹ですし、ただ者ではないと思っておりましたが……」

兄のフェリクス・オブライエンはその美貌《びぼう》とよく回る頭と口に、一種のカリスマ性で評判だ。他国の姫と婚約していても、女生徒の人気は高い。

その妹故、という見方もあったが、実際目の当たりにするとわかる。貴族社会の傑物《けつぶつ》といえるフェリクスに対し、妹のミカエラは明らかに立ち位置が違う。正直、貴族としてはどうかと思う言動も多い。平民の学生にも親しく声をかけ、護衛と同じテーブルでお茶をする。お茶請《う》けのお菓子を自作して友人達に振る舞い、乞われて作り方を教える。

度量の広さ、義気《さき》の篤《あつ》さに惹《ひ》かれる者は多かった。また周囲の令嬢達もその破天荒さを『ミカエラだから』という理由で許容している。無茶もするが、そこには保身や傲慢《ごうまん》ではなく、他者への思いやりや義侠心がある、と。

第二王子の婚約者であるアンジェリカは、その立場もあってか典型的なご令嬢だが、ミカエラ達とは気楽に笑い合い、年頃の少女らしい笑顔を見せる。

ルシアナ・ディグリー侯爵令嬢は気が強いが、ミカエラやアンジェリカから良い影響を受けたらしく人当たりが良くなった。元々貴族令嬢としての素地はしっかりした少女だ。一学年上で魔法科のレイノルド・ディーラの婚約者として立派に務めている。

フェリクスの婚約者であり他国の姫君であるアヤメ・キッショウは物静かでおとなしいものの、皇女にしては珍しく魔法実習の成績にも優れている。諸外国についての知識も豊富で、将来外交に関わりたいと望む者達に乞われ、諸国の情勢等を話すこともあるそうだ。

対照的に、男子はぱっとしない。

第二王子は前述の通り容姿以外は大した取り柄もなく、激しく劣るわけではないが兄に勝るほどの美点は見つからない。言わば貴族子息としての平均点を維持しているレベル、王族としては微妙。そのパトリックにつけられた側近候補も、決して出来は悪くはないが今一つ、というのが周囲の評価。

例えば彼の護衛、トーラス・ラーモンは王都騎士団の副団長の息子、というなかなか微妙な立ち位置だ。腕はそこそこ立つが、学生にしては、という水準でしかない。

また、宰相の次男、アンドリュー・オルレアン。彼は、頭のいい少年だ。だが試験の結果でミカエラに及ばず、不正を疑って難癖をつける等、プライドが高く神経質でもあると見られていた。

ケヴィン・ロスは外交に強い侯爵家の次男、見栄え良く人当たりも上々、特に女性人気が高い。ただ些《いささ》か浅薄《せんぱく》ではないかと年配の教師達は案じていた。流行には聡《さと》いが、学業はそれなり。

そして彼以上の人当たりの良さを発揮して側近候補の中に食い込んだのが、リグルス・ストレイパリー。新興のストレイパリー商会の跡取りで、人懐こい少年だ。だが裕福とはいえ単なる平民にしては馴れ馴れし過ぎると、他の生徒からは微妙に距離を置かれている。

いずれの男子も、方向性は違うがそれぞれに容姿は良い。それもあってか、下級貴族の令嬢からはそれなりに人気が高い。いずれも婚約者がいるので婚姻は難しいが、妾《めかけ》狙いは可能という判断らしい。有り体に言ってしまえば、かなり甘く見られて侮《あなど》られているわけだ。当人達が気づいているかはあやしいが。

そんな学内の噂話に、上に立つ者はある程度敏感にならざるを得ない。

「気づいてたら激昂《げっこう》する方ではないかな、弟君は」

「……正直なことを言わないでくれ」

常の通りにこやかなフェリクス・フォル・オブライエンの言葉に、第一王子エリオットは頭痛を堪《こら》えるかの如《ごと》く、眉間《みけん》に指を添えている。フェリクスや弟パトリックほど華のある美形でこそないが、苦悩の表情は絵になった。

「婚約者のアンジェリカ嬢がそれとなく注意を促したら、『嫉妬《しっと》とは心の狭い女だ』とか宣《のたま》ったそうですよ」

注進に及ぶ同じく側近の新聞部部長に、ますますエリオットは苦い顔をする。

「馬鹿なのかあいつは」

「その後ミカエラ嬢に『パトリック殿下に嫉妬《しっと》なんて無駄、誰もいたしません』と返されたそうです」

付け加えられた情報に、今度はフェリクスも微妙な顔になる。

「それは……誰も第二王子殿下を相手にしてない、という意味かな」

「……だが、パトリックなら、自分が高嶺《たかね》の花のように認められたと思って調子に乗りそうな気がするんだが」

それぞれの弟妹について述べる彼らに部長が頷いた。

「パトリック殿下は上機嫌で去られたそうですが、同席した他の方々はミカエラ嬢の言いたいことに気づいてらしたようですから」

直接的な物言いをせず相手を窘《たしな》めるのは実に貴族らしい振る舞いだが、その裏を読めず機嫌を良くするようでは、この先が思いやられる。

この話には後日談があった。ミカエラの真意をアンドリューがわざわざパトリックに解説し、浮かれた反動で憤《いきどお》ったパトリックに怒鳴り込まれたミカエラの態度は泰然《たいぜん》たるものだったそうだ。曰《いわ》く「そんな風に解釈なさるなんて、アンドリュー様はよほど私が目障《めざわ》りでいらっしゃいますのね」「問題は発言内容ではなく、それを聞いた側の感じ方ではないかと愚考いたしますわ」と、自分の真意については一切触れず、周囲に目を向けるよう促した手腕はなかなかと、却《かえ》って彼女の評価が上がっているとのことだった。

第5章　学院生活はそれなりにハード

魔法科と騎士科では、実習の一環として魔物討伐を義務付けられている。その実力があると認められた者だけの特別実習だが、卒業までに最低一度は合格しなくてはならない。

「だからといって班を分ける必要はないのでは？」

「学院側の判断だからねえ」

珍しくセフィロスが愚痴《ぐち》るのは、その討伐実習の班が私と分かれてしまったからだ。護衛の任が果たせないとだいぶ粘ったけど、今回は簡単な実習だし個人の能力を確認しておきたいということで許可が下りなかったのだ。

「それに今回は王都近郊で、大物の出るところじゃないっていうし。心配いらないよ」

「……怪我の心配はあまりしてません」

「じゃあ何が心配なの？」

「ミカエラがやりすぎないかが」

言うようになったなあ。口数は少ないけど、結構言うことは言うようになったよ、セフィロスも。


通常、討伐実習は騎士科が三～五人、魔法科が二人に指導教師が二人。場合によってはさらに助手がつく。私の班は、騎士科からトーラスと二、三年生が一人ずつ、魔法科はお兄様の友人レイノルド。ルシアナの婚約者でもある彼は、実際に魔法を使うよりも魔道具作製を得意としている。

「自分に合う手段を選ぶのも評価のうちだからね、準備してきたよ」

と宣《のたま》った彼は、魔物が忌避《きひ》する薬剤や、逆に引き寄せる魔道具などを持ち込んできた。

「まあレイノルトらしいな」

「こちらは助かりますよ」

先輩達の反応を見るに、別に珍しいことでもないらしい。

場所は王都からほど近い森で、魔物もそれほど強いものはいない。一番多いのは角兎《ホーンラビット》、数は多いし繁殖力も強いが、戦闘力は低い。ただ大きさも中型犬くらいで小さいから、剣で討《う》つのはちょっと大変だ。

「ミカエラ嬢、角兎《ホーンラビット》は頼んでいいかな」

「はい、大丈夫です。他には何が出ます？」

「そうだね、数は少ないけど暴れ猪《マッドボア》が出るかもしれない。あとは霧狼《フォッグウルフ》が出ると面倒だな、あれは群れてるから」

「それは確かに」

どっちも国内では珍しくもない魔物だ。霧狼《フォッグウルフ》は地元では出ないので遭《あ》ったことはないけど、暴れ猪《マッドボア》は討伐経験もある。気性は荒いがこれがなかなか美味《おい》しい。ただ場所によってずいぶん大きさに差があるとか。

そうして赴《おもむ》いた森自体、深魔の森よりずっと明るく風通しもいいところだった。ふと風に揺らぐ梢《こずえ》を振り仰ぐと。

「クギャーギギギャ！」

「ギャギャーギャ！」

甲高《かんだか》い鳴き声をあげながら、急降下してくる魔物の姿。

鋭い嘴《くちばし》は、革鎧《よろい》くらいなら貫きそう。烏より二回りほど大きな体に、爪も禍々《まがまが》しく尖《とが》っている。

だが。

「気を抜くなよ！」

三年の先輩は動揺も見せず、一羽を一刀両断に斬って捨てた。

「そうだね、油断禁物」

レイノルドが魔道具を起動すると、もう一羽が弾き飛ばされる。魔物が崩れた体勢を整える前に、風魔法で絡めとって拘束。

「これ、どこか素材になりますか？」

聞いてみたらレイノルドに苦笑された。

「いや、掃除烏《スイープクロウ》は魔石以外使い道がないから、そのまま処分していいよ。肉も不味《まず》いし」

『臭《くさ》い』とかじゃなくて『不味《まず》い』なら、工夫の余地もなさそうだな。余裕があったら、また考えよう。

「やぁっ！」

じゃあ処分を、と思ったらトーラスがその魔物に剣を向けた。

拘束して動けない相手だからって、大上段に振りかぶってから斬りつける、なんてしたら。

「グギャー!!」

パン！

「あ、あー……」

「……魔石も割れたね」

断末魔の叫びにかぶせて、何か硬質なものが割れる音。レイノルドの言葉通り、魔物の体内にあった魔石も一緒に割っちゃったようだ。

この程度の魔物なら、魔石も大きくないし質がいいとも思えないから、いいっちゃいいんだけどね。

「トーラス、もう少し状況を見て動きなさい。ミカエラとレイノルドの話を聞いてなかったのか」

騎士科の先生が注意してるけど、トーラスはなんで注意されるのかわからんって顔。

魔物討伐は、国の事業として騎士団も行ってる。だけど一部の貴族出身の騎士は、自分の剣は汚《けが》らわしい魔物に使うためのものではないと不服を漏らしているそうだ。

じゃあ魔物より人を殺したいのか、って話です。相手は犯罪者や国家にとって問題のある人間でしょうけど。

そういう間違った考え方を矯正するためにも、騎士科は魔物討伐を課している。土地にもよるけど、各領地の騎士団だって魔物討伐は仕事のうちだし。

その意味では深魔の森を領地にしているオブライエン領は特殊事例だとは思う。あとお隣の辺境伯爵領とか。どちらも魔物討伐で得た素材が領内を潤す財源になるし、他の土地より魔物が多いから討伐は必須なのだ。

「あれでは、トーラスの婚約者も気の毒だ。確か彼の婚約者は辺境伯令嬢なのに」

「それはそうですね。……辺境では、魔物を討伐しても素材が採れないと意味がありません」

この辺りなら練習にはいいのかな。あんまり強い魔物も出ないし、先生はもちろん先輩達も場慣れしてる分、戦い方に試行錯誤の余地がある。

ただ、トーラスは今一つそれが理解できなかったようだ。先生の説教も耳を素通りしてる様子。

「剣はまあまあなんだが」

「頭が固いのですよ。魔物相手は騎士の仕事じゃないとか女が剣を持つなだとか」

二年の先輩は女性です。騎士科の女生徒は少ないんだけど、これは多分公爵令嬢である私への配慮なんだろうな。

「騎士科ではあのような方が多いのですか？」

「ミカエラ様に誤解いただきたくないのですが、あんなに思い込みが激しいのはほんの一握りです。普通はとことんしごかれて矯正されるものですが」

「第二王子殿下が、自分の護衛だからとあいつを連れ回していてきちんと躾《しつ》ける時間がとれない。本人が、本当に護衛騎士になるのか決めていないこともあるが」

騎士科の先輩達によると、護衛騎士といっても身につけるべき技能はある。護衛対象にもよるので一概には言えないが、パトリック殿下はその辺りのルールを無視して好き勝手に振る舞うので、疎《うと》まれてるらしい。そしてトーラスの方も、唯々《いい》諾々《だくだく》とそれに従っているとか。

「その点、ミカエラ嬢の護衛のセフィロスはちゃんとわかってますね。腕も立つし」

「そうですか？　ありがとうございます」

おう、急に矛先向いた。とはいえかなり高評価？

「ああ、今年の新入生では一番腕が立つのではないかな。しかもそれに、傲《おご》らないところがいい」

わーいセフィロス褒められてるよ。これはかなり評判いいと見た。

まあ真面目だし剣の腕も立つ。勉強だってかなりできる。何より努力家なんだよね。そして人の悪口を言わない。

護衛とはいえ常時一緒にいるわけじゃないから、セフィロスが騎士科でどう過ごしているかはわからない。彼が頑張ってみんなに認められているんなら、とても嬉しい。

「フェリクスが、あなた達二人はとても仲がいいと言ってたけど、本当だね」

レイノルドが穏やかに笑う。

「あら、お兄様がそんなことを？」

「彼はあまり自分のことは話さないけど、意外と妹のことは話すよ。お転婆で目を離せないから、お目付け役をつけたらとても上手くやっているとか。……セフィロスは、あのフェリクスにも気に入られているんだね」

「お兄様ったら」

『あの』ってなんですか、レイノルド。言いたいことはわからんでもないが。

お兄様、一見人当たり良さそうだけど、意外に気難しいし人の選《え》り好《この》みは激しいよね。

そしてレイノルドもそれを理解するくらいには付き合いがあり、信用し、されていると。

間章　目映《まばゆ》いあなた

学院に入ってからのミカエラは、ますます輝いていた。学業優秀なだけでなく、旺盛《おうせい》な好奇心と行動力で一時もおとなしくしていない。それもあって、護衛のセフィロスとしてはなかなか気が抜けない。

特に入学前からとても楽しみにしていた魔法の勉強については、許可をもぎ取るなり図書館へ通い、片端から資料を読破していく。そうして知識を蓄《たくわ》え、人とのつながりを広める様子はとても楽しそうだ。

「ミカエラ、楽しいですか？」

「もちろん！　まあ思うところもあるけど、まずは足場を固めなきゃね」

学院を卒業したら、公爵家を出ることを考えていると言う。彼女の家族は到底許さないだろうと思ったのだが、フェリクスは父が許したらと言い、父親のフェルナンドはいくつかの条件を課すだけで許可した。成績を上位に保つこと、他の令嬢達と交流を保つこと、等々。

鮮やかな青い髪に澄んだ瞳は紫がかった蒼《あお》で、きらきらと眩《まばゆ》い朗らかな笑みと共に、人の心を惹《ひ》きつけてやまない。

振る舞いは公爵令嬢らしく整っているのに、声をあげて笑いもすれば自分で厨房に入ってお茶会のお菓子を作る。身分の低い学院の司書や研究生達に真摯《しんし》に教えを乞い、自ら資料整理に志願したり魔物討伐の実践訓練に加わったり。

訓練参加には教師達も青ざめていたが、セフィロスに言わせればあの程度、ミカエラが手こずるはずもない。彼と出会う前から母に連れられて深魔の森での討伐に勤《いそ》しんでいたミカエラは、下手な騎士などより遥かに腕が立つ。

それでもさすがに、公爵令嬢が他の魔法師志望や騎士見習いより腕が立つというのは、双方にとって褒められた話ではないと関係者以外には秘匿《ひとく》された。

「別に腕を自慢する気はないからね」

本人は飄々《ひょうひょう》としているのだが、難癖をつけたがる者はどこにでもいる。同級生でも特に第二王子と取り巻き達は、実が伴わないのに傲慢《ごうまん》かつ周囲に対して攻撃的だ。

「それにしてもあの方々、些《いささ》か目に余りますわ」

お茶会の雰囲気が若干剣呑《けんのん》なのは、つい今し方通りかかったパトリック王子と側近候補の連中が、そのテーブルに着いている令嬢達を見下していったためだ。

『だらだらと怠《なま》けて気楽な身分だな』

『少しは勉学に励むなりなされればよろしいものを』

『まあ女性は、綺麗に着飾っていれば目の保養にはなるからねー』

『下手に動かれても護衛できませんし』

好き放題宣《のたま》っていった彼らだが、言っていることが的外れ過ぎて突っ込むのも馬鹿馬鹿しい。

官吏科では辛うじてアンドリューは上位にいるが、魔法科のミカエラはじめ普通科の令嬢達とは学科が違うので比較対象にならない。令嬢達は本を読み込むより会話から情報を得る術《すべ》を学んでいるし、着飾るにしても場を弁《わきま》える必要がある。まして対象の行動が原因で護衛できないなど、言語道断。

セフィロスはちらりと他の護衛に目を向けた。茶会の間は空気のように気配を殺している彼ら彼女らさえ、憤《いきどお》りというより呆れ果てた表情を隠さない。

確かに護衛のトーラスは護衛として十全とは言い難い。かと言って自分が職務を果たせないのは相手のせいと言わんばかりでは、能力以前に心構えの問題だ。

この出来事が他の護衛から騎士団に知らされて叱責《しっせき》されたトーラスだが、本人が自分の発言を覚えていなかった。仲間内で何か気の利《き》いた台詞《せりふ》の一つも言えなければ格好がつかないと、適当に話を合わせただけらしい。それはそれで思慮が浅いと叱責《しっせき》の理由が増えただけだが。

基本的にその調子のパトリック達に対し、ミカエラは他の令嬢ほど目くじらを立てない。

穏やかで心の広い令嬢だと言われているが、セフィロスは知っている。実のところミカエラは彼らに興味がない。いろいろ絡まれて煩《わずら》わしいし、下らない言い掛かりをつけられればやり込めるが、ただの嫌味程度なら相手をする気もないだけだ。

ちっぽけな嫌がらせなど、引っ掛かりさえせず。前を見つめ、行くべき道を進むミカエラの、その側に在りたい。行く手を遮る邪魔者を切り払い、少しでも助けになりたい。頼られたい思いもある。けれどそれより今の彼女に必要なのは交流の輪を広げること、可能なら卒業後も学内にとどまる研究生達との関係を深めておくこと、等《さえぎ》。

一見難しそうだが、ミカエラには容易だろう。彼女には人を惹《ひ》きつける力がある、その心ばえだけでなく容姿にも華のある少女だ。

セフィロスはあまり人間の美醜《びしゅう》には興味がないが、その彼でもミカエラは美しいと思う。腰まである鮮やかな青い髪は緩く編まれて白い制服に映《は》える。見る者を強く惹《ひ》きつける瞳が自分を見て輝き、明るい声が名を呼ぶ。それだけでもいいのだ。

ミカエラはなんでもできるようでいて、どうにも色恋沙汰には疎《うと》い。なのでセフィロスも、自分の気持ちを打ち明けようとは思わない。……今はまだ、仮初めの婚約者かもしれないとも感じている。

＊　＊　＊　＊

「結局あなたの婚約者って誰なの？」

「ふぁい!?」

ぶっ込んでくるのは大概あなたですよね、ルシアナ。

「い、いきなり何事ですの」

「あらだって。国内の目ぼしい殿方が誰も引っ掛からない辺り、実在するかどうかが疑わしくてよ」

「かと言って国外の方とも思われませんし。アヤメ姫がいらっしゃる以上、さらなるつながりは不要でしょう」

女子寮のサロンにはいつもの顔ぶれしかいないからいいんだけど。

さすがにアンジェリカ鋭い。少なくともオブライエン領は、他国とつながる必要がないとしっかりわかってらっしゃる。まあ地理的に他とは接点ないからね。

「ひょっとして貴族の方じゃないんですか？」

フランチェスカは自分もだからその可能性に気づいたんだろうけど。普通の貴族令嬢は貴族以外に嫁がないよ、よっぽど零落《れいらく》してるか逆に相手に力があれば別だけども。フランチェスカの相手、リグルスはこのパターンよね。

「……一応は、貴族です」

公式には伯爵の庶子、になるからねえ。本来セフィロスはセドリックおじ様の息子として、『貴族の親族がいる騎士』になるはずだった。前伯爵失踪のせいでおじ様が離婚して伯爵になったけど、セフィロスに目をつけた義母が庶子扱いで引き取ったんだって。使える駒《こま》になる、と判断したらしいけど……ずっと年上の、裕福な商家の娘の婚約者として売り込むとか、まずいんじゃないの。実はそちらはそちらで許されない恋人がいたりして、こっちからも手を回して最終的に和解した。他人事ならコイバナだって嫌いじゃないいんだよ？

……前世でも、付き合った相手がいないわけじゃないけど、あんまりこれといった思い出はない。

でもそういえば「俺と仕事とどっちが大事!?」とか言われた記憶が。まさか自分が言われるとは思わなかったフィクション的台詞《せりふ》に、びっくりというより呆れたなー。

……デートより仕事の方が張り合いあったし。お洒落《しゃれ》やメイクも嫌いじゃないけど、それが当たり前になっちゃうのもなんだかな、と思って。少しずつ手を抜いても突っ込まれなかったし。

外見を整える気力を失うことは、人間関係に投げやりになるのと同義。

少なくとも前世の私はそうだった。人と向き合うより、ディスプレイの中のやり取りが得意だったし、そちらに集中することでそれ以外を排除していたのかもしれない。

こっそり横目で、壁際に控えたセフィロスを窺《うかが》う。

常の通り、涼しい無表情にピンと伸びた背筋も相まってよくできた彫像のよう。……にしても相変わらず綺麗な顔だなー。

子どもの頃の女の子みたいな可憐さはなくなったし、体格も良くなったから中性的な雰囲気はない。だけどすっきり通った鼻梁《びりょう》、形の良い眉、軽く引き結んだ唇。一つ一つが綺麗に整っていて絶妙に配置された、精緻《せいち》な美貌《びぼう》だ。

あと特筆すべきはその瞳。淡い紫という色は、魔力要素が影響するこの世界でも多くない。セフィロスの場合、魔力自体の絶対量が少ない割に、幼いうちから鍛《きた》えることを厭《いと》わなかったおかげでかなり強く育ってはいるんだけど。

そういう諸々を抜きにしても、切れ長の涼しげな目元に、宝石みたいに綺麗な瞳。正面から見るのが気恥ずかしいくらい。

「ねえ、ミカエラ」

「は、ははは、はい」

横からアヤメにかけられた声に、返事がひっくり返る。ちょっと油断した……というか考え込み過ぎ？

「……あなた、色恋沙汰は苦手ですものね」

しみじみ溜息を吐く彼女は、私の『婚約者』を知ってる。将来は公爵家に入る人ですから、内情にも明るい。

「だからこそ、打ち明けても良いのではなくて？　彼女達なら、信じるに値するでしょう」

……うん、まあね。

一つ溜息吐いて、体ごと振り返ってセフィロスに目を合わせる。

良いのか、と問うような彼に頷いて呼びかけた。

「セフィロス、さて」

お茶会のためのサロンが広いとは言っても、たかが知れている。頷き返して歩み寄った彼が、椅子の側に立つのはすぐだった。

「……ミカエラ」

　気遣うような声に小さく頭を振って立ち上がる。傍《かたわ》らに立った彼の腕に寄り添って、他の少女達に向けて口を開いた。

「彼が、私の婚約者です。セフィロス・フォル・セラフィアータ」

「……改めてご挨拶させていただきます。セフィロス・フォル・セラフィアータ、セラフィアータ伯爵家の庶子になります」

　この国の貴族社会において、庶子の立場はほとんど保障されていない。嫡子が一人もない、もしくは望ましくないと判定されて初めて相続権を与えられる。むしろ甥《おい》や従兄弟《いとこ》に爵位を継がせることが多いくらいだ。大体は自分の才覚で食っていく必要がある。

　セラフィアータ伯爵家にはちゃんと嫡子がいる。だからセフィロスに相続権はないし、本人にもそのつもりはない。

　で、そうした立場の彼と公爵令嬢たる私が婚約してる、というのが……彼女達には想定外なのだ。

　まっすぐセフィロスに注がれていた視線が、図ったように同じタイミングでこちらを向いた。

「……伯爵家の、庶子……？」

「た、確か騎士団の見習いもしてらした？」

「いえ、ですがそれではあまりにも……」

「こう申し上げてはなんですが、セラフィアータ伯爵家も、あまり芳《かんば》しくない状況とお伺いしますが……」

アンジェリカはあまりの身分違いに呆然とし、ルシアナはそれでもなんとか妥協点を見出だそうとしてる。グラディスは渋い顔でいかにも感心しないといった様子だし、フランチェスカはセラフィアータ伯爵領の窮状《きゅうじょう》を知っているらしい。

「……それでも、ずっと一緒にいて、共に戦い、背中を預けることができるのは、セフィロスだけなのです」

それはそれで、婚約者というより戦友とかそっち方面だとはわかってるんですが……でも他に言いようがない。一緒に戦うときに一番動きやすくて連携がとれる、気心知れてる相手ってこともある。

愛や恋じゃないと思う、少なくとも今のところは。あえて言うなら家族愛じゃないかな。大好きだし、幸せになってほしいし信頼もしてるけど。……自分だけのものにしたいとは思わないんだよね。それでも大事なことに変わりはない。

「……ミカエラが相手に求めるのは、甘い言葉や高価な贈り物などではなく、強くてまっすぐな人間であることですものね」

苦笑混じりでアヤメが言う。

でもそれって大事じゃない？　人間として基本的なところを押さえてなければ、好意を抱けないよ。たとえ政略結婚だって、尊敬できる相手でないと信頼関係は築けないんじゃないかな。

その辺りの私の主張を、さすがに友人達は否定しなかった。うん、それをわかってもらえるくらいの付き合いはしてるつもり。みんな、えぇ子や……（ほろり）。

「……ミカエラらしい、ということでしょうね」

「ご尊父や公爵家の方々が了承なさっているのでしたら、口を挟む筋合いはありませんもの」

「それにその方、騎士団でも期待の新人として目をかけられているとか」

フランチェスカの言葉に顰《しか》め面をしていたルシアナがキッとセフィロスを睨んだ。

「あなた、セフィロス・フォル・セラフィアータ。……いいこと、ミカエラを妻とするのなら、それに相応《ふさわ》しいと言われるようになりなさい！」

いやいやいや、何それ。つーかなんでそれをあなたが言うわけ？

「はい。無論努力は怠《おこた》りません。今は若輩の身ですが、いずれの日にか皆様のお眼鏡に適《かな》うよう、精進《しょうじん》いたします」

セフィロスも真面目な顔で真面目に応じないでー。

間章　深魔の森

「こんにちは、久し振りね」

「!?　……お嬢!?」

その日オブライエン公爵領で最も危険な深魔の森の最前線に、嵐がやってきた。

「……セフィロス、おまえがついていながら」

倍くらいありそうな大男に詰め寄られている自分の護衛に、ミカエラは慌てて助けに入る。

「待って、ベリッス。私なら自分の身は自分で守れるわ」

「そりゃあ俺達だって承知してますがね、お嬢とセフィロス坊二人ってこたぁフェルナンド様にゃ内緒なんじゃございませんか？」

じろ、と睨まれてミカエラは可愛らしく肩を竦《すく》める。

「お兄様には言ってきたわ。……学院じゃおとなしくしてなきゃならないから、運動不足なの」

「あとでフェルナンド様からお叱りをいただくのは俺達ですよ」

「お父様も別に怒らないわ。……今ちょっとお母様の体調が良くないの」

「ガブリエラ様が、ですかい？」

このベリウス率いる深魔の森対策本部にとって、ミカエラの母であるガブリエラは特別な存在だ。何しろこの深魔の森へ最初に討伐に乗り込んだのが彼女で、その彼女に見出されなければ一介の冒険者としてどこかで野垂れ死んでいた、と自覚する者も多い。齢《よわい》よりなお小柄な少女は、その母親への恩も含めて大切な宝だ。

「大丈夫よ、心配しないで。……あのね」

大男連中を相手に怖じ気づくでもなくやり取りしていたミカエラがここで初めて躊躇《ためら》った。少しはにかむ様子は可愛らしい。

「まだはっきりしないけど……妹か弟が生まれるかも、しれないのよ」

「……そりゃあ、めでたい」

長男のフェリクスはもう十代も後半だが、両親はまだ若い。公爵家の子どもが二人しかいない、というのもあまり良くない。

その一方でこの世界において、妊娠・出産はかなりの難事業だ。

「ガブリエラ様は大丈夫ですか」

「私も心配だから、元気のつくものでも採れないかと思って」

そう言って、ミカエラは深魔の森を見やる。

魔物が多く湧くこの森は魔力が濃いこともあって、ここでの収獲物は滋養強壮に効く。効果が強すぎて普通の女性には却《かえ》って毒になりかねないが、ガブリエラなら己《おの》が血肉にできるだろう。

「お母様のお好きなもの、採りに入りたいの。許可をくれる？」

「……お嬢が行きたいなら、邪魔はいたしません。他に誰かつけますか？」

「あら、セフィロスがいるから平気よ。ね？」

連れを振り返って笑いかける表情は、全幅《ぜんぷく》の信頼に輝いている。それを向けられた当人は真面目な無表情で小さく頷くだけだが、ベリウスも彼の技量は知っている。ついでに青少年なりの、無表情に隠した動揺も。

「ベリウス隊長！……大丈夫なんですか、お嬢様とあんな子ども《ガキ》二人で森に入らせて」

「ああ？　あー、おまえ、お嬢の戦いっぷり見たことなかったか」

二人を見送り、疑問を呈する新人に、むしろその疑問が新鮮な気分でベリウスは苦笑した。

「お嬢はおまえよりなんぼか強いぞ。セフィロスだってそのお嬢とガブリエラ様に鍛《きた》えられて、そこらの冒険者より遥かに腕が立つ」

そして母娘《おやこ》に鍛《きた》えられたセフィロスは、彼女と連携して戦うのが上手い。元々剣は年齢以上の腕前だったが、深魔の森で命懸けの実戦を積んでさらに練度を高めた。学院に入学したので王都の騎士団でも鍛練《たんれん》に参加しているが、あまり身になっている気がしないと珍しくこぼしていた。本人の自覚はともかく、今の彼は本職の騎士より強いだろう。

「信じられんのならあとで手合わせしてみりゃいい。こてんぱんにのされても文句は聞かねえぞ」

さて一方の森に入った二人はと言えば、呑気な会話を交わしながら歩を進めていた。

「とりあえずは指角鹿《フィンガーディア》かなー」

「ガブリエラ様はお好きですね」

「シチューにすれば体も温まるし、香草《ハーブ》も摘んでいきましょう」

ミカエラの鑑定によれば、魔力のある世界故か、彼女の前世にあったものでもこちらで採れるものの方が薬効が高い。

相談しながらも二人は、襲いかかってくる小型魔物をさくさくと片づけている。森の中なら死骸は他の魔物の餌になるから、特段処理は必要ない。

「うわ、っと」

頭上から大口開けて落ちてきた大蛇を避け、ミカエラが指を振る。風の刃で口から裂けたそれを、さらにセフィロスが斬り捨てる。そのとき、カツン、と硬い音がした。

「剣は大丈夫？」

「ええ。魔石ですね」

胴回りが大人の腕ほど、長さはミカエラとセフィロスの二人を巻き込んでとぐろを巻けるくらいの大蛇だ。そこまで成長するほど生きた魔物は、魔力の塊である魔石をその体内に宿すこともある。もちろん大事な収獲だ。

長生な魔物ほど大きな魔石を宿し、強い魔力を保有する。深魔の森対策本部は、こういった魔物を間引くための警備隊だ。

「うーん、このリイズの魔石が採れるようだと、また少し狩っておいた方がいいかな」

「そのために今さているのでは？」

「それもそうか。あ、ベリーも発見ー」

もちろん魔物や香草《ハーブ》だけでなく、ベリー類や木の実、茸等も大事な収穫だ。魔力の濃いこの森の産物は、同じく魔力の強い人間にとってはさらに魔力を高める糧《かて》になる。

ただし魔力を持たない、あるいは少ない者にとっては毒だ。ごくわずかを薄めて使う分には問題ないが、それならこの森に入る必要はない。

「お母様の好きな、丸茸《ラウンドマッシュルーム》は採れるかなー」

「香り茸《スメルマッシュルーム》はありますよ」

「うん、私達にも少し食べさせてもらおうね。そのためにもたっぷり採って帰らなきゃ」

恐ろしい魔物の湧く森にいるというのに、二人ともまったく気負いがない。気負う必要がないことをわかっている。

その日一番の収獲は、二人の体重を合わせたより重そうなよく肥《こ》えた猪だった。

「でぇりゃあーっ!!」

猪突猛進の勢いを、ミカエラの魔法が足元の地面ごと掬《すく》い上げる。前脚を空中に浮かせてまともに晒《さら》された腹の、それでも並の剣など弾いてしまう剛毛に覆われたそこを、セフィロスの剣が薙《な》いだ。

並の剣なら弾かれる、けれどセフィロスの剣は並ではない。剛毛ごと、皮下脂肪と薄い筋肉に守られた内臓まで一気に斬り裂く。

断末魔の叫びと共に後ろ脚で完全に立ち上がった猪は、しばらくの硬直の後《のち》にその場で横倒しに倒れた。ずん、と辺りに地響きが伝わる。

「暴れ猪《マッドボア》か」

「おー、見事な大きさ。脂ものってるし」

母のガブリエラが好きな鹿ほどではないが、猪も貴重かつ美味な食材だ。体は鹿の方が大きく毛皮や角など利用部分も多いが、猪もやはり毛皮や牙など、使える部分は多い。特にこれだけ大きな個体ならばその身に宿す魔石も大きくなる。

深魔の森に住む生き物はほとんど魔物だ。魔力が濃い地では、そうならざるを得ない。元々の性質としてひっそり暮らす動物もいるが、ある程度の大きさまで魔物化した動物は凶暴になって他者を襲う。

猪は雑食の分まだマシだ。草食の鹿も森の中ではおとなしい部類で、やはり脅威になるのは体の大きい熊や元々肉食の鼬《いたち》・狼など。

雑食だが大型の熊は、滅多に出ない。はっきりした調査結果はないが、おそらくこの森全体でも一桁しか存在していない。ミカエラも一度だけ、母と共に出会《でくわ》した。そのときは二人がかりで、生い茂る木々を根こそぎ倒しながらようやく退治した。

鼬《いたち》は数が多いが、魔物化してもそこまで大きくならない。ただし敏捷《びんしょう》性は瞬間移動かと錯覚するほどで、木々の梢《こずえ》や茂みを縦横無尽に走り抜ける。

可食部は少ないが、毛皮は貴重な魔力を宿し、美しいだけでなく耐衝撃性能に優れ、防寒・防音にも極めて有効という貴重な代物《しろもの》だ。一頭分でも相当な高値がつく。ただ、毛皮を傷めないよう討伐するには高等技術を要する。

そして、狼は実に厄介な敵だ。凶暴で狡猾《こうかつ》、執念深くしかも基本的に集団で襲撃してくる。こちらに益の少ない割に相手取るのは危険が大きい。

一際《ひときわ》大きく巻き起こった砂埃の中。

セフィロスは構え直した剣を握り、警戒を緩めない。ミカエラも息を潜《ひそ》め、じっとその視界が晴れるのを待った。

森の中は、魔力と同じくらい生命の気配も濃い。この大猪は雑食だが、巨体を維持するにはかなり森の恵みを食らってきたはずだ。警戒していた諸々も、じきに湧いてくる可能性が高い。

だからミカエラはあえて得意な風の魔法で砂埃を払わず、代わりに自分達を中心に鑑定魔法を広くかけた。目の前を鑑定するのと違って細かいことはわからないが、今この周辺にどの程度魔物がいるか、把握できれば十分だ。

「……木の間に、こちらに注目してる魔物の群れがいる。数はかなり多い」

囁《ささや》くミカエラに小さく頷いて、セフィロスが剣を握りしめる。

鬱蒼《うっそう》と生い茂る木々の根元、まだ砂埃が収まりきらず霞《かす》む空間。そこに、明らかに敵対的な、いくつもの存在が感じ取れた。狼だ。

かすかな唸り声も聞こえる。抑えきれない息遣い、湿っぽい空気に混じる、生き物の臭《にお》い。

魔物は所謂《いわゆる》『生き物』ではないという説もある。

普通の動物なら生きていられないような、灼熱の火山帯や流れる川さえ凍りつく凍土《ツンドラ》、呼吸だけで肺の爛《ただ》れるガスが湧く沼地に、伸ばした手の先が見えないほど濃い霧のかかる谷間等。そうした、明らかに通常の生き物を見られない土地に棲《す》む魔物。

しかし学術的には、通常の生き物が濃すぎる魔力によって変異したという説が最も根強い。

ミカエラもセフィロスも、真実は知らない。だが見慣れぬ者にはおぞましいモノ達も、二人にとっては大事な獲物であり自分達を含めて領民の血肉になる、貴重な資源でもある。

「行こうか、セフィロス」

一つ息を吐いたミカエラは、淡々と言う。凪《な》いだ瞳はわずかに紫がかった蒼《あお》。一つにまとめた髪の鮮やかな色合いより落ち着いた、涼しげな色味だ。

「はい、ミカエラ」

セフィロスは彼女とずっと一緒にいるのに、未だにほとんど敬語で話す。主と護衛という立場もあるが、そちらが彼の素でもある。

グルゥルゥル、と喉に絡む唸り声が今は林の根元を埋めている。一匹二匹ではない、少なくとも二桁に入ることは確実な狼達に向かって、ミカエラは微笑んだ。

「深林狼《フォレストウルフ》はあんまり食べるところないよね」

「毛皮や牙は素材になります。ガブリエラ様の鞘《さや》にいかがでしょう？」

セフィロスの最初の師は父親だ。彼は、華やかささえ感じさせる美貌《びぼう》からは意外なほど、苛烈《かれつ》かつ剛毅《ごうき》な剣士である。その素地の上から、魔法師であり剣も使えるガブリエラが、魔法と連携する剣を教えた。

完全に実戦向きのそれはセフィロスの剣に合い、深魔の森を拓《ひら》くのに役立ってきた。特にミカエラとの連携は、フェリクスをして絶句させたほど。

「ガァァッ！」

先陣を切って突っ込んできたのは、一際《ひときわ》大きな唸り声をあげていた個体だ。

「悪いけど、あなた達に構ってあげる暇はないのよ」

だが二人の周囲には、ミカエラの風の魔法が渦巻いて強力な守護効果を発揮している。飛びかかった個体は弾き飛ばされ、地面に叩きつけられた。

その隙に、飛び出したセフィロスが迷いない剣を振るう。

「ギャンッ！」

「グギャウ!?」

猪ほどではないにせよ、硬い被毛を持つ狼達が、あっさりと吹き飛ばされた。

「斬り裂け嵐の刃《ストームカッター》！」

「ギャイン!?」

加えてミカエラの魔法が炸裂《さくれつ》し、襲いかかろうとしていた第二陣が血飛沫《ちしぶき》を撒《ま》き散らしながら樹木や地面に叩きつけられる。

ほどなくして、ミカエラとセフィロスの他にその場に立っているのは、一頭の狼だけになった。

他の仲間より一回り大きな体躯に全身を覆う濃い深緑の毛、鋭い牙を剥《む》き出した口など二人を丸呑みにできそうな大きさだ。他の狼が文字通り尻尾を巻いて戦意を喪失した（もしくは戦闘不能となった）のに対し、この一頭だけは未だぎらつく眼で彼らを睨みつけている。

深林狼《フォレストウルフ》は、深魔の森では最大級の肉食系魔物だ。

深魔の森のように魔力の濃い土地は、空気だけでなく土壌にも濃くそれを含む。そのため植物も多くの魔力を含み、当然それらを食べる草食獣の体内にも次第に魔力が蓄積してゆく。そしてその草食獣を食った肉食獣にはさらに濃い魔力が宿る。

言わばミカエラの前世で、海洋汚染の際、食物連鎖の上位に位置する大型魚に汚染物質が濃縮されたのと同様に。深林狼《フォレストウルフ》も食物連鎖の上位、極めて濃い魔力を宿す。その中でも巨大な個体は、生きてきた歳月と食った獲物を凝縮して、強大である。

そのことをミカエラもセフィロスも、実体験として承知していた。だから決して油断はしない。

「ガアァッ！」

咆哮《ほうこう》と共に襲いかかる巨体の、牙や爪をギリギリまで引きつけてかわす。動体視力も反射神経も、普通の人間より遥かに鍛《きた》え抜かれた彼らだからこそ可能な動きだ。

「はぁっ！」

短く、裂帛《れっぱく》の気合いを迸《ほとばし》らせてセフィロスが剣を振るう。硬い獣の毛皮さえ斬り裂く、その切れ味。

「せぇい！」

二人を呑み込もうとするように大きく開いたその口腔《こうこう》に、ミカエラが氷の礫《つぶて》を叩き込む。剛毛に覆われた皮膚より柔らかいそこは、一番攻撃が効きやすい。

「ぐぁう‼」

悲鳴のような声をあげた狼は一旦距離を取った。苛立たしげに血の混じった唾液を吐き捨て、痛みを振り切るように頭を動かす。

ミカエラの氷の刃は鋭いが、相手に刺されればほどなく溶けてしまうので、大きな体躯に対する攻撃力は弱い。だがその点については、完全に信頼できるパートナーがいる。

「ミカエラ！　下がれ！」

声と同時にミカエラが飛びすさる。入れ替わりに飛び込んできたセフィロスが、真一文字に愛剣を振るう。血飛沫《ちしぶき》と、断末魔の叫びが辺りに響いたのだった。

第6章　波乱のはじまり

「もうそんな時期ですのね」

白金宮《プラチナパレス》の窓から見下ろせば、馬車溜まりがずいぶん混み合っている。

距離があるから詳しくはわからないけど、大まかな様子は見てとれる。それで今日が、私自身が二年前に経験した入寮日であることを思い出した。

「あら賑《にぎ》やかなこと。新入生も大変ね」

ひょこっとアヤメが隣に並ぶ。

うふふふ、背が伸びましたー。とはいえ同年代女子の平均に届くかどうか、という辺り。でもこうしてアヤメや他の女の子達と目線が合うようになったよ（喜）。

「今年の白金宮《プラチナパレス》の入寮者は？」

「女子が二人と男子が一人。いずれも侯爵家の子ですって」

相変わらず白金宮《プラチナパレス》は住人が少ないです。私達の下の学年も、女の子は王女殿下お一人。だけど結構公務が忙しく、白金宮《プラチナパレス》に部屋はあるんだけどほとんど王宮から通ってるようなもんだ。

侯爵家からはルシアナの弟がくるそうな。女の子達は我が家と距離のある家の子で、あまり知らない。アンジェリカは知ってるようだけど、そんなに親しいわけでもないそうだ。

この国そこそこ広いからね。その割に交通網は、個々の所有する馬車がせいぜいで、庶民の使える辻馬車もあるけど少ないし、都市をつなぐ駅馬車はさらに費用が嵩《かさ》む。もちろん数はもっと減る。国内を行き来するのは大ごとだ。

例外は冒険者と呼ばれる人達。領地に属さず、自分達で馬車を仕立てたり、隊商の護衛を請《う》け負《お》って旅をし、魔物や時には盗賊を討《う》って日銭を稼ぐ自由民だ。……将来的には、私もそうして生きてくのが希望だ。実力をつけて両親を納得させたら許可も考える、とは実に逃げ道の多い言いようでしたわ、お兄様。

さてそれだけ広いこの国では、王都にくるのも一苦労。特に辺境地帯からはなかなか大変な旅路になるらしく。

「あの辺りの馬車は、辺境からきたのでしょうね」

アンジェリカが指し示したのは一際《ひときわ》くたびれた、けれど頑丈そうな馬車だった。

「そういえば今年は三年に編入する方がいて、その方も辺境からくるそうよ」

「詳しいのね、ルシアナ」

「なんでも稀少《きしょう》な『光』の魔法を使える平民の女子らしいの」

なるほどレイノルドからの情報か。彼女の婚約者である彼はすでに卒業している。魔法師になるべく、王宮に伺候《しこう》しながらまだ学院で研究生もしている。もちろん最初は見習いだけど、レイノルドは才能もあるし何より努力家だ。必要な情報収集も怠《おこた》らない。

「では私達と同じ学年ね」

フルで学院に在籍せず、途中で編入するということは、財政的に事情のある場合が多い。一年だけでも通いたいという平民は割といる。

リグルスは例外。彼の実家は下手な貴族家よりお金持ちだ。

いずれにせよせっかく学びの園へ入るんだから、できる限りの知識や学力、あるいは人脈を手に入れてほしい。

図書館の司書さんに、予習の意味で中途編入の生徒向けの勉強会を提案してみた。一通りなぞっとくだけでも違うと思うんだ。資料も死蔵してるだけじゃもったいないし。

司書さん達とは割と仲良くなった。資料の在処《ありか》や扱いを教えてもらい、資料（公爵家で購入し、すでに要らなくなったけど、一般の利用価値はあるもの）を寄贈して、とギブアンドテイクですよ。

魔法の勉強も、かなり幅広く齧《かじ》った。元々私の魔法は鑑定以外は攻撃特化なんで、さすがにそれはどうかと思って。

得意なのは風と水の魔法だけど、これはかなり習熟したよー。今では濡れた髪を乾かすそよ風や、傷みやすい葉野菜を洗うシャワーも可能になりました。

その過程で、他の魔法についても勉強した。

髪や瞳に青系統の色が出るのは水の魔法。それがさらに強くなると紫に近づき、氷を扱う。風も青系統の色合いになるようで、私の場合は両方宿っているためこんな派手な青らしい。

火属性ならド定番ですが赤色、特に色鮮やかなほど強い。ルシアナなんかかなり強いよ。本人、扱いはあまり得意じゃないけど。

土は緑、育つ植物の色。この魔力が強い人は、土地を一時的に富ませることも可能。

これらは鑑定魔法でぼんやりと感じることもできる。オーラのようなもの、とでも言えば良いのか。

もちろんまだわからないことも多く、研究途上の学問だ。話題に出た『光の魔法』もよくわからない。確か治癒魔法もその系統だけど、使い手が稀少《きしょう》で実例が少ない。

体の怪我を治すだけならば水や土属性の魔法でも可能。ちなみに光があるなら闇もあり、鑑定も闇魔法系統。目に見えないものを扱う系統らしい。

あ、そうだ。

「……光の魔法、ということはやはり明るいのかしら？」

人の多い辺りに鑑定かけてみよう。この距離なら個人までは特定できないし、失礼には当たらないよね。今までに見たことのない反応を見つければいいのか。

あっ一際《ひときわ》明るい……？

「……？　ミカエラ、どうかなさって？」

固まった私を案じてアンジェリカが声をかけてくる。

「いえ、光の魔法らしい反応を見つけたんですけれど……殿下が、接触なさってるご様子で」

「!?」

パトリック殿下は三年生になっても相変わらず。剣術なら学院内ではまあ上位に入る腕前、学業は上の下から中の上。魔法はほどほど。

魔法は学業・剣術と違って点数をつけにくい。王族は基本的に魔力が高いし、逆に言えば魔力は高いのに扱い方に難がある故の『ほどほど』らしい。

彼以外の通称『王子と愉快な仲間達』もまあかわりばえがしない。

アンドリューは真正面から噛みついてくることはなくなったけど、何かある度に嫌みを言いたがるので煙たがられてる。私だけじゃなく他の誰彼に対しても、ちょっとした失敗だのトラブルだのを見咎《みとが》める度にその調子なので、人気はない。真面目で成績はいいんだけどね。

トーラスは騎士団の鍛練《たんれん》にも参加してて、一際《ひときわ》ごっつくなった。肩とかすごいけど、セフィロスによれば筋肉つけすぎだって。却《かえ》って小回りが利《き》かない分、動きが遅くなるだろう、と。そこらは専門家《プロ》のお言葉。それと昔からだけど声がでかい。耳が遠いのかと疑うレベル。

リグルスは、あんまり私達には近づかなくなった。その方がこちらもありがたい。あちこちの珍しい特産品とかお薦《すす》めの特別なお品とか、学内での商売としては些《いささ》かうるさい。ただ王子達や他の級友には宣伝を欠かさないらしく、一部内密に金貸しの真似をしてるという噂だ。

ケヴィンは、一年間で二回婚約者が変わった。女誑《たら》しと噂されるだけのことはあり、いずれも彼の浮気が原因。おかげで実家のロス侯爵家はすっかり面目を潰している。

今は子爵家の令嬢が婚約者なんだけど、すでにいろいろやらかしてるらしい。いやなぜ私に相談を持ちかけるの、婚約者のご令嬢達は。花街の本職相手なら好きにやらせとけば、と思わなくもない。

彼ら、容姿は良いし家柄も良いので本当はもっと人気があってもおかしくないんですが……性格とか振る舞いに難ありと、実に微妙なところ。

その『愉快な仲間達』と日々楽しくお過ごしの殿下は、息災なのは何よりですが若干選民思想というか、平民や位の低い貴族子女を侮《あなど》りがち。

そういう人物が、稀少《きしょう》な光魔法の使い手とはいえ平民の女生徒（しかも編入したて！）と接触、とあっては何をやらかすか。

慌てて現場に駆けつけた私達が見たのは、激昂《げっこう》しているアンドリューと、地面にのびて目を回しているパトリック殿下、同じく地面に蹲《うずくま》って唸っているケヴィン、おろおろおたおたしているトーラスとリグルスだった。

肝心の編入生は、辺りを見回してみても姿が見えない。新入生および数少ない編入生がやはり右往左往しているばかり。

あとで聞いた話や周囲の目撃情報を合わせると……

どうもパトリック殿下、新入生達にご尊顔を拝ませてやろうと、とりわけ人の多い場所を狙って出てきたらしい。それに護衛のトーラスはもちろん、他の面子《メンツ》もついてきた。

そのこと自体は構わない、一応顔を見せて認識させておくのも大事だし。

そこで出会《でくわ》したのが例の光魔法の編入生。目撃情報によれば、華奢《きゃしゃ》で可愛らしい少女だったという。淡紅《ピンク》色の髪に小柄な体、粗末な私服をまとい荷物もわずか、いかにも平民の、はっきり言えば財政的な余裕のない様子だったとか。

それに興味を惹《ひ》かれたらしいパトリック殿下が声をかけたそうだが内容は不明。すぐアンドリューも加わって何事かやり取りしているところにリグルスと二人で近づいたケヴィンが、どうやら編入生を口説いたらしい。彼女の手をとって囁《ささや》いていたところまでは目撃されている。

が、次の瞬間には前述の、私達が駆けつけたときと同じ状況が出来上がっていた、ということのようだ。

その場にいた編入生によると、何か話している、と思ったら『光った』らしい。

「えー……魔法？」

「多分そうだと思います。魔力の反応を感じたし」

我が領地では、頻繁《ひんぱん》に魔物を食べてるせいか、貴族でもないのに魔力の強い子が増えた。おかげで学院に編入した子が何人かいる。今年も数名。

お兄様の学年にもいたし、私の学年にもいるから、手を借りることもある。礼もしてるよ！　当人達には遠慮されるけど。

「でもあの……編入生の女性、ちょっと変わってましたね」

考えながら、一人が言う。

「『変わって』？　どんな風に？」

「ここまで馬車が一緒だったんですが……」

語るのは領地の孤児院育ちで私の幼馴染《おさななじ》み、カイルだ。腕が立つし頭も悪くない。編入するには試験があるが、編入可能な魔力を有していれば、ほぼほぼ合格するそうだ。「試験に名前書けば合格できるらしいですよ」とは、カイルから聞いた情報。

「辺境からきてて、他に連れもなくて……馬車の中では態度悪くて。顔は可愛いけど、感じも悪かった」

彼らによれば、例の編入生は馬車の中で声をかけても素っ気なく、打ち解けるつもりがないようだったとか。まあ一般市民の子どもがいきなり強制的に編入させられて、納得いってないのかもしれないし。

「見た目はともかく、あんまり近づきたくない感じだったよ。王子様達は違うのかもしれんけど」

カイルの台詞《せりふ》が、編入生の総意といったところか。

むしろ問題は王子と愉快な仲間達、だよな。ケヴィンが何を言って、その子が何をしたのやら。

「え、普通科？」

件《くだん》の光魔法の編入生、なぜか魔法科ではなく普通科へ入ったという。

オブライエン公爵領《こうしゃくりょう》の子をはじめとした編入生達にそう聞かされて、目が点になったのは私だけじゃないだろう。

いやだって。貧乏貴族とは違って、平民の子どもはほとんど全員が魔法の素質を見込まれて編入する。特に彼女は『稀少《きしょう》な光の魔法属性を持つ』故に編入が決まったんじゃなかった？

「なんでも当人が、『学ぶ権利』とやらを主張して強引に普通科へ編入したらしいです」

カイルが微妙な顔をしてるのもわからんでもない。彼らだって『魔力持ちの義務』と言われなければ、編入したくなかったんじゃないだろうか。

褒められた話じゃないけど、この世界、平民の子どもには権利なんて認められてない。教育を受ける権利じゃなくて、その能力を活かす義務としての編入なんだよ。

「……普通ならそんな主張通るはずがないと思うのだけれど」

「どうも、パトリック殿下が後押ししたらしいよ」

レイノルドが口を挟む。

ちなみに今いるのは魔法科の休憩室。ここだと学年の壁はあまりない。同じ魔法師を志す者同士、という感じで先輩に質問したり後輩に指摘したり、あるいは他愛ないお喋《しゃべ》りをしたり。元々魔法科はあまり身分差にこだわらないから、気楽な空間ではある。

卒業済みのレイノルドだけど、研究生としてしばしば顔を出すんだよ。どうも、学院上層部になんらかのお仕事を頼まれたりしてる様子もある。

「……パトリック殿下はどういうおつもりなのかしら」

「まああんまり何も考えてないんだろうね」

こういう会話もできるくらい気楽だよ！　不敬だなんだと騒ぐ人もいない。……正直人望ないのよ殿下……

あと魔法科ならではの理由として、あれだけの魔力があるのに無駄にしてる、という苛立ち。王族だけあって潜在魔力は多いからね。鍛《きた》えても育ててもいないようだから、単に多いだけだけど。

あとあの人達、年に何回か服装規定違反とやらで注意を受けてるんだよね。他の面子《メンツ》はともかく、アンドリューはなんで規定違反なんてしてるのか。杓子定規なくらい規定にはこだわるくせに（そして煙たがられている）。

「殿下はともかく、本人はこの先どうするつもりかしら」

『光魔法』って実例が少なすぎてよく知らないけど、それを育てるために編入したんじゃないの？

普通科は通称令嬢科。働く必要のない令嬢が、礼儀作法や国際儀礼、外国語、他領の諸々等を学んで人脈を築き、『善《よ》き貴族』として、社交界の常識を弁《わきま》えた存在たりえるよう成長する場、とされている。

アンジェリカ達のような、婚約者が決まってて見識もある令嬢達は、自分で課題を見つけ解決案を立てたり必要なら人材を育成して人脈を築いたりと、なかなか精力的に活動してる。

だけどそうじゃない令嬢も多く、サボろうと思えばいくらでもサボれるのが普通科の難しいところ。条件の良い婚約者さえ見つかればいいと思っている者や、卒業後すぐ結婚だからと遊んでる人も少なくない。

そんなわけで、黄金邸《ゴールドレジデンス》はなかなか大変らしい。もちろん黄金邸《ゴールドレジデンス》も、白金宮《プラチナパレス》同様、男女の区別は厳しいし寮監もしっかりいるけど、相手が血気盛んな青少年ということもあってか、たまに痴情《ちじょう》沙汰が起こるという……人数も白金宮《プラチナパレス》よりずっと多いし。

その普通科に平民が編入して一体何をどう身につけるのか。少なくとも『光魔法』を鍛《きた》えるのは無理な環境ではないかと……。一平民の彼女では人脈を築くのも難しいし。

アンジェリカは気配りができるから一度はお茶会に招待するだろうけど、お返しできなかったらあとが続かないよね。平民では、お返しのお茶会を開催するのも難しいだろう。貴族なら、在学生に招待されたら返礼に自分でも相手を招待し返せばいいけど。お茶会って、結構手間もお金もかかるし、知識も必要だ。場所や道具くらいなら学院でも借りられるけどね。

「普通科なら、自由にできる時間もあるからね。特殊な魔法のようだし、自主学習を行うつもりかもしれない」

レイノルドが自分でも信じてない口調で言う。

「そういえばその人、お名前はなんとおっしゃるんですか？」

「エヴァ、だったかな。リュージュ辺境伯爵領の、エヴァだと思う」

平民だから家名はない。学内ではそれが彼女の呼称になるのか。

リュージュ辺境伯爵領は、オブライエン公爵領《こうしゃくりょう》の隣だ。ちょうど深魔の森の反対側。

「まあ、我々が気に病んでも仕方がありませんね」

まあ本人の人生だから……目指しているところはさっぱり見えてこないけど。

「こちらも関わる気はないのですが。……ああ、図書館で編入生向け補習講座を開催する予定だから、掲示板に注意しておいた方がいいわよ」

「それは助かるー。掲示板て図書館にあるんですか？」

「いいえ、校舎の表玄関を入ったところにあるの。他にも何かあればあそこに告知されることが多いから、場所だけはきちんと確認してね」

カイルと話していた私は、レイノルドが何やら考え込んでいるのには気づかなかった。


やっぱりアンジェリカは普通科の編入生を招いてお茶会を開催したそうな。私は魔法科だから参加しなかったけど、その席ですでに例のお嬢さんがやらかしたらしい。

「なんですの、あの方？」

今日はその慰労《いろう》を兼ねたお茶会を白金宮《プラチナパレス》で開いている。ただし参加者はいつもの顔触れだけ。

ぷんぷん怒っているのはやはりと言うべきか、予想通りのルシアナ。

ルシアナが嫌いそうなタイプだよね。礼儀がなってなくてその割に人の話を聞かないというか。

平民なら礼儀を知らない場合もあるとわかってる。だけど、普通はそれを指摘されたら反省なりするところを、どうもそうじゃないようで。

「確かに見た目は可愛らしいですけど。なんというか……全般的に失礼でしたわ」

「そうですわね。私《わたくし》、この方にこのように怯《おび》えられるようなことしたかしら、と思いましたわ」

お怒りの収まらない様子のルシアナに、アヤメも同調する。

「アヤメ、御面識がありましたの？」

「いえ、初対面だと思います。どこかですれ違った程度ならあるかもしれませんが……」

ちょっと苦笑して付け加える。うーん困惑が窺《うかが》えますね。

「お顔はともかく、あの鮮やかな髪色は一度見たら忘れないかと」

アンジェリカも加えて話を聞くと、お茶会は些《いささ》か混沌《こんとん》とした状況だったらしい。

普通科の編入生は、その光魔法のエヴァを除けば全員が貴族令嬢。とはいえ一年しか編入できない、それだけ裕福でなく力も弱い家の子女ばかりだ。人数も多くない。

で、そういう子達は、当然大貴族の娘で王族の婚約者であるアンジェリカや、やはり有力な貴族令嬢のルシアナ、他国の姫君アヤメに少しでも気に入られたい。多分家からもその辺は言い含められてるだろう。

仕方ないというか、その辺は責められない。もちろん女性同士だって人脈を築くのは大事。結婚して実家を出ても武器になるし、有力な令嬢と親しいのはそれだけでポイント高い。

で、彼女達に一生懸命アピールを兼ねて自己紹介するその編入生達を強引に遮《さえぎ》って、「よろしくお願いしまーす、いじめられたら助けてくださーい」と声高に主張したのが例のエヴァ。

まあ一般庶民だから、貴族のルールに則《のっと》った挨拶をと言っても理解できないかもしれない。だけど他の人が話している途中で無理矢理割り込んでくるのは普通にダメでしょ。それは貴族とか平民とか関係ないよね？

庇護を願い出たのはアンジェリカに対してで、アヤメに対しては異常に怯《おび》えていたとか。

当然ルシアナはお怒り。アヤメは怒るというより困惑してる。そしてアンジェリカはと言えば。

「正直なところ、あんな不躾《ぶしつけ》な方とは私もお付き合いしたくありません。『いじめられたら』とおっしゃってましたが、実際に事が起こってからならともかく、編入したばかりであんなことを言い出すなんてさすがに常識を疑いますわ」

「それとも、『いじめられるような行いをします』っていう宣言なのかしらね!?」

どーどー、落ち着けルシアナ。

ほら新作の大判焼きだよ、餡子《あんこ》とカスタード。甘いもの食べて落ち着きなさいな。

とにかくそんな調子なので、エヴァ嬢は他の編入生にも頗る《すこぶる》評判が悪い。悪くなった、と言うべきかな。いや、元々悪かったのか？

「うちの領地からきた編入生が、途中から彼女と乗り合わせていたのですが」

口火を切るとみんなの視線が集まった。

「その道中でも、同じ平民には洟《はな》も引っ掛けない、という様子だったそうですわ。ごめんなさいね、お聞き苦しくて」

些《いささ》かならずお行儀の悪い表現ですからね。一応気遣ってますよ。

「まあ身分の低い方の中には、所謂《いわゆる》玉の輿《こし》狙いの方もいらっしゃいますから。そういう風に思っておけばいいのでは？」

「……それだけ、ならいいのですけどね」

物憂《ものう》げにアヤメが溜息を吐く。

「……確かにアヤメ様に対しての振る舞いはちょっとおかしかったですわね」

大判焼きはお嬢様方に合わせて小さめで、二口三口で食べられるくらいの大きさ。それを取り皿に二つずつ、あとは大皿に盛ってお気に召せばどうぞ、という形式にしてある。

それを自分の皿にとって食べながら話を聞く。

「どんな様子でしたの？」

「そうね……誤解を恐れずに言うなら……。ごめんなさいね、アヤメ様。あなたがどうというよりあの方が異常だと思うのだけれど」

申し訳なさそうに念押ししたアンジェリカが言うには。

「まるで、いるはずのない人に会ってしまった、というか。……むしろ死んだ人に会ったかのように見えたわ」

「そうね、なんだか幽霊かお化けにでも出会《でくわ》したような青い顔をしてらしてよ」

ルシアナがそう付け加えてもアヤメ自身が否定しないところを見ると、実際そんな感じだったんだろう。確かにそれは異常だなー。

「ルシアナに対してはどうでしたの？」

「私が失礼だと咎《とが》めたら一応謝りはしたものの、見事なふくれっ面！　あまりにも幼稚よ」

あーそりゃルシアナは怒るよね。そういうの嫌いだよね、口先だけの謝罪なんて余計ムカつくもん。

ふむ、ということは、ルシアナに対しては怯《おび》えた様子ではなかったと。

「ルシアナも面識はないんですよね」

「ええ、あんな失礼な方、一度会ったら忘れませんわ」

「アンジェリカも？」

「ええ。少なくともこれまでにご紹介いただいたことはなかったように思います」

ますますわけがわからん。

「……だったらなぜ、アンジェリカとルシアナやアヤメに対して態度がそんなに違うんでしょうか」

それが一番疑問だよ。

平民の子どもが貴族を一律に恐れるのなら話はわかる。根拠となる経験があったということだから、褒められた話じゃないんだけど。

しかし、まったく面識のない複数の貴族令嬢を前に、ある人にはすり寄り別の人は恐れるとなると、どうにも納得がいかない。もちろん面識がないという彼女達の認識が間違ってる可能性がないとは言わない、覚え違いもあり得るから。

でも三人とも、となると考えにくい。

「その方、私にはどう反応なさるかしら。ちょっと興味が湧いてきました」

淡紅色《ピンク》の髪というのは、突飛な髪色が多いこの世界でも滅多に見ない。

赤は珍しくない。ルシアナもそうだし、パトリック殿下もだ。他にもオレンジがかった金髪とか、白っぽい水色、黄緑なんて人もいる。

ただ、鮮やかな、極めて人目を引く蛍光色に近いピンクは、今年度編入してきた光魔法の使い手だというエヴァしか持っていない。

必然的にかなり目立つ。それに加えて彼女、声が高くて大きい。普通の令嬢は滅多に大声など出さないし、平民の女子も学院内で騒ぐようなことはまずないから、悪目立ちしている。

「やっだぁ、ケヴィンたら！」

きゃあきゃあと甲高《かんだか》い声をあげて笑う彼女とその相手に、周囲が向ける視線は冷たい。

だってここ、勉強に使う自習室なんだよ。何人かで討論してることもあるから、多少の会話は許容範囲だけど……さっきから彼女ら、明らかに勉強しないでじゃれてる。

確か今、殿下およびお目付け役のアンドリューと護衛のトーラスは王宮に呼ばれて不在だから、その分ケヴィンとリグルスが張り切ってる状態だな、これは。

「ほんとだってー。ほらエヴァ、これお土産《みやげ》」

「あっ、ぼくもぼくも。はい！」

エヴァに何か手渡したケヴィンに続いて、リグルスも彼女に紙袋を渡した。

「わあ、ありがとう、二人とも！」

「取り寄せるの大変だったけど、エヴァに似合うと思ってね」

ケヴィンが渡したのは、離れた席から見てもわかるほどキラキラした装身具だ。

ブローチか何かかな、石はあれ魔石だよね……。そりゃ入手するの大変だし値段だって学生が貢《みつ》ぐレベルじゃないはずなんだけど。

「ぼくのはね、ほら！　最新のお菓子だよ！」

「わぁ素敵！　欲しかったのに売ってもらえなかったのよ、これ！」

一方リグルスが渡したのは、色とりどりのクッキーだった。……あれ、うちの商会の新商品では？　……貴族の贈答用だから洒落《しゃれ》にならないお値段なんですが。

「それは酷《ひど》いね、どうして？」

「知らなーい。きっとやっかまれてるのよ、本当意地が悪いんだから！」

いやあ、そもそもその辺の学生が買える値段じゃないよ。アイシングで砂糖の使用量が多いしデザイン料もかかってるから。

そういえばやたら値切ってくる客がいるから、注文販売にするって言ってたなあ。

「……ミカエラ、あれは……」

隣でノートを書いてたセフィロスも微妙な顔だ。

「あとでフランチェスカに連絡する案件」

リグルスのやらかしは、ほぼ自動的にフランチェスカに連絡がいく。その度に実家やストレイパリー商会に連絡したり状況確認やお詫《わ》びに回ったりと、彼女は本当に大変なのだ。

できる限り手は貸してるんだけど、トラブルの数は増えはしても減らない。お金の絡む話だと、もめ方もこじれやすいし。

リグルスは、以前は資金を増やすことに執着していた。金を貸して高利で取り立てたり、目新しい安物を結構な値段で売りさばいたり。今はその貯め込んでた資産をエヴァに貢《みつ》いでいる模様。フランチェスカ経由でストレイパリー商会から注意されてるはずなんだけどな。

……さて、うらがやってる商会の悪口に移行したお喋《しゃべ》りがそろそろうるさ過ぎる。周囲の我慢も限界かな、正直私自身も。

さっと辺りを見回すが、自分より高位の子女はいない。やりたくないけど、これも貴族の務め……

机の上を片づけて立ち上がると、当然のようにセフィロスもそれに従う。ついでに、周囲から明らかに期待する気配が寄せられてるよ。

魔法科の制服であるローブのフードをいっそう深くかぶる。不本意ながら学内ではある程度顔を知られているので、自然と公共のスペースではフードをかぶったままの癖がつきました。顔を晒《さら》して行動すると、理不尽な難癖つけてくる人もいるしね。理由はどうあれ、フードかぶった魔法科の学生は多いよ。

「ケヴィン様」

エヴァを挟んで盛り上がってるケヴィンとリグルス。この場合声をかける相手はケヴィン一択だ。一番身分が高いし、実は私が正式に紹介されたことがあるのは彼だけなんだよね。

私の顔が見えないよう計算した立ち位置なので、おそらく彼は私が誰かわかってないはず。

「え、……おやこれはお嬢さん」

振り返ったケヴィンはにっこりと笑いかけてきた。……一言で言えば、『自分の顔の良さを最大限に活かす表情』。作為的すぎて、好意を抱くのは難しい。

「ご歓談中失礼します。お喋《しゃべ》りは他でお願いします。ここには皆、勉学にきておりますので」

あくまで無感情の声音で言い放つ。愛想良くする必要はないし、感情を乗せるならそれは苛立ちとか不快になるもの。

「い、いやあ……」

女子生徒に素っ気なく扱われるのに慣れていない様子のケヴィンはたじろいだが、背後から加勢がくる。

「えー、ひっどぉい！　だってここ、みんなが使う場所でしょお～？」

殊更甲高《ことさらかんだか》い声を張り上げたエヴァがぐるりと周囲を見渡すが、大体の学生は目を逸《そ》らし、わずかな残りは不愉快そうに睨み返す。

なんでこの状況で、味方がいると思うんだよ。

この人達（殿下達も含めて）日々順調にヘイトを稼いでるからな……。この場に限っても、自習を邪魔された側が好意的なはずないでしょう。

「まあまあ、エヴァ。それならここじゃなくてカフェにでも行こうよ、新作のスイーツ奢《おご》るから」

朗らかに笑いながら促したのはリグルスだ。

「新作？　何なに？」

途端、エヴァは目を輝かせて彼に向き直る。

移り気で自分勝手、かつ裏表があると、彼女の評判は悪い。特に異性と同性に対する態度の違いは著《いちじる》しく、普通科の令嬢からは距離を置かれている。

評判がここまで悪いのは、彼女が男子生徒にだけ愛嬌《あいきょう》を振りまいて同じ普通科の令嬢と交流を持たないせいもある。教師陣も注意しているんだけど、彼女を殊のほか気に入ったパトリック殿下が我儘《わがまま》を振りかざしているそうだ。

「ひがみっぽい女って嫌ぁねー」

わざとらしくこっちへ向かって言い残していくが、とりあえず出てってくれるのならそれでいいです。

「……ミカエラ、お疲れ様です。大丈夫ですか?」

「うん。あとでフランチェスカつかまえよう」

どっと疲れたよ。とんとん、と背中を叩いてくれるセフィロスに感謝。今後もこういった場所で騒がれると面倒だな……

ところが。

彼女、リュージュ領のエヴァとは、その後も遠目で見かけこそしたものの、直接言葉を交わすようなこともなければ、誰かに紹介されることもなかった。光魔法の確認および鍛練《たんれん》のため、魔法科にもくると聞いていたのに。

「結局、光魔法の確認はなさいましたの？」

「一応は」

怒ってるわけじゃない、怒る筋合いもないし。でもここまで接触ないとは思わなかったよ。

理由の一つは、パトリック殿下達。とにかくエヴァのことを気に入ったらしく、あちこち連れ回しているとか。

「殿下達はどういうおつもりなんでしょうか」

「さて。どうやら見慣れぬ者を面白がっているようでもあるけどね」

卒業してからも、研究生として魔法科によく顔を出すレイノルドの方は落ち着いたもんだ。

普通科に編入とはいえ、稀少《きしょう》な光魔法は魔法科でも関心が高い。そのため、魔法科の教官がたまにで良いからと、魔法科の研究に協力するよう彼女に要請したと聞く。ところがそれ以降も、魔法科でエヴァの姿を見ることはない。

レイノルドによると、一度だけきたそうだ。私は入れ違いで会わなかったけど。その際、光魔法とやらも発動したそうなのだが。

「結局、光魔法の能力は？　何ができるんですの？」

「……光る」

「…………それはまあ、『光』魔法なんですから、光るのはわかりますが。……他には？」

「……実はそれだけだった。夜とか暗いところでは役に立つんじゃないかな」

「……えぇー……」

思わず淑女らしからぬ声出ちゃったよ。

「あの、光魔法って稀少《きしょう》な魔法ですよね？　それなのに『光る』だけですの？　例えば植物の生育に好影響を与えるとか、あ、治癒力を高めるとか言われてませんでした？」

「調べてはみたんだけどね……」

魔法科には専門の研究生もいる。卒業後王宮魔法師にはなれず、でも学院に残れる余裕のある人達。

なので教官やそういう研究生が彼女の魔法を確認しようとしたけど、なぜか同行してきたパトリック殿下達がいろいろうるさく、きちんとした調査ができなかったとか。

何をやってんだあの人達。彼らの言い分としては、遠方からやってきたか弱い少女に不必要な負担をかけるのは望ましくないとのことだけど。そもそもそのために編入してきたんじゃないの？

ただ、傍《はた》で見てる限り今のところは庇護欲だと思う。世間知らずの可愛い女の子に頼られるのが嬉しいとか、自己満足なのが見てとれるから、婚約者であるアンジェリカ達も傍観してるんだろう。要はそのうち飽きるだろう、と。

しかし問題は本人ですよ！

確かに辺境から出てきて友達もいないらしいし、ちやほやされるのが嬉しいのはわかる。だけど本来の義務を疎《おろそ》かにしちゃいかんだろ。

噂で漏れ聞こえるエヴァ嬢の行動は、ちぐはぐだ。私には光魔法しか取り柄がないの、とかお友達がいなくて寂しい、とか嘆いていたと小耳に挟んだ。

光魔法しかない、ならせめてその確認に付き合ってくれないかな。そしたら魔法科にも平民の女子はいるから、友達できるんじゃない？　そもそも初めから、辺境からの馬車旅の中でカイル達と交流してればとっかかりは掴めたと思うんだけど。

「よく、わからない方ですよね」

「……ぼくがどうこう言う立場ではないけど。あなたはあまり、彼女に関わらない方がいいと思うよ」

レイノルドはレイノルドで、何か思うところがあるらしい。

確かに、エヴァは言うほどお友達を作るつもりもないみたい。普通科の貴族令嬢達も、アンジェリカの開いたお茶会での様子を見ていたからか、みんな揃《そろ》って彼女とは距離を置いてるらしい。

　高位の貴族令嬢のお茶会の席で明らかにしでかした平民に関わり合うのは、デメリットの方が大きいと判断したのだろう。これでエヴァの方から彼女達に歩み寄るならまだしも、その気配もないようだし。

　一年しか在籍しない編入生は、どうしたって在学生よりハンデが大きい。貴族令嬢（あるいは令息）でもその分のハンデを乗り越えるには、極力顔を売って伝《つて》を作り、人脈を育てなくちゃならない。

「彼女が、何かなさいましたの？」

「いや、そういうわけでも。……ただ、ルシアナがいたらまた爆発したかもしれない」

　苦笑してるけど、それは惚気《のろけ》ですね……。困ってるようではあるけど、自分の婚約者をその気性の激しさも込みで可愛いな、と愛《め》でてるのが伝わってくる。

　ルシアナは昔お兄様に熱をあげてたけど、こうしてレイノルドといい関係を築いてるのを見ると、これで良かったと思う。多分お兄様だと……あの人の一筋縄でいかない性格の悪さが、ルシアナには負担になりかねないし。お兄様も割と感情で動く彼女を扱いかねたんじゃないかな、と思う。

「あら、お兄様もご存知でしたの?」

休みの日は、たまには寮から王都の屋敷にも帰るよ。セフィロスはもちろん、カイルも一緒に。そしたら今回は久しぶりにお兄様もいた。

お兄様は学院卒業後、王宮で文官として働いている。

お父様の指示で、まったくのぺーぺーから。もっともご本人が言うには、「無能な上司がうるさく言ってこなければもっとやりやすいんだけどね」とのこと。お兄様自身、基礎的なことからさらい直すいい機会だと、前向きに捉えてるみたい。それに同じ下《した》っ端《ぱ》で平民や下級貴族の、評価が低いけど実務はできる人達と親しくなることもできてるよう。

「同僚には、弟妹や親族が学院にいる者も多いからね」

そりゃそうだ。実家は地方でも、親戚や兄姉が王都で働いていれば、休みの日に会ったり一緒に食事したりはする。

そして今の学院内で最もホットな話題と言えば、一つしかない。

「で、殿下達は何をやってるのかな?」

「私達が伺いたいですわ」

学院の外にまで話が広がってるのかー。しかもお兄様の言いようだと、『殿下達がやらかした』という感じだね。それも間違いじゃないんだけど。

「まあ、あの方々は気紛れでいらっしゃるから。いつまでも続くものかしら、とも思っております」

そこら辺についてはアンジェリカ達とも話をした。

彼女達もエヴァ本人より、殿下達が気紛れで彼女を振り回してる、という認識。しかし気遣って距離を置かせようとしても、エヴァの方がそれを受けつけない。だから殿下達が余計調子に乗るという状況。

「どちらの方々も、いっこうに話を聞いていただけなくて困っております」

ケヴィンはそろそろ三度目の婚約破棄になりかねない。婚約者を放置してエヴァを観劇に連れ出したり贈り物をしたりしてるらしい。

リグルスも彼女に贈り物、というか貢《みつ》ごうとしてフランチェスカに止められたそうな。彼としては右も左もわからない彼女を気遣って、というけどやたらと高価なドレスや装飾品を贈るのは筋違い。だったら実用品になさったら、と止めたらしいんだけどそれもどうなんだ。これまでのリグルスの行いもあり、実家の商会にまで苦情がいってるとか。

正直、フランチェスカも婚約破棄をしたいのかもしれない。

「そこらはぼくも聞いたよ。ストレイパリー商会も、今までは結構好きにやらせてたみたいだね」

ということは学内の金貸しは商会公認だったのかな、それはまずいよね。一応学院は比較的自由な校風とされてるけど、あんまり大掛かりな商売は顰蹙《ひんしゅく》買う。

ましてリグルス人は爵位を持たない平民身分。金を貸しつけて人脈を作ろうとしたのかもしれないがやり方がまずい。最近では市井《しせい》の高利貸し並の利率になってるとか。

学内の商売は言わばお目こぼし、人脈作りのため小規模なら目を瞑《つむ》ろうという話だから、儲《もう》けに走られちゃ学院側も放置できない。今までは黙認してたのかもしれないけど、最近はちょっと目に余る。

「ご実家はともかく。フランチェスカも大変ですわ」

ストレイパリー商会はこのところ成長著《いちじる》しいけど、リグルスみたいな手法の結果だとしたら看過できない。法律ギリギリを狙って他者に迷惑をかけるのはやめてほしい。

「スノーヴァ子爵からも話があって、商会は彼にきちんと指導する、と約束したそうだが」

「それならよろしいんですが。……カイル、みんなにも言っておいて。金銭で行き詰まったら、よその商会や同級生に借金する前に私に相談するように」

カイルに声をかけると、目を丸くされた。

「……ミカエラ様、金貸してくれるんですか」

「領民が下手なところから借金しても困るもの。あなた達ならあとで働いて返してもらえるし」

公爵領《うち》の学生に借金なんか負わせたら、お父様やお祖父様にも怒られるよ。

本人達の認識は知らないけど、学院に編入できるってことは、すでに領内ではエリートコースだ。卒業後は領内軍に入るも良し、領内各地で後進の指導に当たるも良し（できればもっと年とって引退してからにしてほしい……）。

本人達が冒険者になり他の領地に行きたいなら、反対はしないけど何年か働いてからにしていただきたい。先抜け予定の私に言える筋合いはないけども。

人を育てるのは金も時間もかかるし、上手くいかないことも多いけど、それでも達成感とか満足感がある。将来への希望につながる。

お兄様の側近の人達もそうで、今は王都と領地の連絡役やお父様達との伝令等、みんなよくやってくれてるようだ。

間章　男同士の密談

「そういえばミカエラ、お母様にご挨拶したかい？」

「いいえ、まだなの。調子はいかがかしら」

「おまえが顔を見せれば元気になられるよ、行っておいで」

「はい、お兄様」

微笑んでミカエラは立ち上がった。

母のガブリエフは、一年前に双子を産んで以来、体調が良くない。寝込むほどではないが、以前のように娘を引き連れ深魔の森へ突撃する元気はなくなった。これでようやく、通常の貴族夫人と同等になった、という程度だ。

その彼女が領地から出てきているのならと、ミカエラは早速挨拶に行こうとしかけて振り返った。

「セフィロス、行きましょ」

「ミカエラ、ちょっと彼を借りられないかな」

ミカエラの声を遮《さえぎ》って、フェリクスが言う。

「？　お兄様、セフィロスに用事ですの？」

「うん、ちょっと男同士の内緒話をね」

にこにこと嘯《うそぶ》く兄に苦笑して、ミカエラは頷いた。

「わかりましたわ。……でもセフィロス、あとでお母様にはご挨拶に行ってね」

「はい、もちろん」

ミカエラが部屋を出るとフェリクスは笑みを消した。整った甘い顔立ちが、酷薄《こくはく》な雰囲気を帯びる。

「さて。……レイノルドから、内密に手紙がきてね。それについて情報を共有しておきたい」

その言葉にセフィロスとカイルが頷く。セフィロスはもちろん、カイルもミカエラの護衛を兼ねて学院に編入した身だ。ミカエラには知らせていなかったが、本日フェリクスが二人に話があることも承知の上で同行している。

「魔法科を卒業なさったレイノルド・ディーラ様ですね」

カイルの確認に一つ頷いて、フェリクスは取り出した手紙をティーテーブルに置いた。

「彼によると、例の光魔法の少女、要警戒、だそうだ」

きっぱりと断言されてセフィロスとカイルは目配せを交わす。

二人はミカエラの領地行脚《あんぎゃ》に付き合った関係上、案外仲が良い。セフィロスは同性に疎《うと》まれやすい美形だが、付き合いが長くなればそれを払拭できる程度に生真面目な性格でもある。

カイルは幼い頃、ミカエラと共に孤児院にきた彼と出会ってからの付き合いで、それをよく承知している。

「警戒、というのはどういう意味で、ですか」

「詳しいことは書いてこなかったんだよ。レイノルドらしいというか、らしくないというか……」

カイルはまだよくレイノルドを知らないが、フェリクスとセフィロスはよく知っている。物静かだが頭の切れる、状況を見極める目もある男だ。意外と婚約者のことは可愛がっているし、他の令嬢達とも当たらず障《さわ》らずの無難な付き合いをしている。その距離の取り方の上手さをフェリクスは評価していた。

フェリクスも婚約者のアヤメには折々贈り物をしたり手紙を書いたりしているし、彼女も返礼してくる。時には一緒に出かけたり、お茶をしたり。こうした些細《ささい》な交流が、互いの心を近づけるのだ。

「確かに変な女でしたね、こっちにくるときも」

学院に編入したばかりのカイルは今一つ実感が湧かないかもしれない。だが彼は魔法科とはいえ一庶民、婚約者がいるわけでもなく巻き込み事故を警戒するくらいで十分だ。

「どう、変だった？」

「俺達のことはガン無視。途中の夜営でも手伝わないから注意したら、『怖ーい』だって」

吐き捨てるような口調からして、かなり苛立ったのだろう。

「よくそれで、辺境から辿り着いたものだな」

直接の関わりがないセフィロスは単純に呆れていた。彼に視線を移したカイルが大真面目な顔で宣《のたま》う。

「セフィロス、おまえもあの女には近づかない方がいいぞ。王都にくるまでずっと、見た目のいい男にばっっか、すり寄ってたから」

辺境からの旅は乗合馬車で、学院にくる子どもばかりではない。その短くない旅路の間、エヴァは見た目が整い金回りの良さそうな若い男に頻《しき》りと媚《こ》びを売っていた。その男が田舎から少女を買いつける女衒《ぜげん》だと気づいた他の者が止めても、気にかけない始末。しまいには当の女衒《ぜげん》が、他の客に詫《わ》びて予定より早く降りてしまった。

女衒《ぜげん》としても、学院の編入生は商売のタネにできるはずもなし、またそういう商売だからこそ、道中は他の客に疎《うと》まれないようおとなしく振る舞うのが筋だ。それは長道中を快適に過ごすための処世術。

それを理解できない少女は、馬車の中で白眼視されていたのだが、それさえ「私が可愛いからやっかまれて困るの」と言う逞《たくま》しさだ。

「……リュージュ辺境伯領からきた、という話だったね」

その辺りの話を聞いて、フェリクスは顔を顰《しか》めた。

「普通、編入する子には土地の領主から連絡がいって、ついでに最低限の教育もされるんだけどね……」

「あの調子じゃ、その教育も逃げてたんじゃないですか」

フェリクスの慨嘆《がいたん》を、カイルはばっさり切り捨てる。

カイルは気は強いが面倒見の良いタイプだ。その彼が切り捨てざるを得ない程度には、問題児らしい。

「その辺りきちんと説明を受けていれば、普通科を希望しないのではないか」

「レイノルドが彼女の光魔法についても教えてくれたけど、能力が高いとは言えないようだね。……ただ、光魔法自体、詳細不明の代物《しろもの》だから」

レイノルドはミカエラよりフェリクスに事情を説明することを選んだようだが、その理由はわからない。却《かえ》って魔法の知識が少ない方が話が通じやすいと判断した可能性もある。

それによれば、光魔法とは、人間の精神に影響する力のようだ。行使者に注目を向け、さらには好意を抱くよう誘導する可能性が考えられるという。

レイノルドの専門は魔法を使う魔道具の作製だ。光魔法の研究のためにも、協力を頼みたいというのが彼の手紙の主旨だった。

「彼に協力するのは吝《やぶさ》かじゃない。きみ達も、手伝ってもらえるかな」

第7章　陰で蠢《うごめ》く不穏

学院の日常はそれなりに慌ただしく、光魔法の少女だの殿下達の不品行だの、気にはなるもののそれにばかりかまけてはいられない。

特に最終学年は忙しいよ。騎士科や魔法科の学生は卒業後を見越して、できるだけのことはやっておかねば、と皆気忙《きぜわ》しい。もちろん他の科も。

「そういえばミカエラは、先日の編入生の方のお話、聞かれまして？」

にっこり笑うアヤメはちょっと微妙にご機嫌斜め？

「いいえ、どなたのことかしら？」

アヤメが言い出すからには普通科の令嬢かな……いや、例の光魔法のエヴァか。他に話題性のありそうな編入生はいない。

「なんでも、田舎出だからといじめられて大変、と殿下達に訴えているそうよ」

「ああ、私も伺いましたわ。それで殿下に問い詰められたのですけどね」

それに応じるアンジェリカは相変わらずおっとりしたものだ。

「田舎も何も、辺境伯の領地を田舎呼ばわりするような物知らずはおりませんでしょう、と言っておきましたの」

しれっと宣《のたま》ってるけど、これは濡れ衣着《ぎぬ》せられそうになったのかな？　なかなかアンジェリカもタフなんだよね、見た目と違って。この話を出してきたアヤメは言うに及ばず。

確かに学院で学んでる人間ならそんなこと言わないよね。

辺境伯領はオブライエン公爵領のお隣、リュージュ領のことだ。オブライエン領《うち》もそうだけど、文化的には王都にも負けない。畑作に適さない土地が多いけど自然は豊かで牧畜や狩猟が主な産業。……王都からの距離はあるけど、田舎と言うのはちょっと違う。

「まあ、確かにね。殿下達はどこからそんなことをお聞き及びになったのかしら」

「ご本人ですって」

……あー……

どうもあのお嬢さん、いろいろやらかしつつあるみたいだね……。そっかぁ、そこまでいくのか……

だってそれ、明らかに嘘でしょう。殿下達以外は誰も信じないと思う……。はっきり言ってしまえば、信じる意味がない。

一つ溜息を吐いて頭を切り換える。忙しい日々にも息抜きは必要です。

「私達が気に病むのも違う気がしますのよ。……どうぞ皆様、新しいお菓子を試してくださいませ」

「ええ、ありがとう。いただくわ」

「あらミカエラ、これ美味《おい》しい」

「ほっとしますわね」

ルシアナやアンジェリカにご好評いただいてるのは、白玉善哉《ぜんざい》です。もち米の収量が伸び悩んでて、餅はできてないんだけど。うるち米から白玉粉っぽいものができた。前世だと白玉粉はもち米からできてた気はするけど、ここは異世界。似てるようで違うものなんだろう。

どちらもキッショウ国で食用にされてるから、安全性は十分のはず。鑑定魔法でも細かいことはわかりかねる。もっと鍛《きた》えればいろいろわかるようになるのかもしれない。

鑑定魔法も、素材や魔物にかけるのは練習のうちだけど、この前王都の市場で戯《たわむ》れに試してみたら、酷《ひど》い店が本当に酷《ひど》いこともわかった。

魔物の肉の流通が少ないからって、数が獲れる角兎《ホーンラビット》を稀少《きしょう》な蛇雄鶏《コカトリス》と偽って売ってる。確かにぱっと見は似てないこともない、どっちも言わばホワイトミート。でも味とか香りとか歯ごたえとか、かなり違うんだよ。

それで、公爵家《うち》の直営店で蛇雄鶏《コカトリス》を売ってみたらなかなか人気になりました。ただ数は獲れない。

比較用に角兎《ホーンラビット》も売ったよ。どちらを売るのも自由だけど、羊頭狗肉《ようとうくにく》な誤魔化《ごまか》しはいただけないよね。角兎《ホーンラビット》の照焼弁当も作ってみたら受けて、人気商品になりました。

肉は領地で獲れるし、米や調味料はキッショウ国から輸入で。やっぱり発酵は土着の菌によるせいか、味噌や醤油作りはあんまり上手くいってないんだよね。

あ、醤油といえば。

「こちらも試していただけませんか？　ちょっとくっつきやすいのでお気をつけて」

御手洗《みたらし》団子作ったよー。串に刺して甘辛たれで。

「あら、まあまあ」

「ん、んむ……美味《おい》しいわよ」

「この食感がいいですわね」

貴族相手ならもう少し小粒にしてもいいかな。庶民向けならこれで十分な大きさだけど、お嬢様達は一口で食べられないと。串に刺すのもやめとこうか、食べ歩くわけじゃないから。お店で売るにはいいんだけどな、食べ歩き用。

最近は他の領地でも、主食の麦以外の加工品を売る動きがある。雑穀を使ったお菓子

とか端肉のソーセージ等肉類の加工品、あとは地域の果実酒とか。海沿いの領地からは雑魚を使った蒲鉾《かまぼこ》っぽい品まで出始めて、ずいぶん多様性が見られるようになったな、と感慨深い。

うちの特産品で王国を席巻《せっけん》しようってわけじゃないよ。他の領地の産品も流通して、みんなで幸せになりました、っていうのが最終的な理想。


卒業に向けてだんだんと忙しくなっていく。特に魔法科は、論文とかそれに必要な魔道具や魔法陣等々の作成、実験が必要になる。

騎士科は実技試験が主だけど、レポートの提出も稀《まれ》にある。合同で王都の外に魔物討伐に行ったりしたあとには結果報告が必要だから。本当に事務仕事ができない人は、騎士団も向かないそうだ。

……力業《ちからわざ》だけで魔物が狩れるのかと思うけど、どうやら深魔の森が桁外れなだけらしい。あそこで力業《ちからわざ》で押し通そうとしたら数で押し潰されかねないもんな。

そういう場で実戦経験を積んだおかげで、私もセフィロスもお墨付きをいただきましたよ。どこの騎士団でも十分に通用する、と。

この場合の騎士団は各貴族領地の、私兵団のことね。領地がごく小さいとかそもそも土地を持たない貴族以外は、大体がお抱えの騎士団を有してる。

オブライエン公爵家ほど精鋭揃《ぞろ》いのところはないと自負しておりますが！　まあ普通の令嬢は戦力としてほぼ期待はされないけどね。騎士科の女性は高貴な女性の警護につくために育成されてて、魔法師の女性も基本は後方支援だ。……そんな中、前に出てたお母様も大概な人だった、というオチ。

　その娘、ということもあって私も呆れ半分納得半分で見守られてるんだろう。ありがとうお母様。

「フェリクス様がしっかり貴族の義務を果たしてらっしゃるから、ミカエラが大目に見られている部分もありますよね」

「やっぱり？　お兄様には申し訳ないな……」

「ただ、あの人はそういう仕事が苦にならない方ですから」

　はは、言うねぇセフィロス。

　確かにお兄様は貴族的な腹の探り合いとか平気だし、人の弱みに付け込むのも揚げ足取るのも巧みなものだ。

　……腹黒とか権謀術数《けんぼうじゅっすう》の申し子とかいろいろ言われているようですが、間違ってはいない。でも弱者には慈《いつく》しみの気持ちを持てる人だし、領地のため国のため家族のために苦労を厭《いと》わない人でもある。その辺の優先順位はよくわからない部分もあるけど。

「領地をお兄様にお任せできるのは、正直ありがたいわ。お兄様には申し訳ないけれど」

「フェリクス様は気にされないと思います」

うん、ありがとう。そう言ってもらえるだろうと思って言った。

「……せめて学院では、オブライエン家の名に恥じない成績を示しておきたいわ。頑張りましょう」

「はい」

そうして穏やかに頷いてくれるのが一番嬉しいし頑張れるよ。


それは、ある日の授業が終わった放課後。

科ごとに使用する建屋《たてや》は別だしもちろん講義も違うが、一日の終業時刻はほぼ同じだ。

そのあとは友人と遊んだり図書館で自習したり、騎士科などは自主鍛練《たんれん》したりする学生もいる。

その日は、魔法科の教室で仲間と課題について話し合っていた。騎士科の授業が終わって直行してきたセフィロスも側に控えている。

いいって言っても授業が終わると速攻きてくれる。なので、たまに私が騎士科に行って鍛練《たんれん》を眺めてたりもする。セフィロスが何かの当番ですぐにこれないときとか。

騎士科の見学をしてる令嬢は珍しくなく（大方は婚約者探し、あるいはその牽制《けんせい》）そんなには目立たない。……まあ魔法科のローブのフードをかぶった姿なので、顔が見えないこともある。

「……なんだか騒がしくないか？」

そう一人が言うと同時に、荒々しい足音が複数近づいてきた。

魔法科の教室は遮音の魔法をかけてあるから、普通の物音は聞こえないんだけどね。さすがに建物内で大きな音が立つと、その振動は伝わってくるんだよ。

叩きつけるように扉が開く。

「ミカエラ・フォル・オブライエン！」

怒鳴りつけてきたのはパトリック殿下だ。素早く立ち上がったセフィロスが私の前に出る。

「なんの騒ぎですか」

殿下だけでなく、アンドリューやトーラスにリグルスもいた。揃《そろ》って真っ赤な顔をしているのは、怒ってるのか興奮してるのか？

先頭切って飛び込んできた殿下が声を荒らげる。

「か弱いエヴァに暴力を振るうとは何事だ！」

「見下げ果てた人ですね！」

「こんな真似、許せるか！」

「……はあ？」

興奮してわめきたてる彼らの話をなんとか聞き取ったところによると。

最近彼らが可愛がっている、光魔法を見出されて編入した少女エヴァが、この建屋《たてや》の一階で倒れているのを見つけたらしい。何事かと思えば、『階段から突き落とされた』のだという。相手の顔は見なかったが、『鮮やかな青い髪を見た』と。

「……それ、いつの話ですの」

いろいろ突っ込みたいところはあるんだけど。

「つい今し方だ！　涼しい顔をしおって、今度こそ許さんぞ！」

激昂《げっこう》して詰め寄ろうとする殿下から私を守るように、セフィロスは半歩前に立っている。殿下だけでなく、誰かが何かすることを許さない立ち位置だ。彼の表情は見えないが、冷ややかに怒っている様子。

「ミカエラは、授業が終わってからこの部屋を出ていません」

「そもそもその人、魔法科じゃないですよね？　何しにここへきてたんですか」

魔法科の学生も加勢してくれるし、それは私も大いに突っ込んで聞いてみたいところ。彼女は普通科だ。普通科は他より終業時刻が少し早いが、授業のあと、そのまま教室に残って話し合いを始めた私は会ってない。

そして彼女には魔法科を訪ねるような用事はあるのだろうか。何しろ彼女は、編入後に魔法科へ呼び出された際も、協力を面倒がってだいぶ教師達を手こずらせたという。しまいには殿下が『なぜか』しゃしゃり出てきて、魔法科にはこないことになったはず。

「何を騒いでいるんですか」

殿下達が大騒ぎする間に、誰かが呼んだらしい魔法科の先生がやってきた。勢い込んで私の非道を訴える彼らに、呆れたような視線を向ける。

「ミカエラさんは、ずっと話し合いをしていたと言うのでしょう。それにそのエヴァさんは、なんのために魔法科にいらしたのですか」

「エヴァを疑うのか!?」

あ、今気がついたけど。

「その方、今はどちらに？　お怪我なさったなら医務室ですか、手当てはなさいまして？」

本人に話を聞いた方がいいんじゃないかな、頭に血が上ってる人達より。

「エヴァなら、下で休ませているに決まっている！」

「どこを打っているかわかりませんし、下手に動かすのは危険ですからね」

どや顔してるところ悪いんだけど、そうして受け答えできたなら、頭打ってて動かせないってことはなさそう。気を遣うべき方向性を間違ってるんじゃないだろうか。

「では、とりあえず本人に話を聞きましょう」

ということで階段を下りていくと、そこにいたのは床に座り込んだままの女子生徒とその横に侍《はべ》っているケヴィン、そして苦い顔の騎士科教師だった。

「おや、どうしました？」

学生もだけど教師も、担当の違う科を訪ねることはあまりないらしい。そんな用事がまず滅多にない、からだが。

「いや、何やら悪ふざけを見かけたので注意しにきました」

座り込んだままぐすぐす鼻を鳴らしている淡紅色《ピンク》の髪の彼女を宥《なだ》めるように、屈み込んだケヴィンが何か囁《ささや》いているが、教師は頓着《とんちゃく》しない。うんざりした雰囲気もある。

「この女子生徒が階段で遊んでいたので、注意しにきたら転落したと言うのです」

「怪我は？」

「落ちたと言っても二、三段程度、大怪我するほどでもないかと」

「ちょ、ちょっと待て！　彼女は階段の上から突き落とされたのだぞ！」

慌てて割り込む殿下に、教師達は呆れた目を向ける。

「殿下は、自分の目で彼女が落ちるのをご覧になりましたか？」

「ちなみに、私は向かいの建屋《たてや》から見ておりました。あちらは騎士科の教官室です」

ごく素っ気なくあしらわれて、殿下達は真っ赤な顔をしている。

床に座り込み俯《うつむ》いたままの女子は、どう反応してるのかよくわからない。セフィロスが、近寄らない方がいいと主張して少し距離を置いたまま……四、五段上にいる。

「……き、貴様らも、性悪《しょうわる》女どもに与《くみ》しているのか！」

真っ赤な顔のまま声を荒らげるパトリック殿下に、一歩踏み出したセフィロスが真正面から相対して言い切る。

「ミカエラは、授業のあと一切教室を出ていません。先ほど私がここを通った際には、誰もいなかった。……本当にミカエラがそちらの方を突き落としたというなら、その証拠を出していただきたい」

いつもの魔道具を装着しているから、セフィロスの迫力ある美貌《びぼう》は誤魔化《ごまか》されている。だけどあくまで冷静なその言葉は、彼の憤《いきどお》りを如実《にょじつ》に表していた。

まっすぐ睨み据える彼に、殿下達は目を合わせることもできず、互いに小突き合ったり口の中でごにょごにょ言ってるだけ。床に座ったまま（腰冷えるよ）のピンクの髪の女子学生は何かぶつぶつ言っていたが、聞き取りにくくて内容はわからなかった。

その様子に、騎士科の教師が深々と溜息を吐く。

「……なんの証拠もないということですな、殿下」

「い、いやしかし、エヴァが……！」

「そちらの学生は、授業のあとこの階段で子どもの遊戯《ゆうぎ》のように跳ねていた。何をしていたのかは知りませんが、その弾みで転落したのではありませんか」

教師自身も、彼女のその様子を注意しようとやってきたため、落下した瞬間を見ていたわけではないらしい。だけど私には言わば現場不在証明《アリバイ》があるわけですし。

「……ありがとう、セフィロス」

「いえ。……あの方々は納得なさっていないようですが」

「それはこちらがどうこう言う問題じゃないので、無視しましょう」

「はい」


時折学院内で、一部の貴族子女対象の舞踏会が催《もよお》される。これは、卒業後の練習を兼ねたもの。婚約者同士の親交を深め、普段付き合いのない人間とも交流を図り、当たり障《さわ》りのない振る舞いを学ぶのだ。

そんな舞踏会で、パトリック殿下がやらかしてくれました。

「……今度の舞踏会では、私のことはエスコートできないのですって」

そう告げるアンジェリカは、ほんのわずかな期間でげっそりやつれて見えた。

「ど、どういうことですか」

口の重い当人より怒っているルシアナやアヤメ達によれば、普通科の授業が終わるのを待っていたかのようにやってきたパトリック殿下が、衆人環視の中でそう宣言したのだそうだ。

……阿呆じゃなかろうか、あの人。知ってはいたけど。

「理由は？」

「例の子ですわ。彼女をエスコートするから、アンジェリカの相手はできないんですって」

投げやりに宣《のたま》うルシアナではありますが。

「……それって光魔法の彼女のことですの？」

「ええ」

「意味がわかりません。……彼女、貴族じゃないから舞踏会には出られないはずですわね？」

私の疑問に、彼女達は顔を見合わせた。やや間があって、溜息混じりにグラディスが口火を切る。

「貴族だけではあまりに閉鎖的で、将来のつながりを作るにも不適切ではないか、と主張なさったのだそうですわ」

「それ、パトリック殿下のお言葉ではございませんわね？」

殿下は言いそうにない台詞《せりふ》だね。あの人、割と選民思考っぽいとこがあるから。

「……アンドリュー様が、学院長に直訴なさったそうですの」

あ、あらら〜。それは、グラディスがしょんぼりするのもわかる、というかせざるを得ない。

彼の婚約者であるが故に、手綱を取ろうとしていたから。その制御《コントロール》をぶっちぎってそんなことを上奏したわけだから、彼女の面子《メンツ》は丸潰れ。結果としてアンジェリカに迷惑をかけたわけで、しょげるのも当然の反応だろう。

アンドリューの意見も間違っているわけではない。そもそも学内舞踏会も、卒業後の人脈作りのためにと学生側から意見を出して開催が決まったものだ。ただ、これまで参加が認められていたのは、普通科の令嬢と領主科の令息だけ。アンドリューの提案を受けて、今後は他の科の貴族子女も参加可能にするそうだ。

いやそれでも、貴族籍のない彼女が舞踏会に出られるわけではなくない？　え、強引に参加させることにした？　例によって殿下達？

学生の意見を取り入れていく学院側の姿勢は嫌いじゃないし、その必要性もあるとは思うけど。

一方で、パトリック殿下達はすっかりエヴァの取り巻きに成り下がったと、もっぱらの噂だ。

殿下はアンジェリカを蔑《ないがし》ろにし、アンドリューはグラディスの諫言《かんげん》を拒否、リグルスもフランチェスカを無視している。

トーラスの婚約者は、二つ下の辺境伯のご令嬢なのだが、トーラスの方が逃げ回ってまともに言葉も交わせないらしい。学年も所属科も違うから、それが可能なのだ。ケヴィンの今の婚約者はロス侯爵家の寄子である某子爵令嬢だが、彼の有責での婚約解消を目指している最中とか。

学生生活三年目も半《なか》ば。殿下達がちまちまトラブルを撒《ま》き散らしながらも、大過なく日々は過ぎる。

この時期になると、一般教養の講義はほぼなく、普通科の令嬢は暇になる。だけど通常は、自分達の築いた人脈の最終確認を兼ねて、日々の茶話会《さわかい》やら互いの実家とのやり取りやらで却《かえ》って忙しいそうだ。

もちろん他科の学生は、卒業を確実なものとし、その後の進路を確定させるため別の意味で忙しい。魔法科や騎士科だけではなく、文官を狙う官吏科や身分の高い女性に仕える侍女科、そのいずれもが卒業後の行く先を探している。

人に雇われることを前提として所謂《いわゆる》就職活動に励む学生以外に、家の意向で嫁ぎ先を決められてしまう普通科の令嬢達も、少しでも力をつけようと、人脈作りにいっそう励んでいる。学生時代のつながりは案外馬鹿にできたもんじゃない。

いい例がセラフィアータ伯爵家だ。セドリックおじ様がお父様や陛下の学友でなかったら、取り潰しになっててもおかしくない。

その彼ら彼女らを雇う側になる領主科の学生も、その辺りは似たようなもの。人脈を広げ、あちこちに顔を売って将来のつながりを得られるよう努力する。その意味で、みんな少しでも明るい未来を得るために日々戦っている。人間同士の問題だから、単純な勝ちパターンてのがないこともある。努力し見極めていかなきゃならない。

雇われ先として一番人気は王宮だけど（前世で言う公務員的安定が得られる）、志望者が多いから、大規模な貴族家を目指す人間も少なくない。だからって同じ学生に売り込まれても困るんだけどー。

「私に言われましても、困りますわ。お父様かお兄様にお話しなさったら？」

学院内の魔法科に近い廊下で、待ち伏せていたらしい者達に断りを入れる。

さすがに同じ魔法科はこない。けど、官吏科の人達は結構売り込みにくる。もっとも、当のお兄様にもお父様にも、その手の売り込みは相手にしないよう言われている。基本、令嬢には人事権ないからね？

だからさあ。

「そろそろお退《ど》きくださいませ。私《わたくし》にお話しできることはございませんの」

いい加減退《ど》いてくんないかな。官吏科の学生が二人、廊下に立ち塞がって通してくれない。公爵家に紹介を、つってんだけどいい加減うざい。

もし私が紹介したとして、そんなのお兄様もお父様も無視するよ。私がそう認識してることとあの人達もわかってるから。にもかかわらず、「どうかお目通りを」「一筆いただけるだけでも」とかしつこい。

「ですから、私《わたくし》にそのような権限はございませんの。直接公爵家をお訪ねになってはいかが？」

まあ門前払いだろうがな。そしてそれを回避するために、私のところにきたんだろう。でもほんと、それ無駄だから。

無視して通り過ぎようとすると強引に距離を詰めてくる。ええい近い近い、ぶっ飛ばしたろか。魔法使わなくてもその程度の護身術は心得てる。

……と。

「いい加減になさい」

すっ、と見慣れた背中が目の前に割って入った。

「セフィロス」

「迎えが遅れて申し訳ありません、ミカエラ」

その場から連れ出してくれたセフィロスによると。

「おかしな噂が流れています。……ミカエラが、自分の我儘《わがまま》で公爵家の人員を動かしていると」

「……心当たりないなあ」

そもそも公爵家から私につけられてて表立って動くのは、侍女のリーアくらいだ。あとセフィロスもか。

寮には使用人を入れられるので、寮生活が長引くと人を増やすタイプと減らすタイプに分かれる。増やす方も上限は決まってるから、人を入れ換えるのが主らしい。実は私も、裏方は交代できてもらってる。使用人同士のつながりも大事だからね、特に情報収集の意味では。もちろんリーアにも休息は必要だし。

家が近しい関係なら、お茶会なりなんなり話はできるけど。特に関わりがない人達からの情報は、なかなか得難《えがた》いからこそ価値がある。

そういう伝《つて》で確認してみたら、確かに『ミカエラはオブライエン公爵家の権力を恣《ほしいまま》にする我儘《わがまま》娘』という噂はあった。ただ信憑性《しんぴょうせい》がなく、ほとんど広まってはいない。

……我儘《わがまま》と言われても。卒業したら家を出るという最大級の我儘《わがまま》を認めてもらうため、今のところ学業に礼法にと、オブライエン公爵家の令嬢として、名を汚すことのないよう努力してますよ。反面、休暇は鬱憤《うっぷん》晴らしを兼ねて、深魔の森や魔物の多い土地で討伐隊を率いて暴れ回ったこともあった。忙しくなってあまりそれもできなくなってる。

甘味の開発も一段落ついて、今は各種保存食作りを進めてる。瓶詰がいろいろできて、それ用の油も揃《そろ》ってきた。食用には向かなくても搾油《さくゆ》できるものはそこそこあったから。

……そうなると揚げ物は鉄板だよね……植物油の方が風味がいいのと、油菜っぽい植物見つけたらかなり量が採れたのとで、領地では揚げ物ブームが起きてる。あの野原に咲く黄色い花、鑑定して良かった。今度はからし和《あ》えも試してみよう。菜種油は食用だけでなく照明にも利用可能な上質な品だ。燃料にはちょっと弱いけど。

……確かに好き勝手やっていることは否定できないかもしれない。

「……ねえセフィロス、私って我儘《わがまま》かしら」

答えをわかっていて聞いたようなものだが、セフィロスの返答には意表を突かれた。

「とりあえず、魔物の群れに先陣切って突っ込むのはやめてください。何度言っても聞かないんだから。だいぶ慣れたけど心臓に悪いです」

後半は半《なか》ば愚痴《ぐち》だったけど、それも彼には珍しい。

「あー……ははは、ごめんね。今後は気をつけます」

間章　ヒロイン幻想

この世界は私のもの。

彼女が自分を『主人公《ヒロイン》』だと認識したのは、幼い頃だ。平民とはいえそこそこの家の末娘に生まれ、家族全員から可愛がられて育った。

物心ついた頃には前世の記憶があり、艶やかなピンクの髪につぶらな瞳や薔薇《ばら》色の唇という可憐な容姿を活用して、片田舎の農民で終わるものかと決めた。いくら家族がちやほやしてくれたところで所詮は平民、便利で豊かな前世を覚えている彼女には何から何まで不便な貧乏生活でしかない。

前世での彼女は、自分で思うほど尊重されないことが不満だった。自分以外が大事にされると勝手に腹を立て、鬱憤《うっぷん》晴らしに始めた乙女ゲームにのめり込んだ。

選択肢さえ間違えなければ、見目良い高貴なイケメンが甘い言葉を囁《ささや》き、身を挺《てい》して守ってくれる。他の女はどんなにステータスが高くても、ヒロインには絶対に敵《かな》わない。

前世の彼女にとって、ゲームは優越感を味わうものだった。

それは、今の世界がかつて一番はまったゲームに似ていると気づいたときも変わらなかった。何しろ記憶通りなら、自分がヒロイン。他の女達を踏み台に、極上の男達に溺愛されるこの世界の唯一の主人公。

折しも近在の子どもを対象に魔法適性の調査が始まり、稀少《きしょう》な光魔法の持ち主と認定された彼女はますます自信を強めた。このあと王立学院に編入する。そうすれば、王子様達に愛される時間が始まるのだ。

ただ、覚えている展開とは違うこともしばしばあった。

後見人になるはずの辺境伯は領地を出るまで小言ばかりで、後見どころか王都までの馬車も出してもらえず、乗合馬車を使う羽目になる。同じように王都に向かう編入生もいたが、彼らは彼女同様平民だ。相手にしている暇はないと、独り決めして距離を置いた。

彼女の記憶しているゲーム『きらめく恋をあなたと』――通称『きら恋』は、光魔法の素質を見出された平民の少女が、王立リビンガート学院でイケメン達と出会い恋する一年間を描いた、王道恋愛ゲームだ。

攻略対象は俺様第二王子、真面目な宰相令息、脳筋騎士、チャラい侯爵令息、成金商会の後継者と、根暗魔道具師。それぞれタイプの違うイケメンだが、全員の好感度を保ったまま卒業を迎えると、第二ステージで隠しキャラの第一王子と公爵令息が攻略できるようになる。ここからが本番と言われていた。

学院編はとても単純で、ほとんどの攻略対象の好感度はあっさり上がる。例外は魔道具師で、学年も違えば性格も偏屈《へんくつ》で、扱いがめんどくさい。ただし他のキャラは初対面時の選択さえ間違えなければ、攻略は容易だ。あとは幾人かの『悪役令嬢』にさえ気をつければ。

悪役令嬢は攻略対象の婚約者だ。

公爵令息の婚約者ルシアナは、赤毛のツインテールという見た目通りツンデレ美少女。通称『赤の侯爵令嬢』。言葉はきついが裏を返せばそれだけ。

第一王子の婚約者『白の公爵令嬢』アンジェリカは、そのルートに入るまでは優等生キャラで上品かつ優雅、ヒロインを注意はしてくるが基本的に無害。

他の令嬢は雑魚《ざこ》で、単なる賑《にぎ》やかし程度。騒いだり陰口を叩いたりはするが、さほど実害はない。むしろ恋のスパイスだ。場合によっては情報をくれることもある。

ただし学院編で唯一危険な実害が出るのが『青の公爵令嬢』ミカエラ。真っ青な縦ロールの美少女はメインヒーロー第二王子の婚約者だ。同時に隠しキャラの公爵令息の妹でもある。

美人でスタイル良く才能も豊かだが、平民や魔力の少ない貴族には素っ気なく、特にヒロインには冷たく当たる。下手をすれば命に関わるような真似をされるが、計算高く決して証拠を残さない。

前世のゲーム仲間の間では『青ドリル』と恐れられた。

他はめちゃくちゃ緩い所謂温《いわゆるぬる》ゲーなのに、彼女によって入学直後田舎へ帰されるのが一番マシ、魔物に殺されるとか火事に巻き込まれて焼死するとか、果ては逃げ場のない館に閉じ込められ餓死など、デッドエンドも多い。

編入したその日に出会った攻略対象達はきらきらしたイケメンで、初対面時にゲームの選択肢通り光魔法を発動すると、容易《たやす》く堕《お》ちて競うように愛を囁《ささや》くようになった。高価な貢物や洒落《しゃれ》たデート、イケメンからの特別扱いと周囲の羨望《せんぼう》の眼差しが、彼女を有頂天にさせる。

こんな素敵な日々を悪役令嬢に邪魔されるわけにはいかない。適当に相手するつもりだったが、学院にいるはずのないもう一人が彼女を動揺させた。

設定資料集に画像だけあって名前が出なかった通称『黒姫』は、漆黒の姫カットの美少女。設定集では着物ドレスっぽい衣装だったはずが、学院の制服を着て悪役令嬢達とつるんでいる。彼女に関しては前世でも情報が少なく正体がはっきりしなかった。

その彼女がゲームで登場するのは、隠しキャラも含めた逆ハーレムに至るルートだ。

ただしこの逆ハーレムには、彼女が一目惚《ひとめぼ》れしたキャラは含まれていない。

ゲーム終盤、ミカエラが自身の命と引き換えに魔物の大暴走を発生させる。それによって王国が危機に陥《おちい》り、そこで初めて登場する金髪の剣士、セフィロス。彼が彼女の一押しだ。黒姫以上に情報のない、ただその容姿があまりに華やかな美貌《びぼう》の騎士。

しかし逆に考えれば、黒姫がいるということは、最後の隠しキャラルートがすでに開かれているのではないか。このキャラはゲームでは逆ハーレムルートにしか登場しない。

前世でゲーム仲間も出現を確認できなかったが、未確認の噂では大暴走の際、王宮に現れるはず。

「……やれるわ、逆ハールート！　こうなったら何がなんでも、第一王子と公爵令息も堕《お》として逆ハーから最終目標、『剣聖』セフィロスを堕《お》としてみせる！」

と意気込んだものの、第二王子達を篭絡《ろうらく》して以降は膠着《こうちゃく》状態になった。

確かに彼らは彼女を甘やかし、いろいろと貢《みつ》ぎ、本来の婚約者達には目もくれない。

しかしそれもあって他の生徒も彼女を遠巻きにして近寄らず、本当は堕《お》としておきたかった魔道具師レイノルドにも距離を置かれてしまった。

「おっかしいなー、レイノルドは人見知りだけど、ヒロインにはそうでもなかったのに」

ゲームでも、普通科に入ると魔法科のレイノルドとの接点は減る。元々ゲームでは光魔法の有用性を調べるために、レイノルドとヒロインが接触するのだ。重要度は低いと後回しにしていたら、実は彼はすでに卒業済みだという。

「エヴァ、良かったらこれに付け替えませんか？」

ある日、アンドリューが珍しく悪い顔で笑いながら渡してきたのは、学院の徽章《きしょう》だった。銀のバッジで、ごく小さな宝石がついている。身分証明代わりに渡され、常につけているものだ。

「実はこれは、よく似せて作らせた別物です。身分証明ならこれで十分通じるのですよ。しかもこちらの方が、使っている素材は高価なものです。ただの『お守り』ならこちらの方がずっといい」

正規の徽章《きしょう》を模していて、ぱっと見でわからないほどそっくりな偽物だった。

悪巧みするように言う彼が、入学当初首席になれなかったのを逆恨みして作らせたと、あとでケヴィンに聞いた。

「入学したときの試験で、絶対自分が首席だと思ってたらミカエラ嬢に負けちゃってさ。んで、首席だけがもらえる徽章《きしょう》よりずっと豪華な材料で高いやつ作らせたんだよ、俺達もそっちにしちゃえ、って」

「へえ。……そうね、こっちの方が素敵だわ」

プライド高い分器ちっちゃいよね、アンドリューって。

わざわざ告げ口してくるケヴィンも根性悪いし、学院編の攻略対象は堕《お》としやすいのは良いけど性格がいまいち。パトリックは我儘《わがまま》だしトーラスは頭悪いし、リグルスは金に細かい。ゲームだとここまでではなかった気がする。

もっとも、エリツァも本物の徽章《きしょう》は好きではない。

偽物の方が本来の徽章《きしょう》より宝石も上質で良い。何より、本物は細かい装飾がゲームでミカエラの魔法を封じるのに使われた紋に似ているのが不吉な上に、ずっと徽章《きしょう》をつけていると妙に疲れる気がするのだ。

卒業が近づいてきても状況は変わらない。ゲームなら、悪役令嬢達のいじめが激しくなって、攻略対象達がヒロインを守るため、家族に彼女を紹介する頃合いなのだが、そのイベントが起きない。

むしろ彼ら自身が実家に呼び戻されてはお説教されてくる。

「父上が頑固でな」

「うちなど、母まで物わかりが悪くて困りますよ」

「ちゃんと結果を出せばいいって言ってたのに」

「結果が出るには時間がかかるからねー」

肝心の彼らも、うだうだ愚痴《ぐち》るばかりで打開策が出ないが、そろそろ時間がない。

タイムリミットを知っているのは彼女だけだ。

ルシアナや黒姫ことアヤメには冷たく無視されるだけで、アンジェリカは困惑しながら注意してきたものの、婚約者のパトリックが逆ギレして追い払っていた。

苛立っていろいろ自作自演を試みたが、あまり事態は動かない。攻略対象達はますます熱心に彼女を口説いて側を離れたがらないが、それも鬱陶しくなってきた。

そういえば一番警戒していた『青の公爵令嬢』ミカエラは、トレードマークで『青ドリル』たる所以《ゆえん》の縦ロールを装備していなかった。しかも、所属も他の令嬢とは違う魔法科で、編入当初は学院にいないのでは、と思っていたほどだ。『あれがオブライエン公爵令嬢ミカエラ』と教えられても信じられないくらい地味で、例の真っ青な髪はまとめただけで、魔法科のローブを着ている。

これなら罪をかぶせられるかも、と思ってわざわざ魔法科の建物まで行って階段から飛び下りたのに、魔法科の他の生徒や教師にまで邪魔され、おまけにちょっと見栄えのいいミカエラの護衛に冷たく睨まれた。推しキャラと同じ『セフィロス』という名前なのがまた憎たらしい。

なんで悪役令嬢《ミカエリ》が隠しキャラ《セフィロス》をキープしてるんだ、むかつく。ちょっとかっこいいけどまあ公爵家の護衛ということで、やはり地味なのがまだマシか。

攻略対象達は伝《つて》を辿って彼女を貴族の養女にしてくれたが、時間切れ直前である長期休暇に田舎へ帰されたのは苛ついた。実家に挨拶に行けということだが、貴族になったのだから平民とは縁を切りたいくらい。

実家に帰れば相変わらずちやほやと甘やかしてくる兄達に、ふと思いついた。

期限切れ《タイムリミット》前に必須イベントが起きないのならば、自分で起こせばいい。頼りにならない攻略対象より、自分でやれるだけのことはやろう！　前向きな行動力こそヒロインの特権！

それは実は、人に甘えて人生をやり過ごしてきた彼女の、初めてと言ってもいい自発的な行動だった。

自分に甘い兄をたぶらかし、前世のゲーム知識を引っ張り出して森の中で魔物を誘《おび》き寄せるための術を施す。わけがわからず青い顔をしている兄には口止めしておいた。

こうなると、学院でも悪役令嬢達にその名に相応《ふさわ》しい行動をとってもらわなくては。

もちろん、実際に行動を起こさなくても、エヴァがそう訴えさえすれば彼らは信じてはくれるだろう。しかし、未攻略の面子《メンツ》もいるからには、何かそれらしいことをさらに起こしておきたい。

ゲームとは違う部分は目につくが、選択肢さえ間違えなければきっと求めるエンディングに辿り着けるはず。そう信じて。

第8章　学院生活の終わり（その前に一暴れ）

アンジェリカを実家に帰らせたのは、私達友人だけでなく教師からも事情を聞いた、公爵家の判断だ。正直遅すぎた気もする。

パトリック殿下はエヴァにくっついてアンジェリカの言葉に耳を貸さないばかりか、彼女を罵倒《ばとう》さえするようになったから。真面目なアンジェリカを守るためにも距離を置くべき、という我々の意見を聞いてくれた。

ロシナンス公爵家はすでに婚約破棄の方向で動いている。王家にも連絡済みだけど、問題はパトリック殿下の母親だ。ほぼ形骸化しつつあった側妃の座に半《なか》ば強引に収まった、そもそも評判が良くない元伯爵令嬢。

息子のこと溺愛しすぎて教育失敗してます！　と叫びたいだろうな、ロシナンス公爵家としては。

そしてそれ以外の『愉快な仲間達』もある意味、相変わらず。迷惑なことに。

リグルスは資金を引き上げられて懐具合が寂しくなってるはずだけど、自覚がないのか取り返せるつもりなのか、あやしげな投機にお金を突っ込んでるらしい。お金貸すのはやめた方がいいよ、フランチェスカ……と思ったら、それもストレイパリー商会に報告済みで、婚約解消の慰謝料に上乗せ予定だそう。逞《たくま》しいな……！

アンドリューも最近また絡んでくるのが鬱陶しい。その度に頭を下げて回るグラディスが気の毒で、オルレアン侯爵に相談済み。もちろんあちらも次男坊のやらかしは把握してるけど、注意しても聞く耳を持たないそうな。「振る舞いを改めないようなら、卒業後は領地に留め置こう」と侯爵はグラディスにも申し訳ないと、落ち込んでいた。

ケヴィンについては、ロス侯爵家とは付き合いが浅いしよく知らない。トーラスは騎士科の授業もサボり気味とか。……他の科と違って騎士科はかなりギリギリまで実習があるはずだけどな。

「悪いわね、ミカエラ」

「迷惑をかけてしまうわ」

ルシアナとアヤメは申し訳なさそうなんだけど。私としても、思うところはあるんですよ。

「気にしないで、二人とも。アンジェリカにも頼まれたことだし、たまには義務を果たさないと」

アンジェリカが休学してすぐ、恒例の学内舞踏会が開催される。アンジェリカはそれまでは頑張るつもりでいたようだけど、どうせ殿下は彼女をエスコートしないだろう。負担ばかりだから、と説得して実家に帰らせた。代わりに私が参加するから、と。

一応ダンスは踊れますよ、練習相手はお兄様やお父様という贅沢《ぜいたく》な話。

「ただ……アンジェリカの代わりとはいえ、パトリック殿下と踊る必要はないわよね？エスコートもされないでしょうし」

なんとなく、だけど。彼とは踊りたくないなあ。

ちなみに、学内の舞踏会とはいえ、将来に向けての実習なので基本はパートナー連れ。もちろん他の人間とも踊るけど、パートナー以外とは複数回踊らない。

元は領主科の令息と普通科の令嬢しか参加できなかったこの催《もよお》し、アンドリュー達の提言で参加のハードルが引き下げられ、今は他の科の貴族子女も、希望者は参加可能になりました。

……その割に今一つ人気のない行事なんだよね。原因は殿下と取り巻き連中の好き勝手な振る舞い。みんな辟易《へきえき》しているとか。

会場のど真ん中で他のペアを無視して踊るだの、同じ女の子と踊りたがってごねるだの、迷惑行為の見本市みたいだ、とかアンジェリカが珍しくこぼしていた。

若干、怖いもの見たさもありますね。私自身は見たことないので。

舞踏会に参加すると実家に連絡したら、お父様がノリノリだった。お母様が苦笑混じりで教えてくれたことには、張り切り過ぎて止めるのも一苦労だったよう。

……お父様には悪いけど、所詮学内、お遊びというか練習よ？　あんまり派手なドレスは状況に不釣り合いだと思います。

そう主張して誂《あつら》えたドレスは、品は良いけどごくシンプルだ。ふわりと広がるパニエを仕込んだくらいで、他は飾り気なし。上質な魔物素材を丁寧に仕立てた淡いシルバーグレイのドレス。

……普段オーダーメイドしないから、お父様と出入りの仕立屋さんが余計に張り切っちゃった。本来この年頃の令嬢なら、月に何着か仕立てるそうです。社交デビューもしてないのに。

ルシアナによれば、デビュー前でも貴族同士の交流はそれなりにあり、親も人脈作りのため挨拶させたがる場合があるそうな。

そう話すルシアナやアヤメのドレスも、質は最上級だけどデザインはシンプルだ。ルシアナはプリンセスラインのピンクオレンジのドレスに、共布《ともぬの》のコサージュのみ。アヤメは濃紫《こむらさき》のスレンダーラインでチュールレースのオーバースカートを重ねただけ。シンプルだからこそ、質の良さがわかる品です。二人ともスタイルいいし。

対照的なのは、殿下達の可愛がっている例の子だった。

なんでも、どこかの子爵家に養子に入ったそうだが、多分まだ令嬢教育は受けてないんだろう。他の令嬢もみんなシンプルな、言わば練習着なのに、彼女一人豪華なドレスだ。ふんわり広がるスカート、襟《えり》ぐりは深く開いていてよく光るネックレスまで飾った上から、レースのストール。……腕輪や指輪もごっちゃり盛って、一財産だ。キラキラ過剰。

その隣に陣取る殿下達も、男子はほとんど制服なのに対して、揃《そろ》って着飾ってる。殿下のあれ、王族の略礼装じゃないかな、肩章までつけて……。派手同士バランスはとれてるかもしれないけど、他の参加者からは浮く。

と、彼女に蕩《とろ》けるような視線を向けていた殿下が振り向いた。

睨まれて首を捻る。

さて、睨まれるようなネタがあったっけ？

「なぜ貴様が参加している？」

何を言い出すかと思えば、初《しょ》っ端《ぱな》からこれかい。

「あら、舞踏会の参加範囲を広げられたのは殿下方ではございませんか。……せっかくの学生生活ですもの、私も一度くらい参加させていただこうかと」

扇で口元を隠しながら答えてから、淑女の礼をとる。

普通は話す前に挨拶するんだけど、いきなり難癖つけられたからその暇なかった。最低限の礼儀作法くらい覚えといてよ。

……にしても、確かにこれは、アンジェリカも絶望するわ。

殿下の腕にしがみついたお嬢さんはすごい顔でこっち睨んでるし。結局彼女のことは未だ正式に紹介されてないので、こちらから声をかけるわけにもいかない。

この国では、信頼のおける仲介者に紹介されて初めて面識を得たことになる。最低限きちんとした自己紹介が必須だ。そうでない状態では挨拶を受けることもできないし、紹介されていない相手は存在しないのと同義。

で、今のところ普通科の令嬢もしくは殿下方に紹介されてないから、私にとって彼女は『存在しない』人間だ。

しかし多分、令嬢達は誰も紹介しないな。眼前にすると、浮いてるのがよくわかる。参加してる学生、誰も彼女に挨拶しないし目も向けない。殿下やアンドリュー、ケヴィンには挨拶しても、明らかに意図して、彼女からは距離を置いてる。

「俺は、貴様とは踊らんぞ」

「はい、承りました。私《わたくし》も、殿下と踊るつもりはございませんので、お気になさらず」

不機嫌に睨みつけながらの言葉にあっさり返すと、殿下は顔を引きつらせて絶句した。

慌ててアンドリューが前に出て咎《とが》めてくる。

「アンジェリカ嬢の代わりにしては、お粗末なことですね」

「あら。そうした側面がないとは申しませんが、私とアンジェリカでは、果たすべき役割は違いますもの。それはあなた方も同様ではなくて?」

その『違い』も今後どうなるかわからないけど。そもそも私はパトリック殿下に対し、何の関わりもない立場だ。彼の手綱を取るべきアンジェリカも、もうお役目返上の予定だし。

そう切り返すとアンドリューも顔を強張らせる。彼らがさらに何か言い出すより先に、アヤメが朗らかな声をあげた。

「さあ、お喋《しゃべ》りはこのくらいにいたしましょう。そろそろダンスを始めませんこと?」

さっと手を振る彼女の仕種《しぐさ》に合わせて、楽団が演奏を始める。緩やかな前奏の間に、さっさと各々がポジションをとった。

ここ最近の舞踏会では、殿下達が使い物にならないので、アンジェリカやアヤメ、ルシアナが主導権を握っているとは聞いていたけど。これ見ると納得しますよ。

元々身勝手な殿下を取り巻き連中がおだてて調子に乗らせ、それに乗じて自分達も利を得ていたようだけど。今年になってからは、揃《そろ》ってエヴァに骨抜きらしい。

学院の講義もサボり、彼女を連れて町に繰り出しては散財する。それも高価な贈り物や贅沢《ぜいたく》な食事、桟敷《さじき》席での観劇といった、学生には不相応な振る舞いともっぱらの噂。

さて、こんな状況とはいえせっかくの舞踏会、楽しみたいんだけど。

私のパートナーは当然セフィロス。合わせる練習もしたから、慣れてるのもあって踊りやすい。

目を合わせて微笑んで、支えてくれる腕を信じて優雅に回る、それがとても楽しい。

普段無表情なセフィロスも仄《ほの》かに顔を綻《ほころ》ばせていて、それも嬉しい。体幹が安定してるからかな、安心して任せられる。信頼できる相手って、こんなところでも大事だよね。

ちらっと他の人を見ると、ルシアナとアヤメは婚約者が学院にいないので、やはり同じ立場の令息を相手に踊っている。二人も相手も上手い。……殿下はそれほどでもないね。というより、相手が下手だ。足元が不安定で上体がふらつくし、姿勢も悪い。

「……ミカエラ、大丈夫ですか？」

「ごめん……気が散っちゃって。なんかすごいね、あの子」

最悪なのが、パートナー以外に愛嬌《あいきょう》振りまいてること。あまりのダンスの下手さにこっ

ちもつい目がいっちゃうんだけど、いっそ殿下が気の毒になる。そして彼女の愛想に笑顔で応えるアンドリューやケヴィン達、そのパートナーを務めているグラディス達も気の毒すぎる。

そして一曲終わると、パートナーを放り出さんばかりの勢いで彼女のもとへ集《たか》る。

「グラディス、お疲れ様」

「ミカエラ様……お見苦しいところをお見せしまして申し訳ありません」

「あなた方のせいではないわ。むしろ私もこれほどとは知らなくて……」

いやこれはみんな嫌がるわ、参加率どんどん下がるわ。今では義務感で参加してるだけじゃないの、殿下達以外は。

そんなある日。

「なるほど、風魔法以外で結界をと」

「ええ、空気中の水分を使えば可能かと。霧とか靄《もや》のような感じで」

応用大事。一つのことをするにも、違うやり方でできないか、って試すのも勉強になる。

そんな感じで魔法科の授業中に、通信の魔道具が振動した。

「先生、申し訳ございません。急な連絡が入ったようです」

これは、滅多なことでは使わない緊急連絡用魔道具だ。つながるのはお父様とお兄様、そして領地のお祖父様と深魔の森警備隊のみ。伝えられる内容も簡単なことに限る。

授業をしていた中庭から急いで移動する。

「セフィロス、緊急事態！」

騎士科の扉を開け放って声を張ると、弾けるような勢いで彼が飛び出してきた。

「ミカエラ、何が」

「詳細不明、深魔の森のベリウス隊長から連絡が直接きた」

告げた言葉にセフィロスの表情が引き締まる。

ベリウスは昔から深魔の森の最前線に立つ強者だ。もちろん半端な覚悟で学院まで連絡をよこすはずがない、それは私もセフィロスも承知してる。

「ミカエラ嬢、何事ですか」

セフィロスの後ろから騎士科の教師が顔を出す。

「深魔の森から、緊急連絡が入りました。魔法科の先生が学院長に説明に行かれています」

私の言葉に古強者《ふるつわもの》のごつい顔もさっと引き締まった。この人も騎士科の教師として、何度も討伐に赴《おもむ》いてきた。深魔の森の危険も承知してる。これだけで、緊急事態だとわかるはず。

「……場所は？」

「正確には不明ですが、オブライエン領とリュージュ辺境伯領の接する辺りです。私は至急戻りますので、セフィロスも同行させます」

言い切る間にも、セフィロスは演習用の剣を返却し、自身の実用的な剣を装着して身支度を整えている。

「お待たせしました、ミカエラ」

「ええ。そういう次第ですので、これにて失礼させていただきます」

「いや、待ちなさい」

セフィロスを連れてその場を辞そうとしたら、制止がかかった。いやマジで時間惜しいんですけど。

だが相手も学院随一の実力派、騎士科をまとめる主任でもあり騎士としての判断力は優れた人物だ。

「学院からも人を出す。騎士科の卒業試験という名目ならば、すんなり通るだろう。いかがだろうか」

「！」

それはつまり戦力として協力してくれるということか。しかも卒業試験なら、騎士団中隊くらいの人手が見込める。

「……ご提案感謝いたします。ですが私にはお言葉をお受けする権限がございません。王都の屋敷に父か兄がおりますので、そちらからお返事させていただきます」

「うむ。こちらも学院長に連絡の上、準備を整える。父上とフェリクス殿によろしくお伝え願う」

できる限りの心を込めて礼をとり、その場を離れた。

魔法科教師の許可はすでに得ている。リーア達に寮の片づけを任せて、一旦屋敷に。

が、途中で普通科の令嬢達に捕まった。

「ミカエラ！」

「ルシアナ、アヤメ……ごめんなさい、今急いでて」

「ええ、わかってるわ。……気をつけて」

ルシアナが真顔でそれだけを告げる。アヤメも深刻な面持ちだ。

「私の国にも連絡を入れました、協力させます。……無理はしないでね」

「ありがとう、アヤメ」

悲愴《ひそう》な顔しないで。大丈夫、ちゃんと片づけて、卒業式までには帰ってくるから。

笑ってそう言うと、彼女達は顔を歪《ゆが》めた。半泣き半笑いのそんな顔、社交界で見せちゃダメだよ。

王都の屋敷にも、領地のお祖父様から連絡が入っていた。この一月《ひとつき》ばかりで魔物が急増し、しかも凶暴化している。押さえきれる限界を超えたと連絡がきたのだ。

お父様の表情もさすがに硬い。お父様は魔物討伐の先頭に立ったことがない、お母様がそちらを請《う》け負《お》っていたから。だけど、体調が芳《かんば》しくない今のお母様には難しい。

とはいえお祖父様もいるし、私も行くから大丈夫よお父様。

「父上。私が行きますのでご心配なさらず」

「って、お兄様!?」

いやお兄様も、最近は前線に出てないよね、しかもお父様同様、公爵家の跡取りでしょ?

「……すまない、フェリクス。領地《あちら》とミカエラ達を頼む」

「お任せください」

私があわあわしてる間にお父様とお兄様の間で話がまとまってしまった……

「お兄様、危険ですわ」

「前線に立てない者が上に立っても、下がついてこないよ。それよりミカエラ、セフィロスの他は誰を連れてきたの？」

「……カイル達が、故郷を守るとついてきました。それに学院の魔法科や騎士科の先生達が、卒業試験代わりに学生を連れてくるとおっしゃって」

騎士科だけでなく魔法科も同様で、皆さんめっちゃやる気でした。みんな危険も理解した上で志願してくれています。もちろん全員ではないけど。行かない選択をした人も「今の自分では力不足なので」「代わりに後方支援なら」と提案いただき、学院挙げての討伐の趣《おもむ》きになりました。

その辺を説明すると、お父様達が頷いた。

「それはありがたい。学院側との話は私の方でまとめるから、おまえ達は準備ができ次第、先行して現地に向かいなさい」

あとのことはお父様に頼んで、取り急ぎセフィロスとお兄様、カイル達と共に領地に向かう。馬車を仕立てる暇はないから騎馬で、必要なものは道中で購《あがな》えばいいと。

……こんなときだけど、公爵家が富んでて助かったよ。かなりお金の力でごり押しできる。今は時間が惜しいからね。

「早かったな」

思ったより早く到着した私達に領地のお祖父様はさすがに驚いたようだが、かと言って他に何も言われず。

お祖父様はまだ公爵家当主だけど、そろそろお父様に爵位を譲るつもりらしい。だからこそお父様を王都に残らせ、自分が事に当たるつもりだったよう。私やセフィロスがくるのは想定してたみたいだけど……

「フェリクス、おまえまできたのか」

「荒事ではミカエラ達ほどは役に立たないかもしれませんが」

そう前置きして、お兄様は私に言ったのと同じようなことをお祖父様にも説明する。それにお祖父様も複雑そうに頷いた。

「一理ある。……が、少し休みなさい。辺境伯のところからも人がくる、そちらが揃《そろ》ってから状況を説明する」

「はい」

もちろん領地の屋敷にも私達の部屋はあるし、ここで働いてる侍女もいる。さすがに空気が張り詰めてるけど、今のうちにちょっと休ませてもらおう。

「お祖父様」

「なんだフェリクス、休めと言っただろう」

「ミカエラのいないところでお伝えしたかったので。……ぼくに万一があっても、弟のラファエルがいます。ぼくを後ろに置いて守るようなことはなさらないでください」

はっきりと言われ、公爵は孫を見る。学院を優秀な成績で卒業した孫息子は、王太子の側近でもあり、すでに文官としても頭角を現している。ただ武力の面では若干不安が残る。それでも本人がそれと承知で、前線に出るという。

「……わかった。だがフェリクス、無駄に先走るな」

「それは、お祖父様も同じでしょう」

＊　＊　＊　＊

「お嬢！」

＊　＊　＊　＊

「ミカエラ様……！」

リュージュ辺境伯からの使者を迎えた席には、深魔の森の警備隊もきていた。顔見知りの彼らに目だけで挨拶する。それから使者に向き直ると、彼はお兄様と話していた。

「きみがくるとは思わなかったな、エイデン」

「きみの方こそ、帰ってきていたとは思わなかったよ、フェリクス」

……年も同じくらいだし、知ってる人かな？

「彼は辺境伯の弟でね、学院時代は付き合いがあったんだよ」

「フェリクス……様にはお世話になりましたよ」

微妙なお兄様の表情を見ると、付き合いはあったけど仲良かったわけじゃなさそう。ただそこそこ信用できる、と。私自身は知らないけど、お兄様の付き合いを信用します。

「慣れない呼び方なんて、しなくていいのに」

「いいんだ。それと、うちからもう一人」

エイデン様が紹介した方は、私も知っている人間だった。

「よろしく、お願いいたします……」

「ミュリエル!?」

彼女は普通科の令嬢で、確かトーラスの婚約者……ああ、辺境伯の年の離れた妹って聞いたことが。

年は私達より僅か二つくらい下の、目立つタイプではない。トーラスに諫言《かんげん》しようにも、話を聞かない相手に困っていたと聞く。

「帰郷してらしたの？」

「はい。……畏れ多い話ですが、アンジェリカ様と同様の状況でして……」

あー、婚約解消に動いてたのね。うんわかった、その辺は追及しない。

「危険ではありませんか？」

「あなたがそれをおっしゃいますか」

苦笑するエイデン様は、うん、この人入学当初に見たな。新聞部の部長だった気がする。

「これでもミュリエルは辺境の娘です。騎士ほど剣は使えず、魔法師になれるほどの魔法もない。けれど両方を使いこなし、戦力に数えていただけますよ」

「……あの、…！ エイデン様は？」

聞いといてなんだけど、正直戦力には数えられないと思う。お兄様より線が細いし、剣はあてにできないだろう。魔法はどうかな。

「いや、ぼくは実戦経験がなくて。……その代わり情報戦には自信があります」

……魔物相手に情報戦はないと思うんだけど、どうだろう。

「まあ何はともあれ、辺境伯領《うち》の人間も使ってもらって構いません。一日でも早い収束を目指しましょう」

「わかりました」

うん、その辺りで意思が統一されてるなら、あえてそれ以外のことまで突っ込む必要もないよね。

会議が始まるなり、深魔の森警備隊から謝罪がきた。

「……まことに申し訳ない……！」

「ベリウス、謝る必要はない。それより状況の報告を」

余計なことにこだわらないお兄様の迅速な指示は信頼がおける。トラブル発生時の解決には適した才能だよね。

だいぶくたびれた様子のベリウスの報告によると、魔物の増加と狂暴化が尋常ではない、ということだ。具体的には、とにかく数が増え、今までおとなしかったものまで攻撃的になった。森自体が広がる様子は見受けられないのが幸い、とか。

「一体ずつの退治は可能ですが、このままでは消耗戦《しょうもうせん》です。一時的にでも人を増やさなければ被害が広がりかねません」

「……今のところ被害者は？」

「外には出ておりません。内部は怪我を負った者がおりますがまだその程度で……」

「その負傷者にはあなたも入ってるの、ベリウス？」

つい口挟んじゃったよ、ごめんお兄様。

「ミカエラ？」

「ベリウスの姿勢がおかしいもの、どこか痛めているのかと」

「……右足ですか、ベリウス殿」

セフィロスもわかった？　足だからかな、全体に傾いてるよ？

「……いや、大したことはありません」

根っからの武人が、見てわかるほど体勢がおかしいのって、それなりの負傷だよ。他の人員も含めて怪我の程度はどれくらいなのかと突っ込んで聞いたら『手足が取れた者も立ち上がることができない者もいない』ときた。そこまで行かない程度の怪我人はいるの⁉

「……早急に人員を補充して、現場と交代させよう。いや、とりあえず用意できる限りの最大戦力を一気に投入すべきだな」

お兄様も苦い顔で考え込んだ。下手に温存を図る余裕はない状況っぽいな。

「辺境伯領からも人を出していただく。近隣から予備役も集めよう」

この数年、領内は災害もなく人口が増えた。それもあって兵役に近い形で深魔の森警備の任を与える余地が育った。

ということで、オブライエン領では、深魔の森に近い村で予備役制度を導入済みだ。交代で深魔の森に入る者を育て、ようやく回るようになった。その、今は村で農業に勤《いそ》しむ者達で、兵力をあげる。


「くっそ、ちょこまかと！」

「一旦退《ひ》け！」

一口に魔物と言ってもピンからキリまで、見上げるほど大きいものから踏み潰せそうな小さいものまで多種多様。深魔の森はそこまででかいのは湧かないが、小さくとも数が多いと面倒。

前もっての情報通り、あるいはそれ以上に、魔物が増えていた。しかも本来臆病《おくびょう》なはずの草食系魔物も凶暴化している。不幸中の幸いで、魔物同士が互いに食い合って淘汰《とうた》され始めていたが、森の外へ出さないよう処分しなければ。

深魔の森を挟んだ向こう、キッショウ国側は、アヤメから連絡してもらって強固な隔《かく》壁《へき》を建てた。この壁は、極めて短期間で建てられる割には硬い、しかし耐久性が低くて長期は耐えられない。キッショウ国にまで流れ込んでしまうような国際問題になるのは避けたい！

現状、王国内や他の領地への流入は見られないが、いつまで持たせられるかわからない。だがまだ十分間に合う。間に合わせてみせる。

「セフィロス！」

「はい！」

鬱蒼《うっそう》と木々が繁る森を、疾駆《しっく》する。小さな魔物は巡らせた風の守護結界に弾き飛ばされる。その隙に距離を稼ぎ、少しでも奥へ。

少し開《ひら》けた空間で、中型魔物の群れと対峙《たいじ》する。こちらを睨む目は血走って殺気立ち、敵意に満ちている。凶暴化していても討《う》てない相手ではないが、数は凶器。知能も高くないとはいえ、消耗戦《しょうもうせん》に持ち込まれるのはキツい。

「ミカエラ！」

「行く！」

セフィロスの声を合図に駆ける。魔物も人も叫びをあげ、乱戦の中では聞き分けられない。ただ無心に剣を振るう。

飛びかかってくるのは穴熊か狐狸《こり》か。むくむくと毛皮に覆われた体、鋭い爪や牙が凶器だ。

「せいっ！」

「ミカエラ！」

魔物がその鋭い爪を払う瞬間、セフィロスが飛び込んで一閃《いっせん》、斬り捨てた。この程度の魔物なら手間取ることはない、とはいえとにかく数が多い。

私の剣は騎士に比べたら軽く、魔法で補ってるけどそれでも大したことはできない。

本業は、魔法だ。

一つ思いついた戦法を試させてもらうことにした。

「お嬢、行け！」

「よっしゃあ！」

どこが貴族令嬢だ、とか言わない。自分が一番思ってるよ！

敵を追い込むように戦ってもらい、ある程度まとまった魔物を風のドームで包み込んでさらに魔法を発動させる。風ですっぽり覆った、その中の空気を一気に抜く。

「がぁっ!!」

魔物と言えども獣が変貌《へんぼう》したものだから、息ができなくなると死ぬ。もっとも、中には数分なら呼吸できなくても生きてたりするのもいるから要注意だけどね！

「おっしゃ、上出来です！」

「とりあえず数を削る！」

この、風魔法で窒息させて数を減らす戦法が当たって、効率が良くなった。私ほどじゃなくてもカイル達も似た手は使える。少しずつ力を削《そ》いでいくしかない。

「お疲れ様、お嬢」

「無理すんなよ」

「まだ大丈夫。他は？」

もちろん私達だけではなく、森の他の場所でも同様に魔物を減らしてる。学院の騎士科と魔法科からも、卒業試験として人がきました。しかも、教師が使えると判断した者のみ。実は二班に分けて入替実施の安心体制。

さすがに実戦経験が豊富な人達は、現場での指示が的確だ。逆に経験の浅い学生を交代制にする辺りの判断力も信がおける。

「確かにいい試験になるわ」

「自分の能力はもちろん、他者の力にも合わせた戦い方ができるか。……実戦に勝る訓練はないことを、皆理解するだろう」

珍しくセフィロスが饒舌《じょうぜつ》。気分が高揚してる？　いい意味でなく、むしろ気が立ってる感じか。

今までも学院で魔物討伐はしてたけど、かなり安全が管理された状況だった。性格悪いこと言えば、深魔の森から見たらお遊びみたいなもんだよ。

「全体的な状況は？」

「お嬢方のおかげで、だいぶ落ち着きました。学生さん達も心配したより動いてもらって、十分戦力になってます」

問えば、警備隊の隊員が真顔で返してくれる。

「それなら良かった。援軍が足手まといになるなんて、笑えないもの」

いや洒落《しゃれ》にならないからね、本当に。

しかし確かに、人員を増強したおかげで、どうにか事態は収束に向かいつつある。他から救援物資が届いたのもありがたい。糧食《りょうしょく》や武器の予備、魔道具の動力源になる魔石等々。

オブライエン領《ち》や辺境伯領が倒れたら次は我が身、という危機感がある他の貴族家からの支援が多い。あとは取引のある商会とか。王家からももちろん補給物資がきてます。

ただ公式には人《う》を出せないそうで、なんだか見覚えのある人達が『私人として』『義勇をもって』参戦してくれた。多分王宮の偉い人……

この辺はお父様やお母様、あるいはお祖父様達の人徳。ありがたいことです。

幸い、と言っていいのか、なんとか目処《めど》が立ってきた。すでに魔物の野放図《のほうず》な増殖は抑えられ、切羽詰まった緊急事態は抜けたようだ。

そうなると、この原因というか、大元がどうなっているのかが気になる。

「ミカエラ、人員は退避させた。……本当にやるのかい？」

「はい、お兄様。決着をつけますわ」

深魔の森は広い。ただ今回、魔物が湧く地点は早いうちから特定されていた。比較的辺境伯領に近い洞窟だ。

魔物の多い土地には、魔力の湧くポイントが確認されている。強すぎる魔力が、ただの獣を魔物に変質させると考えられる。この洞窟もその一つだけど、今まではさほど強力なものではないと、警戒されてなかった。

なんとか狩り進め、数を減らしていく。みんなの奮闘もあって、どうにか、その洞窟を中心に魔物をまとめて追い込んだ。

……全部ではない。こちらの猛攻に一時撤退を選択し森の奥に逃れたモノもいるが、そういう利口な魔物は相手にできない。そこまで余裕はない。

あとは、残る魔物全てが収まる範囲に風の範囲魔法・酸素虐殺《オキシジェン・ジェノサイド》を発動させるだけ。

……魔法のある世界に生まれたからには、そして魔法が使えるなら一回はやってみたかった、中二病的魔法名付け《ネーミング》……！　本当は別の名前にしたかったけど各所に怒られそうだから自重しました。でも前世知識からのネタだから、誰にもわかってもらえないのが寂しいです。

規模の小さい酸素殺し《オキシジェン・キル》は、カイル以外にも多くの魔法科生が使えるようになりました。

これは、魔物を傷つけず毒も使わず倒せると、かなり評価が高い。

魔物の皮や牙・爪まで綺麗な状態で残せる意義は大きいらしい。魔物素材は利用価値が高く貴重だ。普通に倒すときは物理で攻撃するから、ぼろぼろになっちゃうもんね。

魔法師には、魔物素材で薬を作る専門家もいる。薬効が高くもちろんお値段も高い。数が作れないから市場に出回ることも少なく、高位の貴族家や冒険者が買い占めているそうな。

もちろん今回の討伐で得た魔物素材も売りに出されるらしいが、いっぺんに大量に出ると値崩れするからと、辺境伯とお兄様やお祖父様が流通量を計算してる最中とか。その辺は政治も絡むからね、私は口出ししません。

「さて。始めますか」

かなり大掛かりな魔法だけに、こちらも準備に時間がかかる。魔力を練《ね》って、魔法を発動させる範囲に自身の力を浸透させる。時間だけでなく集中力も必要だ。そしてもちろん、集中している間は術者は無防備になる。

「手間をかけるわね、セフィロス」

「ミカエラ、無理はしないように」

その間の護衛兼魔物の押さえ込みを担《にな》うのはセフィロスやカイル達だ。森の警備隊や学院からの人達もいる。

怪我人は出たものの、今のところ幸い死者はなく治らない怪我もない様子。ただ、この最後の一戦も生き延びられるかはまだわからない。生きたい、生きてほしいとは思う、誰も損なわれることのないように。

＊　＊　＊　＊

張り巡らされた強固な結界の中、身をもがいて抵抗していた魔物達が次第に動かなくなっていく。あとわずか、と誰もが思ったその刹那だった。

結界の際《きわ》で蹲《うずくま》って痙攣《けいれん》していた狼のような魔物が、最期の足掻《あが》きのように咆哮《ほうこう》をあげる。しかしそれに応える声もなく、かすかな風の音が鳴るばかり。

が、そこで。それらをまっすぐ見据えて立っていたミカエラが崩れ落ちた。かくん、と糸の切れた操り人形のように頽《くずお》れる身体を咄嗟《とっさ》に抱き締め、セフィロスは声を張り上げる。

「結界が消えた！　魔物に注意しろ、まだ息があるかもしれない！」

指示を飛ばしつつ、手近な狼の首を刎《は》ねる。仲間達も素早くそれに従い、警戒を強めながら近くの魔物が確実に絶命していることを確認している。

「セフィロス、お嬢は？」

「多分、魔力切れだ」

油断なく辺りに注意を配りながら歩み寄ってきたカイルが心配そうに声をかけると、ようやく腕の中に視線を落としながらセフィロスは応じた。

その腕の中、ぐったりと目を閉じたミカエラは紙のように白い顔で、その頬に長い睫毛が影を落としている。

元々ミカエラは魔力が多く、その扱いにも長《た》けている。幼い頃からの鍛練《たんれん》で貴族令嬢としては例外的なほど体力もある。

だがそれでも、まだ十代の、守られる方が多かった少女だ。すでに魔力も体力も底を尽き、辛うじて気力で魔力を絞り出しているような状態だったのだ。にもかかわらず、最後まで戦い抜いた。

「大丈夫なのか？」

「ミカエラ様……」

周囲で確認を終えた者達が、次々心配そうな面持ちでやってくる。その彼らにセフィロスはきっぱり宣言した。

「大丈夫だ。魔力を使いきって休息しているだけだから」

言いながら、カイルの差し出したマントで丁寧に彼女をくるむ。その宣言に安堵したらしい周囲をカイルに任せ、セフィロスはミカエラを抱え直した。その側に、フェリクス達がやってくる。

「お疲れ、セフィロス。ようやく片がついたかな？」

さすがにフェリクスも、その護衛達も疲労の色が濃い。セフィロス自身も疲れてはいる、のだが。

「……どう、しますか」

目で示したのは、岩壁に穿《うが》たれた洞窟だ。文字通り死屍累々《ししるいるい》と魔物の屍体《したい》が転がる先に、それはぽっかりと口を開けている。

ミカエラは、ここに魔力の根源があるらしいと、一番気にしていた。しかしその本人がこの現状なので、どうするつもりなのか。

地元が近い辺境伯家の兄妹によると、ここには近寄らないよう、昔から言われていたらしい。

「調査はするよ。ただ、今のミカエラは連れていけないし、セフィロスも彼女についていいたいだろう？」

「ですがそうすると、ミカエラは自分であとから無理矢理乗り込んでしまいそうです」

「……確かにね」

真っ正直なセフィロスの言葉に、フェリクスは一瞬言葉に詰まって頷く。

ミカエラの場合、我儘《わがまま》を言うより自分で動いた方が遥かに効率的と考えているので、周囲が困る。

最終的にフェリクスが「気を失ってるうちにミカエラも連れてさっと行って戻れば、あとで文句は言わせない」と判断しての歪《いびつ》な同行になった。

しかし当の彼女の奮闘もあって魔物はほぼ全滅状態、とりあえずの危険はないと意見が一致してのことだ。ミカエラの魔力が尽きたため、セフィロスは容姿が誤魔化《ごまか》せなくなり、フードを目深にかぶっている。

「これだけ魔力が濃かったら、確かに子どもは近づかない方が良いね」

溜息を漏らすのは、王宮魔法師団から派遣されてきたレイノルドだった。

「レイノルド、それはどういうことかな？」

「魔力が強い土地に棲《す》む獣が、魔物に変じるんです……人間にも影響する可能性があります。特に幼い子どもは」

まだ魔物にも、魔力や魔法についてもわからないことは多い。だが経験則的な俗説として、魔力が濃い土地に生まれる子どもは魔力が強いといい、カイル達のように幼い頃から魔物を食えばやはり魔力が強まる。

だが副作用も知られており、元々魔力が少なく生まれついた者は強い魔力を受けつけにくい。食べても腹を壊したり熱を出してもどしたりする。要は許容量があるのだろう。多少耐性はあっても、人間には限界があって一定以上の魔力は受けつけない。そして、それを受け入れ得た動物が、魔物に変質するという説が有力だ。

灯りを点《とも》して洞窟を進むと、広場に出る。その奥に石が積み上げられていた。明らかに人の手が入っている。

「……あれは？」

「さあ……」

「確認してきます」

顔を見合わせるフェリクス達をよそに、カイルは身軽くそこへ歩み寄った。用心はしているが、腰ほどの高さに積まれた石を覗《のぞ》き込んで顔を顰《しか》める。

「ここ、えらい濃い魔力が湧いてますよ。……井戸みたいだな」

「しかもなんだこれ、血じゃないか？」

薄暗い灯りの中、白っぽい石に赤い跡が残されている。量は多くないものの、変色せず鮮やかなその色合いは不吉な印象を与えた。

「しかしここは、そんな大した場所じゃなかったはずなんだけどねえ」

辺境伯の末弟はなかなか食えない男だ。前線の援護に回りながら、異変の前に森に入った者の割り出しに勤《いそ》しんでいたらしい。

「……あやしげな手段ではありますが、魔物を大量に発生させる術があるらしくて」

何やら帳面に書きつけながらレイノルドは物憂《ものう》げな様子だ。

「レイノルドの言うように、今回のことが人為的な結果なら、その人間には償《つぐな》いをさせねばならないよ。そのための調査には協力を惜しまない」

きっぱり言い切るフェリクスは、すでに為政者の顔をしている。危うく領地を蹂躙《じゅうりん》されかねなかったのだ。彼の怒りは正当な、誰にも文句を言わせないものだ。

セフィロスも彼と同等には腹を立てている。彼にとってオブライエン領は第二の故郷だ。そしてその誰かの愚かな行いのために、ミカエラは命懸けで戦う羽目になったのだから。

第9章　一段落はしたものの

「結局なんだったの？」

くそう、気絶した人間を伴ってそれで行ったことにするとはさすがお兄様、容赦《ようしゃ》なく用心深いな！

だってあれだけ魔物が湧くなんて、普通じゃない。今後のためにもきちんと調査すべきなのに。

「レイノルド様が王宮にも報告の上、詳しく調査されるそうです。……そんなに拗《す》ねないで、ミカエラ」

領地の屋敷にはもちろん私の部屋もあり、帰って以来部屋から出してもらえません。……最初は本気で気絶してたから……目が覚めたらお母様に抱き締められてた、本当にごめんなさい。

でも魔力が枯渇《こかつ》しただけだから、それが戻ればもう大丈夫だって言ってるのに、なかなか信用してもらえない……まあ自業自得ですが。

「元気になられてよろしゅうございました、奥様や大奥様もやっと安心なさいましたよ」

リーアもごめんね、すごいクマ作らせた。寝台の脇で事情を説明してくれたセフィロスも、普段よりいっそう白い顔。

「心配かけてしまったけど、もう大丈夫。そろそろ学院に戻らないと、卒業式でしょう」

屋敷にいるとお母様だけでなくお祖母様や弟妹がお見舞いに毎日きてくれて……ついついベッドから出られない。それに私が学院入ってから生まれた双子達はめっちゃ可愛い。

弟のラファエルと妹のアーシュは二卵性とは思えないくらいそっくりの、お父様と同じ蒼《あお》みの金髪に、お兄様よりちょっと暗い緑の瞳の天使達。いやあお兄様が成長して拝むのを諦めてた天使に再会できるとは。

「お嬢様……無理はなさらないでくださいませ」

「無理はしてないと思うんだけど……?」

リーアの溜息に小首を傾《かし》げると、なお大袈裟《おおげさ》に溜息吐かれた。えー。

「お嬢様がセフィロスに抱えられて戻った際には、あの奥様が、卒倒しそうでしたよ。大奥様に至っては、本当に倒れてしまわれましたから」

う、うむ、すまん。やっぱ『死なない』だけじゃダメなんだなー。全部自分で抱え込んで自分一人の命で購《あがな》えるならいいと思ってたけど、人間て一人じゃ生きていられないんだと思う。

そういえばそういう感じで前世では過労死してるんだもんな。反省。

だけどもうすぐ卒業式。いろいろやらかした学院で、最後はきっちり締めてきたい。

まあ、お母様達といろんな話ができて、良い機会ではあった。

休学中のアンジェリカは外遊に行くそうだ。屋敷へお見舞いにきてくれたときに、そう言ってた。

「確かに、その方がよろしいかと」

学院に帰ってきた私の話に、アヤメが頷く。彼女も、今回の件では国許《くにもと》との連絡に追われ、苦労した模様。

それでも卒業式まではあとちょっと。

「あなた達は本当にお疲れ様だと思うんだけど……」

苦々しい顔のルシアナ。そんな顔してると眉間《みけん》に皺《しわ》が刻まれるよ？

「何か、ありました？」

「例によって殿下達《あのバカども》ですわ。討伐をサボる騎士見習いもどうかと思いますが、実戦に赴《おもむ》いてらした方々を前座扱いして！」

「……あらー」

ルシアナ、かぶったご令嬢の皮だか猫だかが剥《は》がれかけてますよー。本音がだだ漏れしとる。まあ気持ちはわからんでもない、私達を案じてくれてるんだろう。

騎士科のトーフスは結局深魔の森にこなかった。つまり卒業試験を放棄したことになってる。卒業できるの？

パトリック殿下は、最前線に赴《おもむ》いた者に対して「我々が赴《おもむ》く前に露払いしておけ」と宣《のたま》い、ものすごく顰蹙《ひんしゅく》買ったそうだ。

無事に討伐を終えて帰ってきた学生達に今度は訓示を垂れようとしたところ、教師達に指導名目で取り囲まれ、いつもの連中と共に撤去されたそうな。学院側もさすがに彼らの扱いに慣れたというか。

私は別行動だったから詳しいことは知らないけど。その話が学院内に広まって立場を悪くしてるはずなんだが、あの人達、自分達が白眼視されるとは夢にも思ってないらしい。

……メンタル強いなー。羨ましくはないが、ある意味感心はする。

「そういえば例のお嬢さんはどうなさったの？」

普通科だから討伐に参加しないことに違和感はないけど。今回の騒ぎにどう対応したのかちょっと気になる。

私の問いに、ルシアナとアヤメが顔を見合わせた。

「私達も詳しいことは存じ上げませんのよ」

「いろいろ噂はありましたが……」

「……噂？」

二人と、グラディスやフランチェスカ達の説明によると。

例のお嬢さんことエヴァは、深魔の森の騒ぎに対して殿下達を頻《しき》りにせっついていたらしい。大変なことだからみんなで力を合わせなくては、と。

それ自体は立派な心掛けだし殿下達も感銘を受けたらしい、そこまではいい。

ただ、自分達が前線に立つなんて考えもしない彼らに、今こそ共に戦うため、王宮に討伐軍の結成を願い出て、と進言してたらしい。

「どういうことですの？　なぜ、王宮に？」

意味わからん。

確かにオブライエン公爵領やリュージュ辺境伯領が魔物の大量発生を処理できなかったら、国の問題になる。ただ、どの領地も王宮側から介入されることは嫌がるし、法律上もかなり制限がかかる。

オブライエン領が昔、同様に荒れたとき、王家からお祖母様が降嫁《こうか》することで王宮魔法師や騎士団を動かしたそうだし、王宮魔法師だったお母様が深魔の森の討伐に加わったときも、その辺はどうにか理屈をつけたそうだ。逆に言えば、そうして手順を踏めば介入可能だけど、今回はそこまでいく前に事態が収束して良かった良かった、と言うところなんだけど。

不在中の話を聞く限り、殿下達は我々が失敗して魔物が深魔の森からあふれる事態、スタンピードを想定してた様子だ。最悪の事態に備えるのが悪いこととは言わないけど、それを食い止めるために尽力した立場としては、釈然としない。

それは学院に残っていた者達も同感らしい。大概の学生は学院に残っていても親元に連絡を取り、公爵家《うち》や辺境伯に協力して物資を寄付したり兵糧《ひょうろう》・魔法薬を届けてくれた。在校生だけでなく、すでに卒業した先輩達もだ。

なのに彼らは、エヴァを王宮に招けと見当違いの要請を繰り返してたとか。なんでそんなこと言い出したのかわからないけど、どうやら本人の希望だったらしい。

「私達もよくわからないのですが、アンドリューが言うには、彼女の光魔法ならば魔物などすぐに駆逐《くちく》できると」

グラディスは困惑しきりだが、聞かされたこっちも困る。っていうか。

「……でしたら直接深魔の森にきてくださったら良かったのに」

「そうですわよね」

「意味不明ですわ」

「一応、他領であることを慮《おもんぱか》ったとアンドリューは言ってましたが……」

グラディスが気まずそうなのは、彼の論理が破綻《はたん》してることに気づいてるからだろう。

「……エヴァ嬢はリュージュ辺境伯領の出身でしょう。すでに家を出ているとはいえ、実家の家族を案じての行動なら誰も止めはしませんのに」

実際きても邪魔なだけだったとは思うけど。

しかしそんな話しといて結局こなかったのが気になるよ。危険を考慮した結果ならいいけど、そういうわけじゃなさそうだし。

「諸々ありまして、あの方々の人気はだだ落ちです。まだ下があったのかと呆れましたわ」

お茶を啜《すす》りながらルシアナが言い捨てる。

きつめの美少女が眉を顰《ひそ》めて嫌悪感を露《あらわ》にしてる表情なんか、なかなか見応えがありますが。

「まあそれはそれは。……確かにどなたも参戦なさいませんでしたものね」

こっちはいいんだけどね、戦力にならない連中がきても邪魔だし面倒見なきゃならないし。こっちでおとなしくしてくれた方が遥かにマシ。

「身のほどを弁《わきま》えておとなしくしてらしただけなら良かったんですけど」

実際には安全な場所で暴言吐いて、今の戦場が全滅する見込みでその後の算段立ててたと。そりゃ人望地に堕《お》ちるわ、どん底だわ。

この先彼らどうするつもりなんだろう。

領地にいたときちらっと辺境伯と話をしたところ、卒業後に彼らのうちの誰かがエヴァの後見人になると聞いたそうだ。辺境伯も噂程度にしか知らなかったが、一緒に話を聞いてたお兄様やレイノルドは思うところがあったらしい。

どうも殿下達の保護者もその辺りの話は知らないらしく、お兄様達はそのことも殿下達の処分に関する取引材料にするつもりらしい。

……らしいらしいで我ながらはっきりしないけど、詳しいことは教えてもらってないんだよ。かなり黒い裏側の話で、私は気にしなくていいそうです。……確かに向かない自覚はある、政治的なお話には。

無関係な他人からしたら、エヴァは利用価値の低い、あるいは利用の難しい存在だ。

彼女の光魔法は何やら問題があるらしく、魔法科での実験も途中で取り止めになった。魔力はそれなりにある、というけど全然鍛《きた》えてないし……まして彼女、他の成績も良くない。座学が補習対象になってたけど、それも殿下達が出しゃばってきてすっぽかしたらしい。礼儀作法も他の令嬢のようには整っておらず、教師の頭痛の種のようだ。

他人を気にしてもしょうがないいんだけどさ。またこっちに難癖つけてくるんじゃないかと、それが些《いささ》か憂鬱《ゆううつ》。

「ああいう方々を気にしても仕方がありませんわ。あまり気になさらない方がよろしくてよ」

優雅にお茶を嗜《たしな》みながらおっとりとアヤメが宣《のたま》う。

そうだね、何か言ってきても無視でいいか。どうせ卒業したら顔を合わせることもなくなる人達だ。

「アヤメは卒業したらすぐフェリクス様と結婚なさるの？」

小首を傾《かし》げてルシアナが尋ねる。

「先ほどのおっしゃりよう、フェリクス様そっくりでしたわよ」

おお確かに。お兄様が切り捨てるときの言い方だわ。

言われたアヤメは苦笑している。

「一度国に戻ってからになりますわね。いろいろ準備もございますし……」

アヤメが学院にいる間にと、キッショウ国とうちでそれぞれ準備は進めた。アヤメの持参金や技術提携、深魔の森の管理分担など、それこそ政治的ななんだかんだの取り決めが必要だし、ものによっては王家の許可もいる。またアヤメの専属侍女の中には、今のうちから我が家に行儀見習いにきてる人もいる。

お兄様も忙しい合間を縫《ぬ》って向こうへ挨拶に行き、アヤメとデートしたり。政略結婚でも互いに愛情持てるならいいことだ。

「と言いますか、ルシアナはどうなさいますの？　レイノルド様と結婚されるのでしょう？」

「私はちょっと先になりそうなの。あちらのお祖母様の加減がよろしくないのですって」

「それは、大変ですわね」

「領地で静養なさってるから、私もお目にかかったのはずいぶん前ですが」

言いながら肩を竦《すく》めてみせる。

レイノルドの祖母ってことは公爵家《うち》の祖父母と同じくらいの年代か。……でもうちの祖父母は、比較対象にするには元気過ぎる。お祖父様はともかく、お祖母様は朗らかな可愛らしい人だ。ちなみに、嫁のガブリエラお母様大好き。私達も可愛がってもらっている。

「そういえば。……グラディス達はどうなさいますの？」

グラディスとフランチェスカは婚約解消の手続きの最中で、卒業式の頃には片がついてるだろう。でも、それなら卒業後すぐ結婚もしくは相手の家に入るという、本来の予定通りにはいかないよね。引く手数多《あまた》だとは思うけど。

ちょっと顔を見合わせた二人が揃《そろ》って苦笑する。

「私は、しばらく実家に戻るつもりです」

グラディスは元々、アンドリューの実家オルレアン侯爵家所縁《ゆかり》の伯爵家の出だ。領地も隣で、昔から家ぐるみで親しい故の婚約だったそう。だからこそアンドリューのやらかしは全部実家に筒抜けで、帰省の度に叱責《しっせき》されていたそうだ。が、成績は良かったし教師達も苦言を呈しながら先々に期待を寄せる姿勢だったため、実際の処分はなかった。……それも今年度、最終学年にあがるまで。

エヴァに骨抜きになった醜態《しゅうたい》はグラディスのみならず、学院側からも苦情としてオルレアン家に届いている。

自覚があるのか、本人も今年度に入って以来領地に帰っておらず、侯爵家でも半ば匙《さじ》を投げているとか。当然グラディスの婚約解消にも文句は出さず、むしろ侯爵も後妻である彼の母親も、グラディスに詫《わ》びてくれたそうな。

「私、実はストレイパリー商会から一部門譲っていただくことになりそうですの」

ふふ、と笑いをこぼすフランチェスカは可愛らしい。

ストレイパリー商会はここ二十年ほどでめきめき成長した新興商会だ。先代と当代、つまりリグルスの祖父と父がやり手らしく、三代目も期待を寄せられていたけど、この体たらく。

元々フランチェスカの祖父スノーヴァ子爵も前の会頭《かいとう》と仲が良く、可愛がられていたそうだ。が、リグルスは上昇志向が強く際《きわ》どい高利貸しまでやらかしている。このままでは危なっかしいと、フランチェスカに商売の基本を教え込んで補佐させる腹づもりもあったらしい。が、これも破綻《はたん》。

慰謝料代わりに、ストレイパリー商会がスノーヴァ子爵領で進めていた事業を子爵家に譲ることになりそうだとか。商会に嫁ぐために商売のイロハを学んだフランチェスカとしては、その勉強を生かせるようだ。

「……こんな言い方は不適切やもしれませんが、先の見通しが立っているのでしたら良かったです」

「あの連中の面倒を見続けるよりはマシでしょうとも」

アヤメが言葉を気遣ってるのにルシアナったら、めっちゃ正直。私もまったく同感ですが。

同席してる他の令嬢達も実際同じ気持ちなんだろう、目配せに共感が感じられる。

「不安材料が片づいたところで、一つお伺いしたいことが。……皆様、卒業式のドレスはいかがなさいますか？」

空気を変えるように殊更《ことさら》明るい声をあげれば、みんながぱっと表情を輝かせた。

卒業式はこの国の貴族子女にとってはデビュタント代わり。制服着用の義務もなく、令嬢達は大概華やかなドレス姿だ。

ただ、他の令嬢とデザインがかぶるとお互い気まずいし、立場次第では遺恨《いこん》が残る。幸い同期はさほどの対立はない、まあ共通の敵がいたからな……

「ルシアナは赤が似合うと思うの」

「そう？　まあ確かに好きな色よ」

提案するとルシアナも満更ではない様子だ。みんなそれぞれ、好きな色似合う色使いたい色があるしね。

「ミカエラ様なら、青を入れて作られると素敵ですわね」

「そうですね、その鮮やかなお髪《ぐし》が映《は》える色合いで」

「そう、ねえ」

ただ残念ながら、具体的なセンスはないんだよね、私。ほとんど侍女達に任せっきり。

私に似合う衣装を選んでくれる彼女達は、さすがの専門職《プロフェッショナル》ですよ。

「いいですわね、私は我が国の祝いのドレスにしようと思いますの」

アヤメも楽しげに笑う。漆黒の長髪が神秘的なお姫様も、学院では結構のびのびと楽しんでいたようだ。

「そうなんですか？」

「ええ、国から卒業祝いの衣装を送るというので……」

キッショウ国の礼服はかなり和服に近く、特に女性は、打掛を思わせる型の重厚な生地に、みっしり刺繍《ししゅう》を施したものだ。一回着せてもらったけど重かった。……この国のドレスも正式だしかなりの重量になるんだけどね、刺繍《ししゅう》や縫《ぬ》い込んだビーズとか。デビュタントだとそこまで飾り立てないというけど、みんなでお揃《そろ》いを楽しむのもいいと思う。

「あと、お揃《そろ》いで学院の徽章《きしょう》をつけるのはいかが？　……みんな同じものを持ってるのですし」

「いいですわね」

「素敵！」

ルシアナも提案してきて他の令嬢達もはしゃぐ。

うん、みんな可愛い。みんなが平和に過ごす日々を守る役に立てて本当に良かったなー。頑張って戦った甲斐があったよ。


さてそんな調子でいろいろしてるうちに卒業式が近づいてきました。

公爵家からはお母様と、もちろん王都にいるお父様お兄様も式に参列してくれる。忙しいのに申し訳ないとは思うけどありがたいな。

卒業式には、うちだけでなくそれぞれの生徒の家族もやってくる。例外はアヤメかな。さすがに他国の王族が列席するのは難しく、代わりに母方の家族がいらっしゃるって。

王都の屋敷にきたお母様に卒業式のドレスの話をしたら、大乗り気で侍女達まではしゃぎだす始末。超特急でドレスを仕立ててもらいました……白をベースに、青をあしらった華やかなデザイン。縫《ぬ》い込んだビーズは無色透明だけど、光の加減で深い青に発色し、動く度にきらめく。

「お嬢様、お髪《ぐし》はいかがなさいます？」

「完全に結ってしまうのも惜しいわね、ミカエラの髪は綺麗だもの」

奇抜な色彩の髪も、ずっと付き合ってきたらいい加減慣れました。

本当に『青』としか呼びようのない髪は、リーア達の丁寧な手入れもあって艶やかしっとり、しかし癖があってくるんとカールします。……これ、あれできそう。

「両脇にこう、くるんと巻くことはできる？」

憧れの（？）縦ロール。最後だから一回くらいやってみたい。元々癖毛だから、学院では緩く編んでおくだけだったし、討伐とかのときはきつく結ってた。ああいう華やかなスタイル、実はほとんどやったことがないんだよね。

「それはいいですわね、素敵ですわ」

いろいろありましたが、やっと卒業式を迎えました。その日の朝、エスコートのため寮に迎えにきてくれたのは。

「わあ、セフィロス、格好いいー」

今日はセフィロスも制服ではなく、騎士服です。オブライエン公爵家騎士団の制服。深みのある蒼《あお》に白を合わせた、凛とした雰囲気がよく似合っている。

「素敵ね、よく似合う」

腰に提《さ》げた剣も個人の持ち物で、魔物の牙を研《と》ぎ魔法効果で切れ味を高めた逸品だ。鞘《さや》に収めていてもわかる、強い魔力の気配。鞘《さや》も、拵《こしら》えこそ地味ながら魔物の革で誂《あつら》えた。

この手の特殊装備、他にも深魔の森の警備隊にはいるけど少ないし、持たされてるのも腕の立つ強者と認定された証。

本当にセフィロスは、強くなった。背が伸びて体格もしっかりして、着衣だとわからないけど結構筋肉質だって。さすがにそこは伝聞です。

「ミカエラ？　どうかしましたか？」

思わず見惚《みと》れていると、何事かと問うように小首を傾《かし》げる。相変わらずあんまり表情は動かない、だけど案じているのが伝わってくる真摯《しんし》な瞳。

「ううん、なんでもない。セフィロス、今日はよろしくね」

護衛として側にいるのは多分今日限り。私が公爵家を離れるつもりなのは、彼も承知のこと。その上で一緒に行きたいと、言ってくれたのは嬉しいけど。

「……本当に格好いいなあ」

溜息混じりに漏れた呟きに、セフィロスがわずかに目を眇《すが》める。

案じてくれてるのを承知で、こういう風に言っちゃう私が悪いんだな。つい甘えてしまう。

「……ミカエラ」

ちょっと落ち込む私に、セフィロスの声音は落ち着いて静かで、同時に真剣だった。

「セフィロス？　どうかした？」

「……卒業式が、終わったら。少し時間をもらえますか。話したいことがあります」

ちょっと困ったように微笑んで、彼は片手を差し出した。

今日が最後のエスコート。


卒業生の控え室にはそれまで使っていた教室があてられているが、行き来は自由。卒業間際の挨拶を交わしたりしたいからね。

「ミカエラ！」

明るい声をかけてきたのはルシアナだ。大人っぽい落ち着いた色彩のドレスが、華やかさと同時に力強さを感じさせる。

「おはようございます、ミカエラ」

「おはよう、ルシアナ、アヤメ」

対してアヤメは裾にかけて豪奢《ごうしゃ》な刺繍《ししゅう》と、重ねた生地がグラデーションを描く、和装に近い型のドレス。素敵だけどかなり重そう。

二人だけでなく、ほとんどの女子学生が学内の舞踏会で着ていた練習用とはうってかわった、華やかなドレスだ。それぞれ趣向を凝らしたものばかりで、祝い事らしい華やかさに満ちている。

例外は制服姿の者達だけ。学院の制服ならあまり目立たないが、一部はすでに卒業後の制服を着ている。こちらは式典らしい、いい意味での真面目さを感じさせた。

「あなたがそういう髪型してるのは珍しいわね」

やっぱり目立ちますか？　ハーフアップにして左右に縦ロールを下ろしてみた。我ながらちょっときつめの顔立ちを縁取るように鮮やかな青い縦ロール、似合うと思うんだよ。

「お祝いだから、普段とは変えてみたのよ」

「そうね、華やかだわ」

「あなた、普段から夜会とか出ないものね」

デビュー前とは言っても、学生が出ていい夜会もある。だけど興味がないし、招待されることもなかった、ありがたいことに。……多分お父様辺りが止めていたのでは……

ちなみに卒業式にダンスとかはなく、卒業生の名が呼ばれて祝辞をいただくだけ。本番はそのあとの懇親会《こんしんかい》。

簡単な立食パーティーだけど顔を売る最後の機会だから、挨拶合戦でえらいことになる。卒業生だけでなく保護者もきてるから、在学中は付き合いなくても親目当てで声をかけて回る、なんてのも恒例らしい。

お兄様が卒業したときも大変だったとか。お兄様のみならずお父様も、散々礼儀のなってないお子様に呼び止められたそうな。「伝《つて》を作るための志は立派でも、やり方を間違えてはいけない」とはお父様曰《いわ》く。

今年はどうかな？　うちはともかく、アンジェリカがいないからロシナンス公爵家は欠席、他に公爵家はいないから……ああでも殿下がいるから、王家からどなたかいらっしゃるのかしら。

「ミカエラ、知らなかったの？」

ついこぼした呟きにルシアナが眉を顰《ひそ》めた。

ん、どした？

「……パトリック殿下と、取り巻き連中のこと」

「ルシアナ、お言葉が悪くてよ」

軽く窘《たしな》めてアヤメが軽く身を乗り出した。内緒話らしいと、私も身を寄せる。

「パトリック殿下と側近候補の方々は、卒業できないともっぱらの噂でしてよ」

「……トーラス殿が、卒業試験にあたる深魔の森討伐に不参加で、どうされるのかとは思ったのですが……他の方も？」

こないだまではそんな話なかったよね？

顔を見合わせた彼女達によると、この一日二日で流れた噂だそうな。

そもそもトーラスが卒業できないのはほぼ確実。殿下やケヴィンは単位不足。リグルスは学内の不法行為（要は高利貸し）に対する罰則の放棄。アンドリューも不正行為が明るみに出た、そうで……

「何したんですか、彼は」

「それが、そのぅ……」

言い澱《よど》んでちらりと流した視線が向かうのは、グラディス。……まあ彼のやらかしは基本彼女に報告されますね。

深々と溜息を吐いて、グラディスは口を開いた。

「ミカエラ様は、ご自身に悪い噂があったことをご存知ですか？」

「私の悪い噂？」

それはあれか、我儘三昧《わがままざんまい》で公爵家の使用人を扱《こ》き使ってるとかいう、すぐ鎮静化したあの話？

「それについて、後日談があります。噂の出所は領主科でしたが、一旦収まった噂を再燃させようとする怪文書が出回りまして……犯人が、アンドリューでした」

「……あらまあ」

悪い噂の大元が殿下達であろうことは薄々勘づいてたけど。そういう真似までしてるとは、ちょっと想定外。

「しかもそれが表沙汰になったのが、二日ばかり前。また、殿下が卒業不可能と王宮に伝わったのも同じ日です」

「王宮は殿下のことご存知なかったということ？」

「殿下が箝口令《かんこうれい》を敷いてらしたとか。……皆様方の実家にも、余計なことを知らせるな、と」

よくそれで通ったもんだ。いや、通らなかったから、こんなぎりぎりに大騒ぎになってるわけか。

なんでも、殿下が自分や取り巻き達の行状《ぎょうじょう》を、連絡役達に口止めしていたらしい。実に大局を見る目に欠ける振る舞いだな。

「なんともはや……」

頭痛てー。

実家に卒業できないことを隠したってどうしようもないし、保護者だって困るでしょ、こんな直前に言われても！

卒業できない者はたまにいる。必要な講義や実習を消化しきれない話も稀《まれ》に聞く。だけどそれは途中編入した基礎学力の足りない者、財政的に厳しく学業より家業が忙しかった者達がほとんどだ。

三年間在学した高位貴族（王族含む）の子弟が、成績または素行不良で卒業できないなんて前代未聞だよ⁉

卒業できなかったら、留年扱いでもう一年在学かあるいは中退扱いか。保護者になんの相談もなかったなら後者かな、学院側も受け入れ準備ができてないだろうし。

「学院側も連絡不足を認めて、もしご希望があれば留年の措置《そち》は取るそうですが」

いつもにこやかなフランチェスカも、呆れがいくとこまでいったのか無表情になってるよ。そしてさすが情報早いな。

「……それは……トーラス殿やケヴィン様、リグルス殿はまだしも。パトリック殿下やアンドリュー様には、できないことでしょう」

もっと学びたい、研究を続けたい、という理由で卒業後も学院に残る者はいるし、それは学費を払う限り許容されている。

だけど今回は、成績不良や素行不良の話が、同級生の耳に入るほど広まってる。体裁《ていさい》が悪いしそれ以前に、残ってまで学ぶ意義がない。しかも揃《そろ》いも揃《そろ》ってプライドの塊みたいな性格だ。

トーラスはたとえ騎士団に入っても、ずっと言われ続けるはず。おまけに討伐をサボったのが理由では、魔物に恐れをなしたと思われるのは避けられない。実力主義の騎士団で、どんな目で見られるやら。

ケヴィンはよくわからない。彼の実家はとにかく人脈重視で、人のつながりを生かせるよう子どもを教育するそうだ。そのおかげで第二王子の取り巻きにはなれたけど、これまでの人脈も個人資産も、エヴァのために浪費してたとか。

リグルスもそれは同様。ていうか借金がある分、彼の方がまずいかも。実家からも見放されてるらしいし、周りの恨みも買ってる。フランチェスカが止めるのも無視して、金にモノを言わせてたからなあ。自力で商売を興《おこ》すと豪語してたけど、まず無理だろう。

そしてパトリック殿下は、あの性格。唯我独尊でも中身が伴えばまだしも、完全に張り子の虎。昨年度までは辛うじて中の上から上の下くらいだった成績も、怠《なま》けて他人を侮《あなど》った挙げ句、赤点連発で追試や補習からも逃げるという体たらく。これはさすがに王宮に報告されていたはず。

アンドリューは成績だけは上位を維持してた。だけど講義では理屈ばかりを捏《こ》ね回して大した結果を得られなかったとか。歴史に詳しくても現状を調べようとはせず、適切な手段も選べない、頭のいい馬鹿というパターン。

「問題を先送りしたところで、却《かえ》ってこじれるだけでしょうに」

正直言って殿下やトーラスは、先行き全然考えてないと思う。特に殿下は、根拠なく自分だけは絶対守られると思ってるタイプだぞ。

「他にもずっと注意され続けていた規定違反があるそうなのですが、そちらの詳しいことはわかりません」

「とりあえず。卒業式に参加できない方々のことを気にしても仕方がございませんわ」

あっ、ルシアナが投げた。

気持ちはわかる。彼らの考えは理解できないし、そもそも関わり合いになりたくない。

「そうですわね。そろそろ向かいましょうか」

「ええ、ではまた後《のち》ほど」

さすがに入場は所属科ごとだからね。

笑いさざめきながら令嬢達が教室を出ていく。それを機に、他の者達も準備を始めた。

卒業式のあとはそのまま懇親会《こんしんかい》なので教室に戻ることもない。私物もすでに運び出され、せいぜい寮にいくらか荷物が残っている程度。

「……この教室も見納めですね」

魔法科の教室は簡単な実験設備もあり、いろいろ思い出深い。火の魔法でカーテンや壁を焼いたり、風の魔法で窓を破ったり、水の魔法でみんな仲良くずぶ濡れになったり。……やらかした記憶ばかりが鮮やかだな！

やっぱそういうのがどうしても印象強いよね。いろいろ学んだ、思い出深い学舎だ。一般講義を受けた教室、食堂や図書室、実験棟。一つ一つそれぞれ思い入れもある。でも、学校とは巣立つ場所。閉ざされて守られた場所から、外に出て進まなくちゃならない。そのために、ここで頑張ってきたんだからね。

「行きましょう」

卒業式は講堂で行われる。参列するのは卒業生と保護者、教職員に来賓《らいひん》。そちらに向かう前に、こっちへやってくる人影があった。

「お迎えにあがりました、ミカエラ」

「セフィロス」

朝も思ったけど、騎士服が似合うのは姿勢が良いせいもあるよね。細身だけど鍛《きた》えてるから体幹がしっかりして所作がきびきびと小気味よい。

……だけど今は、微妙に……？

「何かあった？」

緊張してるように感じ、歩き出しながら小声で問うと、わずかに間を置いて返事があった。

「騒いでいる者がいるようなので。警戒が必要かと」

警戒、って……学院の卒業式だよ？　誰が騒ぐって……あ、あー（理解）。

「殿下達？」

「おそらくは」

その彼らがいたのは、講堂前の広場。

すでにきている来賓《らいひん》や保護者の方々が遠巻きにする中、大声を張り上げている。なんでも、自分達は不当な扱いを受けた、卒業できないなど何かの間違いだ、等々。

「……何を今更騒いでいるのやら……」

まさか自分達の卒業が本当に許可されないとは思ってなかったのかな？　最後はなんとかなると思ってたのか、単に現状を認められないのか。

卒業式に参加するには彼らの前を横切らざるを得ない。そのために陣取ってるんだろうけど、迷惑だなー。

呆れながら歩を進める。セフィロスが彼らのいる方に立って壁になってくれるものの、完全に隠れられるわけではない。当然、見つかるわけで。

「見つけたぞ、ミカエラ・フォル・オブライエン！　この悪党が‼」

目が合った、と思った瞬間、パトリック殿下が声を張り上げた。他の面子《メンツ》も一斉にこっちを睨む。

大した圧力にもなりませんけどね。お子ちゃまの癇癪《かんしゃく》なんか怖くもないよ。

だけど殿下が大声で言い出したことには、呆気にとられた。

「よく聞け、ミカエラ・フォル・オブライエン！　私は貴様との婚約を破棄する！」

殿下が言い切った瞬間、空気が凍った。意味がわからなかったのは、私だけじゃないだろう。

「貴様は王族の婚約者たる地位に傲《おご》り、エヴァを侮辱し貶《おとし》めるだけに飽き足らず、実際に害しようとした。その処罰を下す！」

王子殿下は得々と私の『悪行』を語った。

エヴァ嬢を無視しお茶会に招かず公然と嘲笑する。「平民如《ごと》きがのさばるな」と罵倒《ばとう》し、身なりが粗末だと見下す。果てはお茶をかけたり突き飛ばしたりと実力行使、子飼いのチンピラに彼女を襲わせた、そうだ。誰だよ。

「申し開きができるものなら言ってみるがいい！」

殿下の顔イラッとするー。あれだ、どや顔ってヤツだ。周りが冷たい視線送ってるの、全然気づいてないね。

「……いろいろ申し上げたいことはございますが……」

「言ってみなさい。次期宰相の私が直々に論破して差し上げましょう」

くい、と眼鏡のブリッジを押し上げながらアンドリューが進み出る。本人的には格好良く決めてるつもりかもしれないけど、エヴァ嬢以外、しらっと冷めてるからね？

「ではそこから。……なぜあなたが『次期宰相』なんです？」

現宰相のオルレアン侯爵がそろそろ退任を、と申し出てるのは知ってる。その長男は領地運営に従事して国政には関わってないことも、アンドリューが彼の次男であることも自明の理、だけど。

それをくどくど並べ立てるアンドリューに溜息を吐く。

「そもそも、宰相には宰相補佐官の経験が必要です。最低でも五年以上」

これは王宮規定上の成文法だ。しかもそれ以前に。

「その宰相補佐官になるにも、五年以上の文官職、もしくは三年以上の領地運営の経験を要します」

こちらは慣例に近いけど、宰相補佐官というのは王宮でもトップクラスの選良《エリート》だ。まったく未経験のひよっこが就《つ》ける仕事じゃない。公爵家の麒麟児《きりんじ》と呼ばれた我がお兄様だって今は一文官ですよ？

「あなたが宰相になるには、最低十年……領地運営に回ったとしても、八年は必要です」

しかも漫然と過ごしては意味がない。きちんと仕事をし、能力を示して初めて縮められる最短だ。

この三年ずっと学院にいて、長期休暇以外は領地に帰ってない人間が、その運営に関わってるはずもない。それに彼の兄上も「弟は、領地より王都の方がいいようで」って。

「だ、だが父上は！　そろそろ後進に道を譲らねば、と言っていたのだぞ！」

「あなたに譲るとおっしゃったんですか？」

それはないよな。次期宰相と目されてる人物は別にいて、王宮ではすでに暗黙の了解になってるから。

「そ、それは……」

口ごもるアンドリューに、リグルスが声を張り上げる。

「宰相がアンドリューのお父様なら、あとを継ぐのは当たり前じゃないか！」

「リグルス殿はご存知ないかもしれませんが、宰相職は世襲制ではありません。それにアンドリュー様にはお兄様もいらっしゃいます、領地運営の経験がある方が」

だったらむしろ長男が継ぐのが『当たり前』じゃないの。なんでそこに思い至らなかったのか。

「そもそも前任者が、オルレアン侯爵ではありません」

「そう、ね……確か前の宰相は、……オブライエン公爵、でしたわね」

ルシアナの言う通り。お祖父様が前宰相です。

世襲制ではないけど、実質そう見えるのは否定しない。むしろ今のオルレアン侯爵が宰相に就《つ》いてるのが例外で、お祖父様以前は数代にわたってオブライエン公爵が宰相を務めてきた。

お祖父様の在職中にオブライエン領で大暴走《スタンピード》が起き、対策のため公爵家は一旦国政から退いたというのが実情らしい。

オルレアン侯爵はお祖父様の長年の友人というか……言葉悪いけど二人でいると親分子分て感じ。爺ちゃん達は仲良しだけど、オルレアン侯爵がお祖父様を慕《した》って敬ってる。だからお祖父様も信頼して任せたんだろう。宰相としては悪い噂や大きい失策もなく、代わりに派手な改革もない。受け継いだものを損なわず引き渡そう、という姿勢が窺《うかが》われる。

「正式な発表はそろそろですが……次の宰相は、父だそうです」

ついでに爵位も継ぐらしい。お父様忙しくなりそうだから、お体気をつけてね。まあ力抜くところを心得た、無理はしない人だから心配はしてない。

「……そ、そんな……」

いやアンドリュー青ざめてるけどさあ。本気で自分が次の宰相だと信じてたの？　まだ学院卒業したばっかの青二才ですよ、私ら。国政に関わるにしても下《した》っ端《ぱ》からだって。

「えーと、あとはなんだったっけ」

めんどくさくなって言葉が崩れたところを、ルシアナに小突かれる。

「ミカエラ、お行儀」

「だって……敬意を示す必要が見出せなくて」

「……それは否定しかねるわ」

囁《ささや》いたらルシアナに溜息吐かれた。それから彼女も冷ややかな視線を王子達に注ぐ。

「殿下、および皆様方。わざわざこの場で騒ぎを起こされたということは、他に何かおありなのではなくて？」

おうルシアナ、カッコいいー。

彼女も美少女だけどきつめの顔だし、気も強いから迫力違うね。

怒る気持ちもわかるしツッコみたいのはこちらも同じ。むしろほんと、どこからツッコめばいいのか困るくらい。

溜息をこぼしつつ視線を交わしていると、不意によく通る声が響いた。

「私知ってるわ！　全部、あんたが仕組んだことなのよ!!」

久しぶりに聞く甲高《かんだか》い声は、やはりエヴァのそれだった。

殿下達の中心で囲まれている彼女は、淡いピンクにレースやフリルをたっぷりあしらった豪華なドレス、それに合わせた装飾品もたくさん宝石を嵌《は》めた高そうなものばかり。

高価すぎて学院の卒業式、つまりデビュタント同等の席には不似合いだよ。十代の未婚女子がつけるアクセサリーじゃなく、既婚者が夜会に選ぶような品だ。しかも相当に格式の高い夜会ね。

その彼女がまっすぐ伸ばした指先は、こちらに向いている。多分、私を指して。

「仕組んだ、って……私が？」

なんの話だかさっぱりわかんないよ。

首を捻り周りを見ても、魔法科の学生も普通科の令嬢達も他の誰彼もきょとんとしている。彼女の言いたいことって、彼女にしかわからないいんじゃない？

すっ、と傍《かたわ》らに控えていたセフィロスが私の半歩前に出る。守ろうとしてくれるのはわかる、だけどあえて彼の隣に並んだ。

「守らなくていいから、一緒に立ってて」

一方的に庇われるのでも身を挺《てい》して守られるのでもなく。隣合わせの場所に立ちたい。一緒に生きる、それが、一つの理由。

私の言葉に目だけで頷いたセフィロスはそのまま隣に立っててくれた。警戒は怠《おこた》らず、抜刀可能な自然体。

それは彼が、一緒にいるために身につけた技術の一端だ。決して、私の身勝手な思い込みじゃないと思う。双方が、互いと人生を共にしたいと願う……それが、私達のつながり。

「貴様らの企みなど、すでに知れている！」

殿下は意気込んで声を張り上げているが、概《おおむ》ね周囲の空気は冷静だ。遠巻きにしたまま、彼らが何を言い出すのか様子を窺《うかが》っている気配が感じられる。

「まずあなた達はエヴァを貶《おとし》め、交流を持とうとしなかった。心優しいエヴァがどれだけ悲しんだか……」

アンドリューは沈痛な面持ちで頭を振るが、追随《ついずい》するのは彼らの仲間くらいだ。

「さらにエヴァの身分が低いからと、蔑《さげす》み嘲《あざけ》って。お茶会にも呼ばないなんて、本当に酷《ひど》いことを」

切々と語り続けるアンドリューに、普通科の令嬢達がこそこそ囁《ささや》きを交わす。

……私が聞いた限りじゃ、エヴァはそもそも普通科の講義もサボりがち、誰とも親しくなる様子がなかったということだったけど？　特に同性に対してはずいぶんと無礼で、一度だけアンジェリカが招いたお茶会でも惨憺《さんたん》たる有り様だったとか。

まともな挨拶もできない上に他人の話を聞かず、自分のことばかりまくし立ててさりげなく制されても我を張る。人の装飾品を欲しがり、お菓子を食べ散らかし、普通の平民より行儀も性格も悪いと非難囂々《ごうごう》だった。

「お話になりませんわね」

真紅の髪をハーフアップに結いあげたルシアナが、冷たい口調で切り捨てる。

「その方、私達とお付き合いなさるつもりなどなかったのではなくて？　到底、社交に出せるお行儀ではございませんことよ？」

今日の彼女は、落ち着いたローズグレイに紫がかった紅を差し色にしたドレスだ。晴れの日らしい華やかさと気品があって、彼女の真っ赤な髪によく映《は》える。

学院の卒業は、貴族の令息令嬢にとって社交界デビューと同義だ。だからこそ、それぞれの家が工夫を凝らして支度を整える。

そういう意味では、卒業不可の通知をギリギリまで隠そうとした殿下達はその支度をした家族を裏切ったとも言える。現に彼らもなかなか着飾ってて……卒業できなかったことを考えると、とんだ道化だ。

「そちらは、そもそも社交界に出るおつもりなどないのだと私どもも認識しておりましたの。……先のことを考えたら、とてもできない振る舞いでしたわ」

冷ややかに付け加えるアヤメは祖国キッショウ風のドレスだ。艶やかな銀からしっとりした紫へと重ねた布でグラデーションを描くそれは、彼女でなければ着こなせないだろう。黒髪に紅い瞳を持つアヤメは、案外どんな色彩でも似合うけど。今日のドレスは、婚約者であるお兄様の色味ね。

婚約者がいる人は、その相手の色味を取り込むのが定石。義務じゃないけど、しないと婚約が不本意とか上手くいってないのかと思われる。

私も、ドレスは青系だけど差し色が金と紫だからね。婚約者の、髪と瞳の色（照）。

いやいや照れてる場合じゃないよ。

「そもそもその方、お茶会はご自身で主催なさったの？」

お茶会は女性の社交の基本。だからこそ普通科の令嬢達はお茶会を主催して互いを招き、知己《ちき》を得る。築いた人脈は将来役に立つ。というか、役立たせるための人脈だ。

そういう振る舞いができなければ、社交界でつま弾きにされるのはむしろ当然だ。

「し、したわよ！　でもあんた達が何かおどかしたんでしょ、誰もきてくれなかったのよ！」

「ではどなたか、彼女……エヴァ・ウラッタン子爵令嬢のお茶会に招待された方はいらっしゃいますか？」

よく通る声で呼びかけたのは、グラディスだった。彼女は伯爵令嬢という身分以上に人望が篤《あつ》い。元々真面目で公平な性格に加え、身勝手な婚約者達のフォローに奔走《ほんそう》していたからだ。

普段はまとめている胡桃《くるみ》色の髪を緩やかに流し、シンプルだがレースをあしらい大人っぽい青灰色《ブルーグレー》のドレスをまとったグラディスは、清楚《せいそ》で有能かつ凛とした雰囲気だ。……そしてどこにも、アンドリューの色彩は窺《うかが》えない。

そのグラディスの呼びかけに、普通科の令嬢達はちらちら目配せし合うだけで名乗り出る者はない。……と思ったら、フランチェスカが二人ほど令嬢を連れて出てきた。

「こちらの方々、エヴァ嬢をお茶会に招待しようとなさったんですって」

フランチェスカは亜麻色の髪をふんわりカールさせ、ドレスもやはり暖色系で可愛い路線だ。レースは少なめフリルや造花多め、何が自分に似合うのかをよく把握している。

そしてこちらもリグルスの色彩はない。

そのフランチェスカに促され、一人が話し出す。

「その、エヴァさんが編入後すぐに、お茶会にご招待しようとお声をかけさせていただいたことがございました。……ですが、ずいぶん失礼な言い方で断られましたの」

「……失礼、って」

納得いかない様子で呟くリグルスに、フランチェスカがきっぱり言い切る。

「『格下が馴れ馴れしく寄ってくるな』とか」

「それに『あんた達の相手をしている暇はない』などともおっしゃってましたわね」

「な、なぜあなた方がそれを知っているんですか」

付け加えたグラディスに慌ててアンドリューが割り込むが、彼女はあっさり切り返す。

「教室で他の者にも聞こえる声でおっしゃったからですわ」

しかも編入してすぐなら、エヴァはまだ平民だったはず。そんな振る舞いの人間に近づこうと思う令嬢はおらず、ほぼ最初から彼女は孤立していた。自業自得以外の何ものでもない。

傲慢《ごうまん》なパトリック殿下も浅薄《せんぱく》なケヴィンも、金に細かいリグルスも、実は入学当初から評判は良くなかった。辛うじて単に頭が悪いだけのトーラスは気にされず、成績だけは良かったアンドリューはそこそこ評価されていたものの、それもエヴァの編入まで。

今や彼ら全員、パトリックの権力を笠に、エヴァの我儘《わがまま》に振り回され、周りに迷惑をかけまくっていると悪評しか聞かない状態。

こっちを敵視してるのは知ってたけど、その調子だからほっといても自滅すると思ってた。だから私から何かしたことはない。

「そちらの孤立は、私が何かしたためではなく、ご自身の行いが返ってきただけではなくて？」

「だっ、な……ほ、他にも！　悪口言ったり試験の邪魔したり！」

「噂を伺うことはあっても、私からどうこう言うほどあなたのことを存じ上げませんし。普通科の試験など、それ以上に関わり合いがございません」

「試験って、先生方の厚意で設定された追試の日に、遊びに出かけてすっぽかしたお話ですの？」

アヤメ、それすごい話だけどどこから聞いたの？

「先生が嘆いてらしたわ。試験さえ受ければなんとかできたのに、このままでは落第だと。……ご存知かしら、普通科で落第なんて前代未聞ですって」

「か、階段から突き落とされたし！」

あー、あったね、そう言って騒いでたこと。

「あれはご自身で落ちたと、証言がございましたよね？」

しかも証人は教師だ。向かいの建物からエヴァが跳んでるのを見て、なんの遊びかと注意しにきたら、私に突き落とされたと騒いでいたのだった。

一緒に騒いでた殿下達も叱られてたよ。忘れたの？

「い、言い訳するな！　貴様のような性根の腐った女に、王妃たる資格などない！」

んんん？　また殿下、聞き捨てならないレベルのヤバいこと言い出したぞ⁉　二重三重の意味でおかしい。

思わず視線を走らせると、ルシアナは眉を顰《ひそ》め、アヤメは冷ややかな侮蔑《ぶべつ》の表情。

他のみんなもほとんどが何を言い出すのかと警戒の表情が濃い。言い出しそうなことに見当がついたらしい人が、焦燥《しょうそう》を浮かべている。

「殿下、一つ根本的な点をお伺いしますが。なぜ、ミカエラがそちらの方を排斥《はいせき》する必要がございますの？」

ありがとう、アヤメ。私もそれ聞きたいです。なんでそう判断したのか、未だにさっぱりわからない。

「そんなこともわからんのか」

どや顔いらっとしますね！　いいからさっさと説明せんか。

「理由など、嫉妬《しっと》に決まっている！　何しろ、私の婚約者になりたいがために、ロシナンス公爵令嬢を追い落とした女だからな！」

……なんでやねん。

思いっきり白けた顔になってる自覚はある。

アヤメやルシアナも冷めきった視線を向けているが、殿下達はまったく気づいた様子もなく語る。

曰《いわ》く、アンジェリカが休学したのは私にいじめられたから。彼女と殿下の婚約を破棄させて自分が後釜に座った。そして殿下に真実の愛を教えたエヴァをも排斥《はいせき》して王妃の座を狙っている、のだそうだ。オブライエン公爵令嬢ミカエラが。

「……それ、誰のことですの？」

私もそう思うよ、ルシアナ。

「貴様らがその女と結託してエヴァを苛《さいな》んだことはわかっている！　処分は免《まぬか》れんぞ！」

殿下が声を荒らげると、アンドリューが一歩踏み出した。

「グラディス、あなたとの婚約も破棄します。……理由はおわかりですね？」

「納得はしておりませんが、異存はございません」

グラディスがあっさり応じるとアンドリューはわずかに顔を引き攣《つ》らせた。が、彼がさらに何か言う前に、リグルスが飛び出してくる。

「フランチェスカ、きみもだよ！　みんなでエヴァをいじめるような、酷《ひど》い女とは結婚しない！」

「いいですよ。ただあなたの不貞による契約破棄だから、慰謝料は払ってもらいます」

「はあ!?　そっちが悪いくせに何言ってんのさ！」

「あぁら、真実の愛はお金より大事なのではなくて？」

フランチェスカの絶好調。どっちが有責かをはっきりさせとくのは、契約を尊重する商人にとっても大事なことだ。彼女、商会で勉強に励んでるからなあ。

さて、こっちはそれ以前の問題だよね。

「……パトリック殿下。重ねて申し上げますが、私はあなたの婚約者ではありません」

「はっ、まだ手を回し終えていなかったか！」

嘲《あざけ》るように声を張り上げてくるが、相手したくない。うざい。

「そもそも、あなたと婚約する理由が何一つございませんわ。公爵家に利がないのはもちろん、私個人としても益がない。……ご無礼を承知で申し上げますが、まったく好みでもありませんし」

何か勘違いしているようだけど殿下は王になれないし政略的な旨味もなく、公爵家に取り込みたい人材でもなく。個人的には、むしろ嫌い。

傲慢《ごうまん》な俺様タイプって、本人が有能ならある程度許されるかもしれないけど、そうでなければ単に勘違いパワハラ野郎だ。特に殿下は、王族の地位を笠に着てるから質《たち》が悪い。

「……は？　……っな、何を……!?」

一瞬きょとんとした殿下は言葉を理解するにつれ、顔を紅潮させた。わめき出す前に言い切る。

「私《わたくし》、婚約者がおります。そのことは何度となくご説明いたしましたが、お耳に入っておりませんでしたか」

「っ、その婚約者とやらが、どこの誰だかわからない！　口から出任せでしょう!?」

アンドリュー、なぜきみが口出してくるの？　しかも何、そのらしくもなく焦った口調は。いや別にいいけどさ、あなた達が私の話聞いてないの、いつものことだし。

「……もう卒業ですものね……公表してもいいかしら」

隣を見やると、セフィロスは真面目な顔で頷いた。とん、と自分の鎖骨の辺りを突いてみせるのは、そこに見た目を錯覚させる魔道具があるから。

「うん、外して。……彼が私《わたくし》の護衛兼婚約者、セフィロス・フォル・セラフィアータです」

セフィロスが首筋から魔道具を抜くと、途端にその印象が変わる。髪の色も顔立ちも、何一つ変わってはいないのに、まるでかかっていた靄《もや》が晴れたようだ。

淡く光を放つ金髪、硬質な紫の瞳は切れ長で、すっと通った鼻梁《びりょう》にきゅっと結ばれた唇。それらは絶妙なバランスで、白皙《はくせき》の面に納まっている。

見慣れてても胸が騒ぐ、落ち着かなくなるほどの美貌《びぼう》。

「私が、ミカエラの婚約者です。幼い頃から、あなた方よりずっと、彼女の近くにいました。これからもそうするつもりです」

「……な、何……」

ぱかーんと口を開けて硬直してる殿下やアンドリューは、見せ物としては面白いかもしれない。まあ状況的には晒《さら》し者よね。

とか思っていたら。

「……セフィロス……っ!?」

上ずった悲鳴めいた声が聞こえた。

エヴァが。目を潤ませ、ぷるぷる震えながらこちらを……正確には、セフィロスを見つめている。

なんとも嫌ぁな感じがして、せめて視線を遮《さえぎ》ろうとセフィロスの前に立とうとしたけど、宥《なだ》めるように肩を抱かれて隣に留め置かれた。

私が彼の前に立ったところで、身長差があるから隠せないんだけど。なんかあの日に、セフィロスを映すのも嫌だ。

制止したセフィロスを睨み上げると、困ったように微笑まれた。……またその表情が酷《ひど》く甘くてちょっと困る。そういう顔あんまり他人に見せてほしくないなあ。

特に、一見うるうるなのになぜか肉食獣みたいな目のアレには。

「セフィロス、あなたは、騙されているのよ！」

彼女が一際《ひときわ》高い声を張り上げる。呆気にとられていた殿下達も驚いた顔で彼女を見たが、当人はまっすぐセフィロスを見つめていた。

「言ったでしょう、全部その女が仕組んだことなの！　その女、ミカエラが深魔の森から魔物をあふれさせたのよ！」

……どうやって？

エヴァは情感たっぷりに、『ミカエラ』がどんな悪事を働いたかを訴える。公爵家の権威を振りかざして誰彼となくいじめ、家柄があって見た目の良い男子には媚《こ》び、教師さえ脅し賄賂《わいろ》を掴ませて不正を働き。

「私も、身のほどを弁えろと罵られ、持ち物を盗《と》られたり制服を汚されたり。食堂でお茶をかけられたりしたわ、けれど誰もが彼女を恐れて、味方になってくれないの！」

……溜息も出ないよ。それさっき否定したし、もし事実だとしても所詮学院内の些細《ささい》なもめ事に過ぎない。

「それだけじゃないの！　その女は、魔物を生み出す呪いを使ったのよ。だから魔物があふれたんだわ！」

そっちだよ、問題は。どうしたら、そんなことができるというのだろう。できたらできたで学生同士のもめ事なんか目じゃない大ごとだよ。

未だに魔物が生まれる原因も理由もわからない。経験的に魔力が濃くかつ野生動物の多い土地で見られることから、濃い魔力に当てられた動物が魔物と化すといわれてはいる。けど、確証はないし、確かめる術《すべ》もない話だ。

それを知っているとは思えないエヴァは、妙に確信に満ちていて……何かを、知っているのは間違いない。

「……それで。今まで声をかけたこともない私《わたくし》の婚約者に、何かご用ですの？」

正直今までで一番いらっときてます。

「セフィロス、きっと騙されてるか脅されてるんじゃないの!?　私があなたの、運命のお姫様なのに!?」

なんじゃそら。反論しようと口を開きかけたら、ぐっと肩を引き寄せられた。方向転換して厚手の生地に顔を押し当てられる。

「勝手に決めつけないでくれ。あなたとの運命など不要、守られることしか考えず義務を放棄する傍迷惑《はためいわく》な者などより、ミカエラと共に切り開くのが、私の選んだ自分自身の運命だ」

……普段が寡黙《かもく》だから、こういうとき言い切ってくれるとは思わなかった。なんというか、破壊力が！……

私を抱き込んでるのは守ろうとして、あるいは自分が言うべきことを言うまで私が口を開かないように、だろうけど。きっと赤面してるだろうからありがたいんだけど、くっついたままでいるのも恥ずかしい……

エヴァはまだなんかぐだぐだわめいてるけど、セフィロスは耳を貸す気もないようだ。

「ミカエラ、すみません。急に乱暴なことを」

「大丈夫よ、これくらい。……でもちょっと……」

覗《のぞ》き込んでくる彼の胸を押し返す。頬っぺた熱い。

でもセフィロスは相変わらず真顔だし照れた様子もない。こっちが気にしすぎるのも良くないよね、うん、照れてる場合じゃないと割り切ろう。

私の肩に手を置いたまま、セフィロスはちらりと目配せした。それとほぼ同時に、辺りを囲んでいた人混みの中から、優雅な足取りでお兄様が姿を見せる。

途端、エヴァは再度甘ったるい声を張り上げた。

「フェリクス様ぁ！」

……ハートマークついてそうな媚《こ》びっ媚《こ》びの声音は、多分お兄様嫌いよ。婚約者いるのにまとわりついてくる女性には、うんざりしてるもの。

「詳しいことを聞かせてもらえる？」

にっこりと甘く微笑むお兄様は、しかし目が冷めきっている。この美しい笑顔の裏で、苛烈《かれつ》な処断ができる人だ。

「そうですよねぇ、フェリクス様。フェリクス様には、知っておいていただかなくちゃ」

上目遣いに掌《てのひら》で両頰を包み、肘で胸を寄せるようにしてエヴァは身をよじる。

豪華なドレスの割に襟《えり》ぐりが深く開いてるので、そんな風にすると胸が強調されてなかなか際《きわ》どい。

とても令嬢の所作じゃない、というかこの国であんな仕種《しぐさ》は春を売る女性でもしないと思う。少なくとも人前では。

そっと様子を窺《うかが》うと、彼女を囲む殿下達はその彼女に見惚《みと》れているようにうっとりしてて気持ち悪い。

そしてエヴァも、陶然《とうぜん》と目を潤ませているのに、……舌なめずりでもしてるような気配。

お兄様は落ち着いて微笑んでるけど、警戒してるのかな、ごくさりげなく距離を取って彼女と向かい合う。アヤメの隣にいるのは明らかに意図した立ち位置よね。

「フェリクス様か、王太子殿下の右腕として忙しくしてる間に、ミカエラは領地を私物化して好き勝手にしてるんです。増税して平民を奴隷扱いしたり、作物を安く買い叩いたり、酷《ひど》いことばかり」

……そりゃエヴァがオブライエン領内の話なんか知るわけないが、よくあんな嘘ばっかり断言できるな。

うちの領地、増税なんてしてないし、そもそもの税金も高くはないと思う、他をあまり知らないけど。作物は、私が買わなくても商人達が各地から商売しにやってくる。税も物納だけでなくお金でも可としたし。

商人達に言わせると、オブライエン領は産物が豊かで珍しいものもあり、商売にはうってつけだそうだ。

そしてお兄様は確かに王太子殿下の側近だけど、今は官吏として修業中だ。結構領地とも行き来してるよ。むしろ学生の私より、領地に行ってるくらい。だって次期領主の後継者ですから。

はっきり言ってエヴァの言葉は全て彼女の妄想だが、舞台女優よろしく、彼女は思い入れたっぷりに訴える。

「ミカエラは、自分の地位を守るために魔物を大発生させたのよ！　深魔の森は彼女の管理下にあって、いくらでも魔物を生み出せるんだから！」

それが本当にできるなら、逆に減らすこともできるんじゃないかな。その方がよっぽど有意義だと思うし役に立つよ？

「どうやって、そんなことを？」

お兄様の問いにエヴァは満面の笑みを浮かべる。何も知らずに見れば愛らしいとさえ言えそうな、けれどどこの現状ではどこか狂気を感じさせるそれ。

「簡単よ、魔物が湧く魔力ポイントに、血で呪文を書くの！　血には魔力が含まれてるんだから！」

歌うようにエヴァは語る。

血に含まれている魔力で魔物を生み出す、そのためには魔力の強い者の血を使えば良くて、使う血の量で出現時期を操作できるとまで言う。まるで、自分で実際にそれを試したことがあるかのように詳細かつ現実的な調子で。

何その説得力あるお話は。

「なるほど、それで。……森の中の洞窟にある井戸に、血でそのための陣を描いたと」

「そう、それです！」

喜色満面、エヴァはお兄様の言葉を肯定する。……森の中の洞窟にある井戸ってどっかで聞いたな。それに、血で描いた陣？

あー、深魔の森の……え、あれを？　私が描いて魔物を呼び寄せた、とそうエヴァは言ってるわけなの？

お兄様の笑顔めっちゃ怖い。あれ怒り狂ってるときのお顔ですよね、そういうところお父様にそっくり。

「それがきみの訴えだね。……殿下達はいかがですか？　このお嬢さんがおっしゃることを、そのまま肯《うな》うと？」

急に矛先が向いた殿下達は一瞬びくついたものの、口々にそれを認める。

「もちろんだ！　エヴァは、常に正しい」

「学院に舞い降りた奇跡の天使なのですからね」

「あるいは運命の女神……！」

「彼女が、嘘など言うはずがない。学院で虐《しいた》げられているのを俺達も知っている」

「そうだよ、みんなエヴァをいじめて……酷《ひど》いよ！」

一部変な表現も混じってましたが。天使だろうと女神だろうと、話の信頼性とは別ではなかろうか。それだけ聖《きよ》らかな、清廉潔白な人間だということ？

一通り彼らに言いたいことをわめかせておいて、お兄様はこちらへ目配せをよこした。応じるより早く、別の声が割って入る。

「あなた達は、自分達の卒業が認められなかった一番大きな理由をご存知ですか」

見ればいつの間にきていたのか、レイノルドがルシアナの隣に佇んでいる。

久しぶりに見たら彼も少し大人びたな。件《くだん》の大暴走《スタンピード》のときもきてくれたらしいけど、私は会ってなかった。

「なん、だと……？」

「卒業できなかったのは、……だからそれは間違いで……！」

「まだ、そんなことを言っているんですか」

必死に言い訳を始めようとするアンドリューに溜息を吐いて、レイノルドはポケットから取り出した何か小さなものを示した。

「何度となく勧告《かんこく》された、服装規定違反です。……あなた達全員、入学時に支給された正規の徽章《きしょう》をつけていないでしょう」

その言葉に卒業生のほとんどが、反射的に、自分のつけている徽章《きしょう》に触れる。

入学当初、制服と同時に渡された学院の徽章《きしょう》はそれぞれが肌身離さず身につけているよう、重ね重ね指示されたものだ。しかし、これをつけていないことが卒業できないレベルの落ち度になるとは誰も認識していなかった。

その様子を横目に、レイノルドは淡々と告げる。

「あなた達はこれをただの身分証と思っていたようですが。これは、正確には魔道具です。精神に影響を与える類《たぐ》いの魔法から防御する機能があります」

ざわめきに、魔法科でこの魔道具の解析をしたことを思い出す。学院長は入学式の日にこれを『お守り』と言った。それをきっかけにみんなで調べてみたんだった。

この極小サイズに精密な魔法陣を刻み、小さな魔石を介して着用者の魔力を動力源とする、技術の結晶とでもいうべき品に一同驚嘆したんでした。

レイノルドによると、王宮魔法師からの依頼を受けて、彼が学院の上層部と協力して作り上げたものだそう。まだ完成形ではないが、学院内で学生に着用させることで最終的な機能試験を行っていたのだと。

ちなみに学院の教師にも同等レベルのものが支給されているし、今では王宮の文官武官にも身分証として同等の機能のものが貸与されているとか。

「極めて稀少《きしょう》ではあるけど、人間の精神に影響する魔法というのもあるからね。……光魔法とか」

今度は、その場の全員の視線が一人に集中する。『稀少《きしょう》な』『光魔法』の使い手と期待され、編入してきた少女……エヴァ・ウラッタンへ。

殿下達以外が彼女からじりじりと距離を取って、ぽっかり空いたその中心にエヴァがいる。

その様子を見つめながら、お兄様が問いかけてきた。

「ミカエラ、さっきの話だけど。深魔の森で彼女が言うような術、可能かな？」

「今回は無理ですわ、少なくとも私には。……物理的な意味で深魔の森に行く時間がありませんでしたもの」

今回の討伐は、一年ぶりくらいの帰郷かな？　このところ主に学業で忙しく、長期休暇でも領地に帰れなかった。実験や論文が重なってて、他にもいろいろ調べたいことや用意したいものもたくさんあって、王都、というより学院から離れられなかった。卒業までにできるだけのことはやっておきたいと、結構詰め込んでたからねえ。

そして、何より。

「まず第一に、なぜ大切な領民を魔物の脅威に晒《さら》さなくてはなりませんの？　先ほどの言いようですと自作自演のようですが……必然性もなければ危険だけが大きい」

わざわざ領民や領地を傷つけてまで何を求めるんだ。救国の聖女という名誉？　それになんの意味が？　誰からもちやほやされる？　果たすべき義務が増えるだけだと思うけど、そっちは無視？

……ああ、やっとわかった。それはつまり、彼女《エヴァ》自身の願望なのね。

彼女自身が、誰からも愛され、ちやほやされたいと。義務も責任も放棄し、ただ権利だけを享受してもてはやされて遊び暮らしたいという願望。

それを指摘すると、エヴァは真っ赤な顔で声を荒らげた。今までの可憐で純真な美少女ぶりはどこへいったのか。

「ふっざけんじゃないわ、そもそもあんたが！　ちゃんと自分の仕事しないから、私がわざわざやってあげてんじゃないの!!」

誰がそんなこと頼んだよ。やっぱりあの妙に臨場感あふれる『魔物の増やし方』は自分でやったのか。

「私《わたくし》の仕事、とおっしゃられても……自分の責務を他の方にお願いなどしておりませんわ」

公爵令嬢って結構激務よ。社交サボりがちなので本来よりだいぶ仕事量少ないと思うけど、領地の防衛は普通のご令嬢はしないからな。

「悪役の仕事、なんにもしてないじゃない！」

可愛らしい顔を醜く歪《ゆが》め、地団駄を踏んで腕をぶんぶん振り回し、まるで子どもの癇《かん》癪《しゃく》のように彼女はわめく。

曰《いわ》く、自分はこの世界の主人公、誰からも愛され求められ、多くの貴公子達を夢中にさせるヒロイン。唯一無二の光魔法の使い手でその聖なる力は救国に値し、最終的にはこの国全体の聖女として祭り上げられるべき、至高の存在。

対する私ことミカエラは悪役令嬢で、パトリック殿下の婚約者。その権力を恣《ほしいまま》にし、学院を裏で牛耳り、私利私欲で他者を迫害する。可憐で心優しい自分《ヒロイン》にパトリック殿下が心惹《ひ》かれているのに気づき、命を脅《おびや》かすようないじめを扇動《せんどう》する……果てはさっき言ったような深魔の森での魔物増殖の自作自演でその立場を守ろうとする、とんだ極悪人なのだと。

「……妄想ですね」

「というか、自己投影かな」

とはお兄様の言葉。

今もエヴァは、目をつり上げ歯を食い縛ってこっちを睨んでいる。噛みつかんばかりのその表情は、令嬢がどうとかはしたないとかいう以前に、人前で見せていい表情じゃないですよ。

しかしエヴァよ。パトリック殿下が本命だったんじゃないの？　ケヴィンとアンドリューやトーラス達は単純にその取り巻きだと思ってたんだけど、ケヴィンとかリグルスまで、ものすごく納得いってない、ぶっちゃけ全員「俺の彼女じゃなかったのかよ!?」って顔だぞ。

「まあそもそもあなた方は、学生の身分を守る義務を放棄していた。卒業以前の問題ですね」

ここでお兄様の笑顔！　心なしか気温下がった気さえする、さすが『絶氷《ぜっぴょう》』と呼ばれたお母様の血を引く氷属性使い。お兄様、氷属性の魔法はかなり達者になりました。まあ今のは精神的なものだと思うけど。

「……な、何を言って……」

「っ、そういう詭弁《きべん》を弄《ろう》するのは、悪質ですよ……！」

言葉に詰まる殿下の代わりにアンドリューが声をあげるものの、顔色は悪い。

もちろんお兄様は容赦《ようしゃ》しない。

「『悪質』、とは例えば、自分の課題をこなす代わりに無意味な嘆願書を大量に送りつけて他者の仕事を妨害したり、他人の手柄を自分のもののように言い張ったりすることではありませんか？」

　一瞬絶句した彼の様子を見るに、実際そういうことをしてたようだ。しかしこちらも挫けずわめく。無駄にタフな……

「な、何をそう決めつけるんですか⁉」

「あなた方の提出された嘆願書および学院からの報告書をもって、です。……親御さん達、皆様大変嘆いておいでてでしたよ？」

　お兄様は困った風に微笑むけど、やっぱり目が冷めてる。とどめとばかりに付け加えた。

「それもあって、おうちの方から処分は任せる旨、ご連絡いただいております。……殿下も、例外ではございませんよ？」

　冷ややかなお兄様の宣告に、返す言葉も思いつかない様子で歯噛みしていた殿下より先に、アンドリューが上ずった声をあげる。

「そんなことを決める権限など、貴様にはないっ！」

「本来ならね。今回は特例ですよ」

　お兄様の様子に口に出さなかった言葉が見える……何回言えばわかるんだ、頭悪いな、って言ってる気配が、はっきりと。

　優しげな甘い顔立ちに誤魔化《ごまか》される人は多いけど、お兄様は冷徹で無能や怠惰《たいだ》を嫌う。

そういう相手には身内も引くほど冷たい。

今回はまともにそこ直撃するわ……ちなみに馬鹿はそれ以上に嫌い。

だがしかし、それをまったくわかっていないらしく、変わらず甘ったるい声を張り上げる猛者《もさ》がいた。

「フェリクス様ぁ、助けてくださぁい」

頭の天辺から出してもこうはならない、という甲高《かんだか》い甘え声は、エヴァだ。胸の前で指を組み、うるうるの上目遣いでお兄様を見つめている。多分、彼女にとってはとっておきの『可愛いポーズ』なんだろう。

……本っ当にタフだなあ。おーい、今のやり取りの何を見てたの？

「……『助けて』、とは何からかな？」

お兄様が一瞬沈黙したのは、どこから突っ込むべきか困惑したからか。公爵家嫡男に対して立場の違いをわかってるのかとか、今の彼らとの会話をどう思ってるのか、とか。

さすがのお兄様もツッコミどころが多すぎて迷ったのかもしれない。

対するあの子《エヴァ》、本当になんにも考えてないな……明らかに、周囲の状況を無視して自分の感覚でしか動いてない。

確かにその場の空気を読んでいるだけでは自分がなくなってしまう。けれど周囲の会話や反応から、自分が望む方向へ動かすにはどうすべきか、を判断するのも社会勉強のうち。誰が味方で誰がそうでないか。どんな利があっての味方なのか、逆に敵はどうなのか。

そうした分析は大変だけど必要だ。特に貴族社会においては。

お兄様の問いにエヴァはすぐには答えず、恥じらう素振りで身をよじった。可愛らしく凝ったデザインのドレスの裾が翻る。

手の込んだ作りだけに、大きな動きは危なっかしい。何しろドレスに施されたレースも刺繍《ししゅう》も極めて繊細だ。あんまり動作が雑だと、芸術品と言っても差し支えない豪奢《ごうしゃ》なドレスを傷めかねないし、そうなったら直すことも難しい。ただし本人は、その価値がわかっていない振る舞いだ。

しかし今の問題は、お兄様の問いに対する返答。

もしも万が一、パトリック殿下達から自分を助けてくれ、と言い出したら彼女は被害者にもなり得る。ずっと高位の貴族子弟達に強引に振り回されていただけ、という話にできなくもない。魔物の発生に関わった件はこのあと調査するにしてもだ。

この場合光魔法がどうの、というのは考慮されない。光魔法が人間の精神に作用する、というのはまだ確定した認識じゃないし、多分公にはしにくいことだ。

だけど多分本人、それには気づいてない。

「ミカエラ様が酷《ひど》いんです！」

あーやっぱり。なんかむしろほっとしたよ、冤罪《えんざい》ふっかけられてるのに。

まあ一人だけ逃げるようなことにならなくて良かったのかもしれない。きっと殿下達にとってはこの方が良かったんだろうな。……エヴァ自身は、これで完璧に逃げ道を失った感があるけど。

先ほどの物を盗《と》られただのに加えて、酷《ひど》いことを言われた、冷たくあしらわれて悲しかった、取り巻きを使っていじめられて傷ついた、等々、今度はお兄様に訴えるエヴァ。

「それらは学院内部でのことだね？　いつの話？」

「え、えぇっとぉ」

どう答えようか、というようにうろうろと目を彷徨《さまよ》わせるエヴァに、アンドリューがここぞと助け船を出す。

「正直に言って構いませんよ、エヴァ。あれは確か、先月半《なか》ばではなかったですか」

「うむ、茶会でいじめられたというのはその直前だったか」

殿下もそれに追随《ついずい》した。そこから再び、殿下達が私の『悪行』について語り始める。

彼らによると、エヴァが迫害されるようになったのは長期休暇明け、一ヶ月ほど経った頃。

お茶会に呼んでもらえない、挨拶も返してもらえない（元々まともな挨拶も知らないと評判悪いよね）、陰口を言われる等々。全部今更な話なんだよね。

「そうなんですぅ、私悲しくってぇー」

悲しげに伏し目がちで訴える姿とか、ほんとに挫けないな、エヴァ。まさかお兄様の冷気感じてないの？　それはそれで恐るべし鈍感力である。

一通りの訴えに一応耳を傾けていたお兄様は、うっすら笑みを含んで視線を流した。

「……ミカエラ、どうかな？　今の話、どこまで反論できる？」

「ほとんど全てですわ、お兄様」

必要なら物理的な証拠の類《たぐ》いも出せますね、ほぼ。

「なっ……!?」

「ふざけるな!!」

殿下達は騒いでるが、無視。エヴァ一人にこの場は絞ろう。彼らも彼女の言葉を信じ込んでいたし。

「そもそも私《わたくし》、エヴァ様に直接お会いするのは今日が初めてですわ。少なくともこれまでにご紹介いただいた覚えはございませんの。改めて、はじめまして」

会釈するのはもちろん嫌味。顔を合わせたこともない相手をいじめてなんの意味があるんだ。ついでに私の婚約者はあなたに興味関心ありませんからね（どやぁ）！

改めて目を合わせたエヴァは、やはり可愛い。小柄で華奢《きゃしゃ》、守ってやりたい、と庇護欲をそそりそうな、そんな印象。鮮やかなピンクの髪は左右で結って、ドレスに合わせた豪華で重たげな髪飾りをつけている。

正直なところ、豪華すぎて逆にあんまり似合ってないと思う。小動物系の可憐な可愛さだから、豪華すぎると似合わないよね。

うるうるの瞳にピンクの唇も愛らしい。だけど表情が、なんて言うかなあ。造作とは別の部分で可愛らしいとは言えない。憎悪と憤怒《ふんぬ》と苛立ち、あとは恐怖、かな。私そんなに怖い顔してる？

「ミカエラ、落ち着いて。あれは多分向こうの事情です、気にしないで」

私が変な顔でもしたのか、セフィロスが肩を叩いて宥《なだ》めてくれる。

「以前アヤメ姫が、妙に怯《おび》えられたとおっしゃってませんでしたか」

「ああ、……なるほど、『向こうの事情』ね」

よくわからないけどそういうものだと思っとくよ。余計なところまで突っ込む気にもなれん。

「長期休暇明け、一月《ひとつき》ばかりで帰郷したので、私《わたくし》は学院におりませんでしたの」

なんでよりによってそこ選ぶの？　ちょうど私をはじめとする討伐隊が動いた時期だ。うちの関係者みんないなくなってるよ。どれだけ周囲を見てないんだ、そして殿下達も、同様の手抜かりだ。

「そうだね、話を聞く限り、深魔の森の異変に対応するためにミカエラ達が帰郷していた間の出来事のようだ」

お兄様も頷き、周りの他の学生や保護者達も同意しているようだ。

……今回の深魔の森の異変は、国家的危機と言ってもおかしくない出来事だったからね。ほとんどの人間が先行きに注目していたはず。

そんな時期に嫌がらせしてる余裕はない。ていうかお茶会だの夜会だのは自粛してたし、学院内もずいぶん人が減ってたんだけど。

「つまり皆様方、まったく彼女の話の正否は確認してらっしゃらないのですね？」

やっていたのは、王宮への嘆願か。これもなかなか酷《ひど》かったと聞く。最初は非常事態で忙しい王宮の官吏を強引に学院まで呼びつけ、大量の書類《ゴミ》を渡したとか。内容を見た文官達が怒り心頭で、一方宰相は倒れそうになってたそうだ。

何せその内容は、当時最前線にいたオブライエン公爵家、リュージュ辺境伯爵家の双方を時間稼ぎと決めつけ、他の領軍を徴発《ちょうはつ》して魔物を鎮《しず》めるべく進軍するという作戦だったらしい。

進軍を指揮するのはパトリック殿下、参謀《さんぼう》にアンドリュー、実戦に当たる合同軍の指揮官にトーラス、情報のまとめをケヴィンに任せ、戦費をリグルスから借りるという噴《ふん》飯《ばん》ものの策だったそうだ。

エヴァはその中心で光の聖女として穢《けが》れを祓《はら》い、魔物を浄化する役割を担《にな》っていたとか。

どこの三文芝居だ。前世のライトノベル系では定番パターンかもしれないけど、力不足。

「時期はともかく、私《わたくし》はお茶会には元から親しい方しかお呼びしませんし」

そりゃ学院入ってから親しくなった人もいるよ、グラディスやフランチェスカとか。だけど基本限られた相手しか呼んでないし、エヴァだけ仲間外れってわけでもない。魔法科の編入生を招いたことはあるから、むしろ編入先が普通科でなきゃ呼んだのに。

「陰口というのも……私《わたくし》は心当たりがございませんわね」

私が聞いたエヴァの噂は『陰口』ではなくほとんど単なる事実だ。

同性の友達を作らず見目良く家柄の良い男性にばかり媚《こ》びを売る。何かあると彼らに泣きつき、補習だの追試だの、あるいは単純な当番などから逃げる。貢《みつ》がれた高価な品を見せびらかす。勉学に身を入れず、編入理由の光魔法も鍛練《たんれん》しない。

令嬢達の属する普通科も、真面目にやるとなかなか大変だよ。専門課程と違って広く浅く汎用知識を得るには、自主学習や与えられた知識から普遍的でかつ自分だけのやり方を学び取る必要がある。

令嬢には、結婚後、夫を支えて婚家を盛り立てる手腕が必要だ。社交界でそれを発揮するには国内各地域の主産物、歴史、流行といった諸々を押さえて常に更新《アップデート》していく、半端じゃない能力を求められる。

まあそれは理想論だけど。できなければできないなりに、親しい友人と得意分野を分担するとか特産物を融通して見返りを得るとか、いろいろやりようはある。それにも最低限の知識や能力は求められるけど。

エヴァはその辺を完全に無視していた。男性に甘えて可愛がられれば良し、というだけでは……少なくとも貴族の女性としては認められないよ。庶民の女性だってそれは通らないんじゃない？

女房を甘やかしておけるほどの余裕がある家がないとは言わないけど、ほんの一握りだ。高位貴族なら、却《かえ》って奥方の手腕は必須だもの。

「あとは何かしら？」

首を傾《かし》げて問うと、エヴァは可愛らしい顔を歪《ゆが》めて、それからはっとセフィロスに目を向ける。

「だ、だからあの、いっつも酷《ひど》いこと言われたり、暴力振るわれたりして」

「……私は学院内では、ほとんどミカエラと行動を共にしておりました。少なくとも私の知る限り、あなたはミカエラと会ったことがない。互いの講義次第で同行できない場合はありましたが、その場合普通科のあなたも居合わせることはできなかったはずだ」

エヴァの言い分をすっぱり切り捨てるセフィロス、まったく表情動いてない。綺麗な顔でそれやると、冷たさが増すね。なかなかの迫力です。

正直なところ、この子に気遣う必要は私自身、微塵《みじん》も認めてないけど。殿下達が貴族としての振る舞いをまったく教えてないのはよくわかった。

……まあ本人達もできてないしな、貴族としての正しい振る舞いなんて。問題行動しかしてない。

リグルスは貴族ではないけど、ならばなおさら、貴族の中でそうでない者がどう振る舞うべきかは教えとけよ、と思う。……いや、彼も初《しょ》っ端《ぱな》からああいう人だったわ。

「……ひ、酷《ひど》いわ、セフィロス、私を信じてくれないの……？」

胸の前で掌《てのひら》を握り合わせるエヴァが、仄《ほの》かな光をまとう。泣き出しそうに潤んだ瞳や下がった眉尻、色づいた頬と庇護欲をそそる姿だ。けれどかすかに、こちらの胸元から魔法の発動を感じる。目の前でやってるからようやくわかる、その程度の魔力の動き。

もちろんセフィロスも徽章《きしょう》つけてるよ！　殿下達とエヴァ以外の卒業生は、みんな着用してるはず……！

「お兄様、大丈夫ですか？」

卒業生じゃない人もいた！

「ああ、大丈夫。……今、王宮でもいろいろ実験中でね」

にっこり笑って私の頭を撫でるお兄様は落ち着いてる。表情も違和感なし。……うん、大丈夫そうね、確かに。

「ミカエラは、大丈夫ですか」

覗《のぞ》き込んでくるセフィロスの瞳も、澄んで綺麗なままだ。それにほっと安堵する。

大丈夫だと思ってても、それを目で見て確認できると安心する。理屈じゃない。

それはどうやらセフィロスも同じだったらしく、かすかに目尻が下がる。……元が冷たい印象さえある美形なだけに、少しでも和らぐと……眼福ー。

うっとり見とれる美貌《びぼう》が、ふと近づいた。ありゃ、近い近い。

「セフィロス、どうかした？　やっぱりどこか、調子悪い？」

「いえ、私は大丈夫です。……ミカエラも、大丈夫ならば……本当に良かった」

……日頃、ほとんど表情が変わらないから……、こんな甘ーい笑顔なんて長年の付き合いでも見たことないよ～、すげえ攻撃力っ！

「……、セフィロス……あの、ち、近い……」

また顔が熱い、これ多分真っ赤……いや待て、今それどころじゃなくない⁉ と思ったら。

「な、何よ、なんであんたが、『青の公爵令嬢』が、セフィロスといちゃついてるわけー⁉」

「ああエヴァ、あんな連中のことなど気にしないで」

「愛してるよ、ぼくの天使、いや女神」

「あなたのためなら命懸けで戦おう」

怒声をあげたエヴァは、殿下達に囲まれて身動きが取れないらしい。

さっきの可憐な半べそはどうしたというほど、憎々しげな顔でこっちを睨んでいるが……

「まあ、今のは対照的だったたね」

お兄様が楽しそうに笑ってるのは、周りの反応についてだろう。

一人相手に全員が愛を乞う殿下達には嫌悪の目が向き、その分こちらに向く目は好意的だ。

殿下達の様子は明らかにおかしい。こちらへの敵対心など忘れたように、エヴァに熱心に愛を囁《ささや》いている。

互いに邪魔だと押し退《の》け合い……あ、小柄なリグルスと細いアンドリューが、トーラスとケヴィンに引っぺがされた。殿下がエヴァの肩を抱き寄せ、反対側からケヴィンが腰に手を回し、トーラスは背後にへばりつく。外側から、リグルスとアンドリューも諦め悪くくっついてて……うん、これに比べたら大概のいちゃこらは流されそうな気もするよ……。言っちゃなんだが醜悪《しゅうあく》、というか見苦しい……。他からどう見えるかとか、自覚してないんだろうなあ。

「……あれは一体？」

その様子に、さすがにセフィロスも怪訝《けげん》そうだ。うん、私も疑問。

こういうときは何か情報持ってそうな人に聞くに限る。

「……お兄様、あれは？」

「つまりあれが、彼女の光魔法らしいんだ」

「……えぇぇー」

ついつい令嬢らしからぬ呻《うめ》きが漏れる。

つまりエヴァの光魔法は、周囲の人間を魅了する力。特に元から彼女に好意的な人間に、強く作用する。その代わり、そうでない者までは効果が表れにくい程度の魔力らしい。

そこまで把握した上で放置されていたのは、レイノルドの説明通り、徽章《きしょう》が効力を発揮して、学院内では問題がないと判断されたためだそう。

殿下達のような場合でも、あとから徽章《きしょう》をつければ魅了から脱却できるものなのか検証しようとしていたが、周りの言葉を聞き入れず、自分達が偽造した徽章《きしょう》で誤魔化《ごまか》せていると信じ込んでいたんだとか。

彼らも、身分は高くとも学内では学生の一人でしかない。にもかかわらず教師の指導を無視して勝手な振る舞いに及ぶ彼らは、たとえ規定単位を修めたとしても卒業には条件をつける予定だったそう。服装規定違反をいつまで経っても改めようとしなかったのも事実だし。

その手続きを始めようという時期に深魔の森で異変が起こり、それどころではなくなってしまった。そこでさらに迷惑行為を繰り返す彼らに、学院側や王宮の官吏・騎士からも非難囂々《ごうごう》。

国王陛下も、出来の悪い第二王子をなんとかまともに育てようといろいろ手を尽くしていたのだが、実母である側妃が甘やかして邪魔していたそうだ。

おまけに彼の周囲の取り巻き達もあまり質《たち》の良くない子どもで、親達の頭痛の種だったとか。おうちの人可哀想。

「もうよろしいでしょう？」

お兄様が声をかけたのは、白いお髭《ひげ》の学院長。穏やかな学究肌《がっきゅうはだ》の人で、我儘《わがまま》勝手な殿下達を咎《とが》めながらも彼らの暴走を抑えきれなかった。極力他の学生に被害が及ばないようにはしてくれてたんだけど。

「……やむを得ませんな」

学院長が沈痛な面持ちで頷くと同時に、揃《そろ》いの制服を着た人達が近づいてきた。

元々今日は卒業式で、学生だけでなく保護者や関係者も多い。それに伴い使用人等、普段は表に出ない人達も忙しく行き来して当然人通りが増える。かなりゆとりある空間ではあるけれど、何しろ保護者等が何事かと足を止めるので相当人口密度が上がっていた。

そこに、新しく姿を見せたのは。

「……騎士団？」

王都に常駐する騎士団は、各領地以上の精鋭だ。王宮の近衛や王国軍と同等の、王宮直属部隊。さすがに全身鎧《フルアーマー》ではないけど、要所要所に、磨かれた金属鎧《よろい》が光を反射する。その騎士が三人、王宮の制服姿の文官が一人。

「なんだおまえ達は」

すっかり取り囲まれて、殿下達もようやく我に返ったらしい。騎士達は肉体労働の専門家、三人とも体格が良く騎士服に簡易な鎧《よろい》を身につけ、腰に剣をはいている。

「お迎えにあがりました。全員同行していただきます」

前に出た文官の物言いに、殿下が顔を顰《しか》める。

「なんだと？　私を誰だと思っている、王族だぞ！　貴様らの指示を受ける謂《いわ》れがどこにある!?」

「パトリック殿は王籍から外されました。王宮からの召喚状が昨晩届いたはずですが」

淡々と文官が語るところによると、昨夜あった召喚に応じなかった時点で、彼は王族としての権利を失ったそうだ。

「なっ……あれだけこちらが訴えても無視したくせに、今更何を！」

「王宮からは要請に応じられない旨ご返答済みで、無視はしておりません。今回も、召喚に応じなければ進退に関わる旨は重ねてお知らせしました」

……パトリック殿下、もう殿下じゃないか。彼が王族から外されるなら、他の面々はどうなるのか。まったく予想外の事態らしく、全員うろたえて取り乱してる。が、そこで声を荒らげたって仕方ないよ。

それとは対照的に、王宮からの使者達はあくまで淡々として通常業務と言わんばかりだ。

「あなた達には騒乱を扇動《せんどう》した疑いが持たれており、調査のため我々に同行いただきます」

要請ではなく強制。ほとんど逮捕？　あんまりこの世界の司法には直接関わりなくて、今一つピンとこない。

わかっているのは彼らに向けられた疑いが、かなり深刻そうだということ。具体的には知らないものの、そうでなければ強引な同行はしないだろう。仮にも学生……あ、それもう無効なのか。

「何をする、放せ！」

「こんな真似が許されると思っているのか！」

抵抗してパトリック達が騒いでいるが、相手は気にかける様子もない。がっちり取り囲んでそのまま連行しようとしたが、強引な力業《ちからわざ》でそこから逃れた人間がいた。

「おまえの差し金だな、ミカエラ・フォル・オブライエン！」

怒鳴りながら自分の剣を抜き、突っ込んでくるトーラス。

「ミカエラ！」

「ミカエラ様⁉」

お兄様や学友達の声は聞こえたけど、危機感はなかった。だって勢いはあるけどそれだけだし、殺気はあっても子どもの癇癪《かんしゃく》と同レベルに過ぎない。

そして何より私には。

「動くな、トーラス・ラーモン」

ギン、と金属の噛み合う音が響く。次の刹那には一本の剣が宙に舞っていた。

冷ややかなよく通る声は、私を守るよう立ちはだかったセフィロスのものだ。

体重《ウェイト》や身長ではトーラスに軍配が上がるが、勝ち負けは体格や腕力のみに依存しない。常に警戒を怠《おこた》らない集中力、咄嗟《とっさ》のときに動ける瞬発力と判断力があって初めてその剣を十全に生かすことができる。

地面にへたりこむ彼の喉元に切っ先を突きつけて抵抗を封じたセフィロスは、後ろにいても伝わるほどの怒気を放っている。

その怒りもわからんではないけれど、こんな小物相手にしてもしょうがない、というのが正直なところだな。

払われた弾みで地面に転がったトーラスの剣を拾う。大柄な彼に合わせた大振りの長剣は、しかし柄に象嵌《ぞうがん》の装飾が施された、見かけ倒しの玩具《おもちゃ》だ。手入れも行き届いてない。

「……ふっ」

軽く振ってみると、かすかに軸がぶれる。試しに傍《かたわ》らの灌木《かんぼく》に向かって振ると、小枝は切れても皮一枚切りきれない。庭師の人ごめんなさい。……にしても切れ味悪いな、やっぱ手入れ怠《おこた》ってるよこれ。

「こんな手入れの悪いなまくらで、よくまあ騎士だなどと言えますすこと」

他のちゃんとした騎士に失礼だよ。

えーと、鞘《さや》はどこかなー……ときょろきょろしてたら近くの生徒の一人が拾って渡してくれた。

こちらもずいぶんごてごてと派手に飾られて、中身より重いってどうよ。

そのくせちぎれた剣帯はかなり傷んでいる。使い込むのはともかく、こっちも手入れするか新調するかすればいいのに。いいものならなおのこと、手入れもきちんとしなさい。

取り押さえられ騎士に引き渡されたトーラスが睨んでくるが、逆にセフィロスが冷ややかに一睨みすると途端に怯《ひる》んでその目を彷徨《さまよ》わせた。

「お、女の身で剣を振るなど、嗜《たしな》みの欠片もないな！」

ようやくつつけるところを見つけたのか、捕縛《ほばく》されたアンドリューが声を張り上げるが、周囲からは冷めた目が投げられるだけ。

「あら、私《わたくし》、魔物討伐では先頭に立って戦いますの。魔法専門とはいえ剣も振れなくては、前線に立てませんわ」

「……は？」

ぽかん、と呆気にとられた顔はアンドリューだけではない。パトリックもケヴィンもトーラスもリグルスも、同様の間抜け面。

……さっき魔物討伐に行ってたって言ったよね？　聞いてた？

魔法で後方支援だけと思ってたのか、それとも形ばかりで実戦には出てないと決めつけてたのか。あるいは最初から全然こっちの話を聞いてなかったのか。

「ミカエラ様が本気であなた達を排除しようとなさったら、到底五体満足ではいられなかったと思いますが」

それ褒めてるんですか貶してるんですか文官様。ちらりと睨むが相手は落ち着いたものだ。

淡々と言葉を継ぐ。

「特にそちらの女性は、一平民だったと聞きます。突然姿を消しても、誰も疑問を抱かなかったのでは？」

まあねえ。地方から才能を見込まれて出てきた学生の中には、今までの自分の井の中の蛙《かわず》ぶりに絶望したりあるいは悪い遊びを覚えたり、物価の高い王都で借金負ったりして失踪する者が、毎年ある程度は出るらしい。

今年の卒業生にそういった学生が少ないのは、（元）殿下達の醜態《しゅうたい》を反面教師に気を引き締めたからだという、まことしやかな噂が流れていた。

示されたエヴァは鉄の手枷を嵌《は》められ、額に魔力封じの護符を貼られて口をぱくぱくさせている。

魔力を封じられると、魔法が使えず呪文の詠唱はできなくなる。無意識でも、魔力の乗った言葉は発せられない……。

あの様子だと、彼女はずっと無意識に魔力を放っていたのかな。その辺もちゃんと教育受けてないせいで自覚がなかった可能性が高い。

「エヴァ！」

「なんと労《いたわ》しい……」

「こんな乱暴をするとは！　相手はうら若い女性だぞ!?」

「この女性は無意識に魔法を使われるようですので、安全を考えて魔力封じの許可を得て参りました」

口々に文句垂れてますが自分の立場わかってる？　あなた方も同じ立場なんだよ？

引き起こされたトーラスが後ろ手に拘束されたのを見て、他の連中もそれに気づいたのだろう。慌てて周囲を見回したり拘束から逃げようともがいたりしているが、もちろん許されない。

「離せ！　離さんか！」

「こ、こんな真似が許されると……!?」

「あぁっエヴァ！」

怒ったり嘆いたりしながら、彼らは引きずられるように連れ出されていった。

第10章　後始末が大変

王都にあるオブライエン公爵家の屋敷にお父様が帰ってきたのは、日付も変わろうという頃合いだった。事情説明のため、お兄様とセフィロスも一緒に部屋を訪ねる。

もちろんお父様は、事情はすでに把握済みだったけど。

「で、ミカエラはどうしたい？」

にこやかに聞かれてきっぱり返す。

「あの方々にどうにかしてほしいことなどございません」

彼らは私を弾劾《だんがい》したかったらしいが、こっちがそれに付き合う義理はない。そしてそれを逆手にとって仕返しするつもりもない、その権利はそもそもないんじゃないかな。

彼らが勝手に勘違いしてただけで、一学生に同じ学生を裁く権利とかないよ。学院内では身分の上下はないことになってるし。ただ、二度と関わり合いになりたくないだけ。

下手に世間に放たれても困るから、平民落ちとかはやめていただきたい。

エヴァの場合は魔法の実験台にされる可能性はあるかもしれないけど、レイノルドとも話していた通り、下手に関わる人間を増やす危険を冒《おか》せるかどうか。

「うーん、ミカエラはそう言うんじゃないかと思ってたけどねえ」

お父様は苦笑し、お兄様もそっくりな顔で微笑《わら》っている。ちらっと横目で窺《うかが》ったセフィロスはあくまで真顔で、でも目元がなんとなく柔らかい。

「私はね。平和で心穏やかな……平穏無事な生活がしたいんです」

言い切ったら、お兄様がらしくもなく変な音を立てた。ふぎゅっ、とか、ぐふ、とかおよそ社交界の貴公子には相応《ふさわ》しくない不作法な感じで。

じろっと睨んだら、必死に口元押さえてますけど、堪《こら》えきれない声が漏れてますよ！肩も震えてるし。笑いたいなら笑えばいいと思うよ？

「……それはなかなか難しいんじゃないのかなあ」

お父様も笑ってるけど、ちょっと疲れた顔だ。まあそりゃ疲れるよね、人騒がせな娘でごめんね。

きりっと居住まいを正して宣言する。

「ですので、お父様。私《わたくし》を勘当してくださいませ。大事な卒業式を台なしにした罪を科します、と言えば、反論できる人はいらっしゃいませんでしょう？」

私を処罰するのは、殿下達にそれ以上の厳罰を与えろってこと。見方によってはこっちは被害者ですからね？

被害者が事態を反省して処罰受けてるのに、加害者が罰せられないのはダメでしょう。卑怯なやり口かもしれないが、今回はそういう手段も必要だ。何より私自身の自由のために！

何しろ未だに側妃様は息子を庇い、国王陛下やお父様達に噛みついているという。他の連中の保護者が諦めてるのとは対照的。で、そういう立場の人なので腰巾着もまだいて、陛下達も扱いかねているのが現状らしい。

私の処分が公表されれば、パトリックはそれ以上に厳しく扱わねばならなくなる。今のところ彼らは離宮で謹慎《きんしん》、というか監禁状態らしいが……ずっとそうしておくわけにもいかないでしょう。

ちなみに本人達の見解や心境は知らないし、知る気もない。知りたくない。

「……勘当されたらどうするんだい？」

一つ溜息を吐いて尋ねたお父様に、自信満々に胸を張って答える。

「冒険者になろうと思います。手始めに深魔の森をもう一巡りして魔物を減らしておきますわ。あとは国内の他に魔物が出る地域も回ろうと考えています」

そのためには公爵令嬢という身分は正直邪魔。一介の平民冒険者としてなら、そういう建前で動ける。自由、とは言えないけど、それでも貴族が他の貴族家の領地に入るよりはずっと気軽だ。

「……セフィロスは？」

半《なか》ば諦めの表情で、お父様は私の背後に控えているセフィロスに水を向ける。それに対して、彼も落ち着いたものだ。

「同行します。……ただ、その前に王都で寄ってほしいところが一ヶ所」

「え、どこ？　珍しいね、セフィロス」

この人本当に真面目で、休日なしで護衛してたんだよ。休み取らせるには私が家もしくは寮の部屋から出ない約束をしなきゃいけなかった。どこにでもついていきますって、自分の用事はないのか、とか思ったくらい。

なんか私、ブラック雇用主みたいじゃないか。雇用主なら（本当はお父様だけどね）十分な休養と相応《ふさわ》しい報酬《ほうしゅう》を与えなくてはならない。

「一応、父にも会ってもらえませんか、ミカエラ。今は王宮で近衛兵の剣術指南をしてるんです」

「あ、そうだったんだ。……それってすごいじゃない！」

セラフィアータ伯爵、領地の運営には王宮から専門の代官を借り受けたとは聞いたけど。自身はその剣の腕を見込まれてそういう職を得ていたとは。さすが剣術では他に追《つい》随《ずい》を許さないだけのことはある。

　その息子であるセフィロスを、騎士になるのではなく冒険者に付き合わせることに、申し訳なさもある。だけど本人は絶対ついていくって聞かないし、置いてったらなんとしてでも探し出すって本気の顔で言われるとね。

　……残った方が良くないかって聞いたら、捨てられる子犬みたいな目されちゃったんだよ。一緒についてっちゃいけませんか、ってさぁ。あれ見たら置いてけないよ。良心の呵責《かしゃく》を感じる。私自身、一緒にいたいのは否定できないし。

　……実はお母様やお祖父様、お祖母様にはまだ内緒なんだけど、多分あの人達も時間が経てば諦めてくれるんじゃないかな、下の子どももできたし。私が『公爵令嬢』には向いてないの、特にお母様はよく知ってるから。

　外に出てもオブライエン領のために、できることはする。勘当されても家族だと思ってるもの、私は。

　私の望む『平穏な生活』っていうのは、ただ安穏《あんのん》とした暮らしじゃなくて。それなりに充実した、前向きな生活なんだと思う。

　おとなしくしてるだけなんて退屈だし、自分の力を発揮して喜んでもらえるなら、それはそれでｗｉｎ‐ｗｉｎの関係じゃない？　そうしてまっすぐに、全力で生きていたいの。

お父様、お兄様。それにお母様や弟妹達も。勘当されたって、私はミカエラ・フォル・オブライエン、あなた達の娘であり妹であり姉。それだけは変わらない、私の誇り。

一緒に生きてくれるというセフィロスと共に、この世界を思い切り堪能したいと、そう思う。


その後、公には、パトリック達は獄中死したことになった。だが実際は、王都から離れた辺鄙《へんぴ》なところにまとめて幽閉したそうだ。しかしそこで仲違いが起こったのか齟齬《そご》があったのか。男達は互いに殺し合い、エヴァもそれに巻き込まれて死んだというのが、ずいぶんあとになって聞いた話だ。

ちなみに私は卒業後、セフィロスと共に冒険者として暮らしている。貴族籍は抜いたものの別に勘当というわけでもなく、いつでも帰ってこいと家族には言われたし、自分でもそのつもり。

国内の魔物を討伐したり領地に帰った友人を訪ねたりの旅暮らしは、不慣れなことも多いが充実している。

平穏、と言うには些《いささ》か騒がしいけれど。今の生活は前世では得られなかった分を自身で選び取った、何物にも代えがたい大切な日々だ。

書き下ろし番外編

傲慢《ごうまん》にはなれなくて

「きみは、公爵家としてはずいぶん気さくというか、傲慢《ごうまん》じゃないよねー」

リュージュ辺境伯家のエイデンがオブライエン公爵家の嫡男フェリクスにそう言ったのは、同期の彼らが学院に入学してしばらく経った頃。お互いに相手を探りながらも、一段落ついた時期のことだった。

のほほんと宣《のたま》う彼自身、そこそこ高位の貴族なのだが。その物言いが、妙に気負いなく相手に警戒心を抱かせない。良くも悪くも、辺境伯という実家の地位を感じさせない男だ。

フェリクスとしても、彼のことは意外と嫌いではない。そこまで親しくはしていないが、なかなか面白い男だと思うし、付き合いはそれなりに続きそうだと感じている。

「自分で自分を傲慢《ごりまん》だと思うなら、改善すべきじゃないかな」

とはいえ、問われた方のフェリクスはこの国でも限られた公爵家の嫡男にして後継者。

辺境伯家のエイデンより家格の高い数少ない人間の一人だ。

「いやしかし、世の中には『傲慢《ごうまん》であること』が貴族の在り様だと思ってる人間もいるからねえ」

「迷惑だよね」

エイデンの慨嘆《がいたん》を、フェリクスは笑顔でばっさり切り捨てる。

環境から言えば、確かにフェリクスは傲慢《ごうまん》になってもおかしくない素地がある。家柄はこの国でも数少ない公爵家、あまり権勢欲はないといわれるが次の宰相は彼の父になるだろう。また本人も、容姿端麗かつ文武両道の理想的貴公子と称される。

成績は常に首位を争い、貴族男子に欠かせない剣術も好成績で、魔法に関しても極めて優秀だ。そしてそれらにも増して、『容姿端麗』が大きい。

高位貴族は基本、容姿も優れた者が多いのだが。その中でもフェリクスの家族はいずれも華やかな美貌《びぼう》だ。

その辺りを承知でそうした物言いをするのが、エイデンの怖いところで面白いところだとフェリクスは思っている。彼もまた、フェリクスを図っているのだろう。

同じ歳でどちらも高位貴族の子弟、そしてやはり同じ学年には第一王子がいる。互いが将来、この国を統《す》べる男の側近になることがほぼ確実である以上、相手がどんな人間か把握しておきたい、という気持ちはわかる。

「そもそも環境が恵まれてるとしても、生まれ育ちの問題でしかない。必ずしも自身の能力が優れているとは言い難い。それがわからないから、傲慢《ごうまん》になれるのか」

フェリクスは、自身の環境が極めて恵まれていることを知っている。家柄、容姿、能力、そしてその身に宿る魔力も滅多に追随《ついずい》を許さない水準であり、その意味では多少傲《ごう》岸不遜《がんふそん》に振る舞ったところで咎《とが》める者もないくらいだ。

ただ、彼自身傲慢《ごうまん》な振る舞いをしない……しようという気になれないのもまた、その環境のせいだ。


幼い頃のフェリクスは、周囲に溺愛というか、とにかくちやほやされていた。公爵家の後継者として五体満足な男子であるだけでも十分なのに、両親のいいとこ取りの華やかな容姿とそれが示す高い魔力素養。

「フェリクス様は、本当に素敵なお方ですね」

「公爵家を担《にな》うに足る貴公子になられますわね」

等々、まだよちよち歩きの頃からしつこいくらい言われていた。口に出すのは大体公爵家に仕えるメイド達だが、上は家令から下働きまで、使用人のほとんどがフェリクスには甘い対応だった。

家族はどうかと言えば、父は自分もそうだったせいか、笑って静観の構え。領地の祖父も思うところはあったようだが特に何か言うわけでもなく、爵位の低い家の出だった母はかなり案じていたらしい。

そしてもう一人、祖母は。華奢《きゃしゃ》でか弱げな見た目にそぐわぬしっかりした女性で。

「誰からも褒められるのも当たり前ですわ、私の大事な孫息子はとても素敵な子ですもの。……でも、あなたが素敵なことを知らない人さえも、いろいろ言ったりするのよ」

にこにこと、幼い孫相手に穏やかな笑顔のままなかなか怖いことを言ったりする。それは決して悪意ではなく、自身の経験を踏まえた警告であって。長じてフェリクスに、彼女の来《き》し方《かた》を考えさせた。

祖母は元王族で、それこそいくら傲慢《ごうまん》に振る舞おうと咎《とが》める者さえない立場だったはずだ。しかし自分の立場を良く弁《わきま》えた、理性的な人間であった。

祖父は『深魔の森』という魔境を抱えた領地をよく治め、近隣の領地とも良好な関係を築いていたが、政治としての社交はあまり得手ではなかったようで、王都ではさほど名が知られていなかった。それを祖母が補っていたらしい。父も祖母の薫陶《くんとう》を受けて政治には強く、そしてフェリクスもしっかりと教育された。低位貴族出身だった母も政治方面には向かなかったが、祖母は母をとても可愛がり、彼女の産んだフェリクス達孫も慈《いつく》しんでいろいろと教えてくれた。

とはいえ、オブライエン公爵家の嫡男であるフェリクスに苦言を呈するのも家族以外になく、ちやほやともてはやされて育てば幼いうちは全能感も強い。実際、同じ年頃の子どもよりいろいろな方面で出来が良い子どもであったのも事実だ。すくすく育ったフェリクスが、しかし傲慢《ごうまん》になりきれなかったのは、『妹』の存在が大きかった。

彼より二歳下の妹、ミカエラは。父であるフェルナンドをして、『フェリクスは天才、しかしミカエラは不世出の破天荒』と称される存在だった。

もっともそれは、必ずしも褒めたわけではない。フェリクスが気づいたときには、ミカエラは自分の魔力の扱い方を覚え、魔法使いとして名をあげた母の指導を受けていた。

生まれ持った魔力の量は、兄妹どちらも人並以上だが。ミカエラのそれは母でも制御しきれる自信はなかったようだ。それをミカエラ本人は小さな体で破綻《はたん》なく扱い、それだけで『不世出』『破天荒』といわれるに足る。

ただ本人が、自分のしていることをどこまで自覚しているかは些《いささ》かあやしい、というのが両親の判断だ。どうもこの幼女、自分ができることは母や父、果ては兄のフェリクスも当たり前にできると思っていたようで。

フェリクスはまだ魔力の扱い方を習い始めたばかりだし、父はそちらは世間一般と同程度（とはいえ高位貴族としてそれなりの魔力量はあり、それを『普通に』扱えるだけでも上位一割には入る）、母は元々は本職だが、それでもミカエラの振る舞いには冷や汗をかいていた。

父はそれこそ何不自由なく育った、生粋《きっすい》の貴公子のまま年齢を重ねたような男だ。能力的にはまだまだ敵《かな》わない。そんな彼こそ結構傲慢《ごうまん》なところがあって、それを穏やかな笑顔で覆い隠している。その辺はフェリクスも父に学んだ。

そしてその父は自分の能力が高いだけに、放任しているようでいて容赦《ようしゃ》がない。使えなければあっさり切り捨てられるだろうと、なんとなく察している。こちらも、能力が高い分他人の気持ちはあまり考えない人間だ。それもかなり意識的に。その辺りが貴族の貴族たる所以《ゆえん》でもあることはフェリクスも理解している。

その父が妹・ミカエラについては日々扱いに困っている。旧友の息子であるセフィロスをつけたのも、抑止力にしたかったかららしい。フェリクスの見たところ、どちらかと言えば彼もミカエラに振り回されている形ではあるが、そうして翻弄されている方が良かったのかもしれない。

初めて公爵家にやってきたときは綺麗なお人形のようだった少年も、ミカエラと一緒に駆け回り、あるいは共に母に鍛練《たんれん》されているうちに、相変わらず表情は変わらないものの眼に光が戻り、人形から人の子どもになった。今は時折、ミカエラや領地の子ども達と声を出して騒ぐくらいにはなっている。

ミカエラはその辺、ほとんど無意識だろう。ただ「元気になったねー」というくらいで、変わらず遠慮なく彼を引っ張り回している。時々妙に大人びている彼女だが、逆に貴族子女としてはどうかと思うほど子どもじみている部分もある。何はともあれ、やらかすことがいちいち常識外れであることだけは確かだ。

そういうところを含めて、フェリクスにとって妹のミカエラは『敵《かな》わない』存在なのだが。セフィロスもまた、まったく違う点で認めざるを得ない存在になった。

彼もまだ幼くミカエラと同い年、にもかかわらず、その剣の腕は公爵家の領兵から見てもそこらの騎士と同等、といわれるほどだ。彼の実父であるセラフィアータ伯爵は元々剣で知られる人物だったと父に説明され、納得はしたが。寡黙《かもく》ながら大人に交じって剣を振るうセフィロスもまた、フェリクスの『敵《かな》わない』相手になる。ミカエラにどれだけ振り回されてもついていき、母の割と命懸けな特訓に対しても食いついていく愚直なまでの一途さは、自分には決してないものだ。だからこそ妙にまぶしく感じられもする。

「……父上が、セラフィアータ伯爵とずっと友人でいた気持ちはわかる気がします」

「あぁ……なんというかな、自分と全然違うからこそ、応援したり助けたりができるのだと思う」

彼との関わりを通じて、父ともそれまでになく腹を割って話ができたのも、フェリクスには収穫だった。傲慢《ごうまん》、と感じていた父にも彼なりの挫折や他者への畏敬《いけい》があることを知れたのだから。

「やあフェリクス、久しぶりだね」

「……エイデンか……本当に久しいね、見違えたよ」

フェリクスが父のもとで宰相補佐官として忙しく働いていたある日、王宮で声をかけてきたのは学生時代の友人であるエイデンだった。ひょろりとした背格好はあまり変わらないものの、ずいぶん日に焼けて精悍《せいかん》さが増した。それでも昔のように、どこか飄々《ひょうひょう》と笑っている。

「あちこち行ってたからねえ。きみはずっとこちらで？」

「いや、王都と領地を行ったり来たりだね。辺境伯にもたまに会うよ」

「ははは、兄上にも会いに行かないと怒られそうだな」

聞く限りでは彼は国内を離れ、近隣諸国を回っていたという。まもなく即位が予定されている次代の国王、エリオットのために外交の一端を担《にな》っていたのだ。その彼が帰国したということは、即位の準備も大詰めということである。

「どこか、問題になりそうな国でもある?」

「そういうわけじゃないけど。ちょっと時間をとってもらえると、嬉しいかな」

エイデンの持つ国外の情報は貴重だ。会食を設けることにするが、その場所はちょっと豊かな平民階級が使う程度の店になった。

「こういう場所だときみ『浮く』んだよね」

「わかっててこういう店にしたくせに」

フェリクスは多少地味なものを身にまとっても、どうしても貴族としての気配が拭えない。これはもう生まれ持った資質としか言いようがない。対照的にエイデンは、どんな場所でもそれなりに溶け込める。そういう振る舞いを身につけるべく、経験を積んできたのだろう。

彼は公式に貴族籍を抜けており、外交官としてもかなり曖昧な立ち位置だが。それ故に、他の誰とも違う貴重な情報を持ち帰ることもままある。それをフェリクスの方も把握しているから、彼との情報交換は大事なのだ。

「ま、個室をとったから。そこまで気にしなくて大丈夫さ」

「ああ、助かるよ」

エイデンも国内の情報が欲しいのだろう。特にフェリクスのオブライエン領は彼の実家に隣接している。

「そういえばミュリエル嬢は、ご結婚が決まったそうだよ。おめでとう」

「ああ……相手はまあ、とりあえず問題ないようで、それだけで何よりだ」

辺境伯家では、そのミュリエルが一番下の子どもだった。今は二人の長兄である現辺境伯も後継者の目処《めど》がついたし、彼女もようやく婚姻が決まったそうだ。彼女も、学院時代のトラブルに巻き込まれた一人である。

「ところでぼくもあちこち回ってきたんだけど。……うちの国出身の冒険者で、夫婦でなかなか名を知られてきたのがいてね」

エイデンは殊更《ことさら》にっこり笑う。その笑顔にフェリクスも微笑み返した。

「それはそれは。……名を聞いた方がいいのかな」

「『ミカ』と『セフィ』と。……もうちょっと捻らせた方がいいんじゃないのかな」

「いやー、あの二人だからねえ」

言うまでもない、フェリクスの妹ミカエラとその伴侶となったセフィロスのことだ。諸国を元気に渡り歩いているようで、ごく稀《まれ》に手紙や贈り物が届く。詳しいことはわからないが、確かにいろいろ派手にやらかしているようではある。その反面、二人は今も仲が良く、そして互いの実力もさらに高めているようで。時々深魔の森でもいないような、魔物の素材だの何だのを送ってきたりと活躍著《いちじる》しいようだ。

そしてエイデンは、彼らに直接会ってきたともいう。

「二人とも元気にしていたよ。……ミカ嬢は、あんなに逞《たくま》しい女性だったとは知らなかったけど」

エイデンから聞くその冒険譚《ぼうけんたん》は、さすがにフェリクスも頭が痛くなった。身内でなければ素直に感嘆するしかないのだが。

空飛ぶ巨大な竜を二人で討《う》ったとか、続発する海難事故の原因だった魔物の討伐に船団を率いて活躍したとか、人身売買組織に目をつけられたものの逆に相手の組織を壊滅させたとか。なかなか派手に暴れ回っているらしい。

「そうか……先日送ってきた、すごい魔力のこもった鱗《うろこ》とかはそれかな」

領地の屋敷にミカエラとセフィロスの名前で（極秘に）送られてきたのは、とても美しい虹色の大人の掌《てのひら》ほどある鱗《うろこ》だった。それが何枚かと冷蔵の魔法をかけた魔物の肉、どちらも強い魔力を内包していて、家人がどよめくほどだった。しかし当人達からの手紙に詳しい事情はなく、「こっちで討伐した魔物の素材だけど、良かったら使ってね」

と呑気に書いてあっただけだ。

「まあ元気でやっているなら、良かったよ」

その辺りの気負わなさが、実にあの二人らしい。元気で暴れ回っていることを、心底心強く思う。

本書は、2020 年 7 月当社より単行本として刊行されたものに書き下ろしを加えて文庫化したものです。


この作品に対する皆様のご意見・ご感想をお待ちしております。

おハガキ・お手紙は以下の宛先にお送りください。

【宛先】

〒 150-6008 東京都渋谷区恵比寿 4-20-3 恵比寿ｶﾞｰﾃﾞﾝﾌﾟﾚｲｽﾀﾜｰ 8F
（株）アルファポリス　書籍感想係

メールフォームでのご意見・ご感想は右のＱＲコードから、
あるいは以下のワードで検索をかけてください。

アルファポリス　書籍の感想　検索

ご感想はこちらから

レジーナ文庫

私《わたし》の平穏《へいおん》な日々《ひび》

あきづきみなと

2023 年 2 月 20 日初版発行

文庫編集－斧木悠子・森順子
編集長－倉持真理
発行者－梶本雄介
発行所－株式会社アルファポリス
〒150-6008 東京都渋谷区恵比寿4-20-3 恵比寿ｶﾞｰﾃﾞﾝﾌﾟﾚｲｽﾀﾜｰ8階
TEL 03-6277-1601（営業）　03-6277-1602（編集）
URL https://www.alphapolis.co.jp/
発売元－株式会社星雲社（共同出版社・流通責任出版社）
〒112-0005 東京都文京区水道1-3-30
TEL 03-3868-3275
装丁・本文イラスト－nyanya
装丁デザイン－AFTERGLOW
（レーベルフォーマットデザイン－ansyyqdesign）
印刷－中央精版印刷株式会社

価格はカバーに表示されてあります。

落丁乱丁の場合はアルファポリスまでご連絡ください。

送料は小社負担でお取り替えします。


ISBN978-4-434-31621-0 C0193